Ruthanne Lum McCunn

# M O N D P E R L E

Ruthanne Lum McCunn

# Mondperle

Aus dem
amerikanischen Englisch
von Sonja Schuhmacher
und Rita Seuß

Ehrenwirth

Ehrenwirt ist ein Imprint
der Verlagsgruppe Lübbe

Titel der amerikanischen Originalausgabe:
»The Moon Perl«



Übersetzung: Sonja Schumacher
und Rita Seuß, Kollektiv Druck-Reif
Textredaktion: Boris Heczko
Schutzumschlag: Guido Klütsch, Köln,
unter Verwendung eines Fotos
von Rocky Salskov / Tony Stone Images.
Satz: Bosbach Kommunikation & Design GmbH, Köln
Gesetzt aus der Joanna von Linotype
Druck und Einband: GGP Media, Pößneck



Printed in Germany
ISBN 3-431-03537-X

5 4 3 2 1

Sie finden uns im Internet unter:
http://www.luebbe.de

»Nur die Leidensfähigkeit der Unterdrückten setzt dem Tyrannen Grenzen.«

Frederick Douglass

»Um die Gesellschaft zu verändern, musst du bei dir selbst anfangen.«

Han Dongfang

## WIDMUNG

Dieses Buch widme ich in tiefer Dankbarkeit all den Fremden, Freunden, Verwandten, Ärzten und Therapeuten, die mir in der schweren Zeit nach einem beinahe tödlichen Autounfall zur Seite standen. Mein besonderer Dank gilt Vince Villeggiante, der sich in Gefahr begab, nur um meine Hand zu halten; Stan Chamness, dem Leiter des ersten von mehreren Ärzteteams, die mir das Leben retteten; Don McCunn, der mich immer wieder aufgemuntert und das Unmögliche möglich gemacht hat; Herbert Randall und Lily Song, die an meinem Krankenbett wachten; Dr. Philip O'Keefe, der mich nie im Stich ließ; Dr. Gabriel Kind, dem Chirurgen des Operationsteams, das mein rechtes Bein rettete; Sonny Vukic, der dieses Bein zum Leben erweckte und mir wieder das Laufen beibrachte; Patrick Tribble, der für die Feinabstimmung zuständig war; Carole Arett, Katie Gilmartin, Robin Grossman, Yvette Huginnie, Mim Locke, Carol Olwell, Lynda Preston und Judy Yung, denen ich so viel verdanke.

INHALT

# VORBEMERKUNG DER AUTORIN

Bis zum heutigen Tag gelten in Amerika allein stehende Frauen weniger als verheiratete, und bis heute hat die Bezeichnung »Jungfer« einen negativen Beiklang. Im südchinesischen Bezirk Sun Duk im Perlflussdelta aber genossen selbstständig lebende, unverheiratete Frauen in den dreißiger Jahren des 19. Jahrhunderts Hochachtung, ja Bewunderung.

Von diesen unverheirateten Frauen, die unter dem Namen *sze sao*, Selbstkämmerinnen, bekannt wurden, handelt der vorliegende Roman. Die Figuren sind zwar frei erfunden, die Rituale, kulturellen Normen und Bräuche, die in diesem Buch beschrieben werden, entsprechen aber den Traditionen des Bezirks Sun Duk im 19. Jahrhundert.

Nähere Quellenangaben finden sich am Ende des Buches.

# PROLOG

Drachen können sich klein machen wie Seidenraupen oder groß wie der Himmel. Ihr Atem kann kühlen wie frisches Wasser oder brennen wie züngelnde Flammen. Sie können heftiger toben als ein Sturm, und sie können sich sichtbar oder unsichtbar machen. Keine Frau, kein Mann und kein Kind aber hat je gesehen, wie ein Drache die Mondperle gepackt hat. Doch die Menschen streben nach dem, was selbst den mächtigen Drachen nicht gelang.

Betrachten wir Sun Duk. Dieser Bezirk am Perlflussdelta ist kreuz und quer von silbrigen Wasseradern durchzogen, die mit den Gezeiten des Meeres steigen und fallen. Jadegrüne Reisfelder und glitzernde Fischteiche liegen zwischen dichten Bambushecken, Obstbaumhainen, Gemüsefeldern, Maulbeerbäumen und frisch gepflügten Ackerfurchen. Hier und da erheben sich kleine Hügel. Manche sind rund, andere steil aufragend mit großen Felsvorsprüngen. Die meisten sind bewaldet oder terrassiert und mit Teesträuchern bepflanzt. Auf allen befinden sich Grabsteine, die aussehen wie vom Himmel gefallene Halbmonde. Auf den Flüssen sieht man Inseln und kleine Boote, und die Ufer entlang reihen sich wie Schatten suchende schuppige Drachen schiefergraue Häuser mit rötlichen Ziegeldächern unter Trauerweiden, Banyanbäumen und goldenen Akazien.

Im Osten sind die silbrigen Flussbänder schmaler, denn dort hat der Landadel die Ufer befestigt und in Ufernähe große Steine und Eisenstücke ins Wasser geworfen, um die Strömung zu behindern. Durch den Schlick, der sich dadurch anhäufte, entstand neues Land für den Anbau von noch mehr Maulbeerbäumen. Im Westen, wo die Flüsse meist ungehindert ihren Lauf nehmen, steht weniger Land zur Verfügung, es werden weniger Maulbeerbäume angebaut, und damit gibt es weniger Seidenraupenzucht. Aber man täusche sich nicht: Die Bewohner des Dorfes Zwillingshügel im Westen sind der Mondperle ebenso eifrig auf der Spur wie das Dorf Kräftige Raupe im Osten.

# Erster Teil

1826–1833

## MÄDCHENHÄUSER

Yun Yuns Freundin Glückskind übernachtete bereits in einem der vielen Mädchenhäuser im Dorf Zwillingshügel. Und wenn Yun Yun Glückskinds aufgeregte Erzählungen über die Spiele hörte, die vor dem Schlafengehen dort gespielt wurden, konnte sie es gar nicht erwarten, an diesem Spaß teilzunehmen. Aber Yun Yuns Vater hatte gesagt: »Allzu viel Gedränge tut weder den Seidenraupen noch den Menschen gut.« Er hatte ihr auch gezeigt, was geschieht, wenn die Raupen auf engem Raum zusammenleben müssen: Die Starken fressen den Schwachen alles weg. Dann erhitzen sich die Starken und die Schwachen. Sie fangen an zu schwitzen und werden krank. Oftmals sterben sie. Deshalb hatte Yun Yun Angst. Und sie sagte zu ihren Eltern: »Das Mädchenhaus von Glückskind hat schon dreizehn Bewohnerinnen. Es ist nicht größer als unser Haus und hat nur zwei Schlafzimmer.« Sie zählte die Mitglieder ihrer Familie an den zehn Fingern auf: Vater, Mutter und das neugeborene Brüderchen, das sie versorgte, die beiden kleinen Brüder, die unter den wachsamen Augen der Großeltern im Hof spielten, und sie selbst. »Wir sind nur zu acht. Vielleicht sollte ich besser zu Hause bleiben.«

»Du Dummerchen«, gab ihre Mutter zurück, während das Baby laut schmatzend an ihrer Brust saugte. »In die Mädchenhäuser kommen keine Männer, deshalb können die Mädchen überall Betten aufstellen, im Gemeinschaftsraum ebenso wie in den Schlafräumen.«

Yun Yuns Vater setzte den Korb ab, den er soeben flocht, legte seiner Tochter sanft die Hand auf die Schulter, beugte sich zu ihr herunter und sah ihr in die Augen: »Mach dir keine Sorgen. Es gibt bestimmt noch Platz für dich.«

»Du bist doch schon neun«, fuhr ihre Mutter fort. »Es wird Zeit, dass du in ein Mädchenhaus kommst.«

Yun Yuns Vater tätschelte seiner Tochter beruhigend die Schulter. »Sonst siehst und hörst du Dinge, die dir besser verborgen bleiben.«

Ihre Mutter runzelte die Stirn und zupfte den Vater am Ärmel, worauf dieser den Arm senkte und schwieg.

Yun Yun beugte sich zu ihrem Vater. »Was für Dinge?«

Er zog die Augenbrauen hoch und sah seine Frau fragend an.

»Dinge, die Mädchen nichts angehen«, erwiderte Yun Yuns Mutter entschieden.

Wenn ihre Stimme diesen strengen Ton annahm, war die Mutter durch nichts zu erweichen, und selbst Yun Yuns Brüder konnten dann nichts ausrichten. Also lief Yun Yun zum Nachbarhaus, um Glückskind zu fragen. Glückskind war zwar ein Jahr älter als sie, aber womöglich wusste auch sie keine Antwort. Immerhin hatte sie zwei fröhliche Schwägerinnen, an die sie sich im Notfall wenden konnten.

Glückskind wies mit dem Kopf auf den übel riechenden Honigeimer, den die Familie zu ihrer Bequemlichkeit und damit er nicht gestohlen wurde im Haus stehen hatte. »Du könntest sonst sehen, wie dein Vater oder Großvater pinkelt.«

Yun Yun lachte. »Ich sehe doch andauernd, wie meine Brüder pinkeln. Ich muss ihnen sogar dabei helfen!«

»Deine Brüder sind klein. Ich spreche von Männern. Und nicht nur davon, wie sie pinkeln.« Glückskind senkte die Stimme zu einem Flüstern: »Männer vergnügen sich nachts mit ihren Frauen, und wenn du weiter zu Hause übernachtest, könntest du sehen, wie sich dein Vater mit deiner Mutter und dein Großvater mit deiner Großmutter vergnügt.«

»Was meinst du damit?«

»Das wirst du verstehen, wenn du von Alter Großmutter ein paar Lektionen gehört hast. Sie kommt fünf- bis sechsmal im Monat ins Mädchenhaus und unterrichtet uns.«

Bis auf die drei großen Himmelbetten, die man im Gemeinschaftsraum untergebracht hatte, konnte Yun Yun anfangs keinen großen Unterschied zu den anderen Häusern im Dorf Zwillingshügel erkennen. Die schiefergrauen Backsteinwände waren ungetüncht, und in der hinteren Ecke des Gemeinschaftsraums befand sich ein kleiner Hausaltar. Dann aber entdeckte Yun Yun, dass die Holztäfelchen für die verstorbenen Ahnen auf dem Altar fehlten und die Statue nicht den rotgesichtigen Kriegsgott Guan-di, sondern Guanyin, die lächelnde Göttin der Barmherzigkeit, auf einem rosafarbenen Lotos sitzend darstellte. Als Yun Yun mit Glückskind und den anderen Versteck spielte, entdeckte sie, dass kein Steinmörser in den Lehmboden eingelassen war und keine landwirtschaftlichen Geräte an der Wand lehnten.

»Wo können wir uns verstecken?«, fragte sie Glückskind.

»Unter dem Bett.«

Sie kamen aber nicht sehr weit, denn plötzlich rief jemand: »Alte Großmutter ist da«, und dann setzte ein wahrer Begrüßungschor ein.

»Das Spiel ist zu Ende«, sagte Glückskind und kroch unter dem Bett hervor.

Hustend, weil sie mit Händen und Knien Staub aufgewirbelt hatten, robbte Yun Yun ebenfalls unter dem Bett hervor. Die Mädchen standen eilends auf und klopften sich den Staub von den Händen und den Hosen, richteten die weiten Ärmel und hohen Krägen ihrer seitlich gebundenen Kittel zurecht und zupften sich gegenseitig Staubflocken aus Zöpfen und Stirnfransen.

Die anderen Mädchen mit ebenso sauberen Zöpfen, weiten Hosen und knielangen Kitteln waren schon bereit. Die Älteren hatten es sich auf den beiden Betten an der Wand bequem gemacht – die meisten von ihnen saßen mit überkreuzten Beinen auf den Strohmatratzen, einige hockten am Rand. Die jüngeren Mädchen kauerten auf niedrigen Hockern vor ihnen. Yun Yun und Glückskind ergatterten die beiden letzten freien Hocker.

Wie es sich für eine angesehene ältere Frau gehörte, saß Alte Großmutter auf dem Ehrenplatz, einem geschnitzten Stuhl aus schwarzem Mangrovenholz, den Mädchen gegenüber. Und weil Alte Großmutter eine freundliche Nachbarin war, die Yun Yun schon ihr Leben lang kannte, lächelte sie zu ihr empor. Das Gesicht der Alten war von Falten durchzogen, und Yun Yun wartete beinahe darauf, dass sie ihre knorrige Hand ausstreckte und ihr, wie so oft, ein Stück Rohrzucker oder geröstete Erdnüsse schenkte. Doch Alte Großmutter hielt die Stuhllehnen umklammert, und unter ihrem schwarzen Stirnband machte sie ein so strenges Gesicht, dass Yun Yun sich ängstlich und verwirrt neben Glückskind duckte.

Alte Großmutter räusperte sich laut und spuckte in den Napf zu ihren Füßen. »Keine Braut begibt sich freiwillig zu ihrem Mann«, begann sie. »Sie weint, und deshalb muss sie drei Tage und Nächte vor der Hochzeit auf den Dachboden gesperrt werden, damit sie nicht wegläuft.«

Sie zählte auf, was eine Braut alles verliert. »Sie muss ihre Familie und ihre Freundinnen verlassen, alle, die sie lieben, ihre Verwandten, ihr Heim und alles, was ihr vertraut ist, um unter Fremden zu leben.«

Bei jeder neuen Nennung erschauderte Yun Yun. Ihr lief eine Gänsehaut über den Rücken, als lausche sie einer Geistergeschichte. Hilfe suchend blickte sie auf die Statue der Göttin Guanyin. Doch der wohlriechende Duft des Räucherwerks und der Kerzen auf dem Altar hüllte die Göttin ein, so dass sie mit einem Mal geisterhaft fern und fremd erschien. Yun Yun holte tief Luft und wandte sich wieder Alter Großmutter zu.

»Habt ihr verstanden?«, fragte Alte Großmutter und sah die jüngeren Mädchen nacheinander eindringlich an. Auch als Alte Großmutter sich von Yun Yun abgewandt hatte, spürte das Mädchen noch den bohrenden Blick.

»Eine Braut ist wie eine Tote, die den Gelben Fluss zur Hölle überschreiten muss«, fuhr Alte Großmutter fort. »Ihr Sarg ist die Sänfte, die sie zu ihrem Ehemann und zu ihrem Schwiegervater bringt, dem König der Hölle. Wie würde sie das nur ertragen, wenn sie ihren Gefühlen nicht in Trauergesängen Ausdruck verleihen könnte?«

Als ob sie auf dieses Stichwort gewartet hätten, sprangen die älteren Mädchen auf. Sie schlugen sich wie Trauernde mit den Fäusten an die Brust und riefen:

Meine Heiratsvermittlerin,
Meine Todesbotin,
Ich sterbe.

Yun Yun schluckte. Sie hatte zwar schon viele Brautklagelieder gehört, aber da die Bräute stets im Haus oder in der Hochzeitssänfte verborgen waren, hatte Yun Yun nie ihr Gesicht gesehen und nie auf die Worte geachtet, die sie sangen. Jetzt klammerte sie sich an Glückskinds Arm und lauschte den Sängerinnen mit offenem Mund.

Mein Fuß betritt den Gelben Fluss,
Mein Herz pocht schmerzvoll bei jedem Schritt …

»Lauter«, befahl Alte Großmutter. »Nur keine Hemmungen.«

Sofort kreischten die Mädchen noch lauter. Sie schlugen sich nicht nur an die Brust, sondern fuhren sich mit den Händen durchs Haar und lösten ihre fest geflochtenen Zöpfe. Inmitten dieses furchtbaren Wehgeschreis spürte Yun Yun, dass sie keine Luft mehr bekam und ihre Kehle sich zusammenschnürte, als zöge sie der gefürchtete Gelbe Fluss in seine Tiefen hinab. Verzweifelt schnappte sie nach Luft. Plötzlich fiel ihr ein, woher Glückskind ihren Spitznamen hatte. Sie war in den Fluss gefallen, der das Dorf Zwillingshügel durchfloss, und von ihrem Vater vor dem Ertrinken gerettet worden. Aber Yun Yun hatte noch immer das Gefühl, ersticken zu müssen.

Sie kniff die Augen fest zusammen und hielt sich die Ohren zu, um nichts mehr sehen und hören zu müssen. Auch ihr Vater würde kommen und sie retten, tröstete sie sich. Aber der Gedanke an ihren Vater ließ nur den heißen Wunsch in ihr aufsteigen, daheim bei ihm, ihrer Mutter, den Großeltern und den kleinen Brüdern zu sein. Sie begann hemmungslos zu weinen.

Auch Glückskind neben ihr schluchzte. Und lange bevor das Lied zu Ende war, ließen alle Mädchen ihren Tränen freien Lauf.

In Mei Jus achtem Sommer überzogen sich ihre Handflächen mit einem feuerroten Ausschlag. Das Dorf Kräftige Raupe verzeichnete eine Rekordernte an Lychees, und Mei Jus Großmutter, die zwischen den juckenden roten Flecken auf Mei Jus Haut und Mei Jus Lieblingsfrüchten einen Zusammenhang vermutete, verbot ihr augenblicklich, mehr davon zu essen. Aber Mei Ju konnte der Versuchung nicht widerstehen, die narbige braunrote Schale abzulösen und in das süße zarte Fruchtfleisch zu beißen, wenn sie sich unbeobachtet glaubte.

Als Mama sah, dass Mei Jus Ausschlag nicht verging, meinte sie: »Vielleicht sind die Lychees gar nicht der Grund.«

»Glaub bloß nicht, dass ich den Kräuterheilkundigen bitten werde, dein ungezogenes Kind zu behandeln«, gab die Großmutter zurück. »Wegen eines Ausschlags werde ich das sauer verdiente Geld nicht zum Fenster hinauswerfen.«

Bak Ju nahm Mei Ju zur Seite und flüsterte ihr zu: »Schwester, schäl die Lychees nicht selbst. Lass mich das für dich tun.«

Mei Ju errötete erstaunt. »Woher weißt du …«

Als wolle sie ihre Schwester mit Salbe einreiben, tippte Bak Ju mit dem Daumen auf Mei Jus weit auseinander stehende Augen, die muschelförmigen Ohren, die Stupsnase, die juckenden Handflächen und die dichten Haarfransen, die ihr in die Stirn fielen. Dabei murmelte sie: »Ich habe es gesehen, gehört, gerochen, berührt, und ich habe meinen Verstand gebraucht. Genau wie Großmutter. Wie sie es uns immer rät.«

»Nicht Großmutter hat mich erwischt, sondern du.«

»Großmutter hätte es auch gemerkt«, entgegnete Bak Ju. »Nur hat sie andere Sorgen, als sich über dich den Kopf zu zerbrechen.«

Mei Ju musste ihrer Schwester Recht geben. Denn obwohl der

Großvater das Oberhaupt der Familie war, wurden die Entscheidungen von der Großmutter getroffen. Und zwar nicht nur bei häuslichen Angelegenheiten. Trotzdem ging sie nie aus. Nur ein einziges Mal im Jahr, an Ching Ming, dem Fest zu Ehren der Ahnen, verließ sie das Haus. Mei Ju kam es vor, als ob die kleine, stämmige Großmutter es machte wie die Angehörigen der städtischen Oberschicht, die zwar nie einen Fuß in das Dorf setzten, aber mit ihrem Einfluss die beiden Ratsversammlungen beherrschten, in denen der Großvater saß.

Der Ältestenrat der Wong-Sippe herrschte über siebzehn Familien, fast ein Drittel der Dorfbewohner. Er trat zweimal im Monat zusammen, um die Berichte jener Männer zu hören, die von der Sippe mit der Familiengenealogie, den Finanzfragen und den Schulangelegenheiten beauftragt waren. Der Ältestenrat entschied über die notwendigen Reparaturarbeiten an den Deichen auf dem Land der Ahnen, beriet über Verteidigungsstrategien gegen Banditen und über die Unterstützung bedürftiger Familienmitglieder bei Hochzeiten und Begräbnissen, schlichtete Streit und verhängte Strafen. Der Ältestenrat des Dorfes Kräftige Raupe, in dem auch Vertreter aus dem Ältestenrat der vier Sippen des Dorfes saßen, trat seltener zusammen. Großvater nahm an allen diesen Versammlungen teil. Und Ba, der auf Befehl der Großmutter den Beratungen lauschte, wie es das Recht jedes erwachsenen Mannes im Dorf war, berichtete, dass Großvater sich stets an Großmutters Anweisungen hielt, es sei denn, der Vorsitzende des Ältestenrats wies darauf hin, dass diese Vorstellungen den Wünschen der Grundbesitzer widersprachen.

In der Familie widersetzte sich niemand ihren Anordnungen. Großmutter legte fest, wer zu Hause bei den jüngeren Kindern blieb, wer auf den Feldern und im Raupenhaus arbeitete, wer Großvater auf den Markt begleitete und sich um die Dämme, die Fischteiche und Obstbäume kümmerte. Großmutter erkundigte sich zuerst bei ihren drei Söhnen und Schwiegertöchtern, beobachtete vom Hof aus den Mond und den Himmel, schnupperte in der Luft und prüfte, woher der Wind kam. Erst dann entschied sie, welches Gemüse geerntet, gekocht, eingelegt oder getrocknet werden sollte; wann zum Auftakt der Seidenraupensaison die Eier der Seidenraupen ausgebrütet werden sollten; was vom Abfall der Seidenraupen an die Fische verfüttert und was als Düngemittel benutzt werden sollte; ob die bereits vorhandenen Dämme verstärkt oder ob neue gebaut werden sollten.

Daher wusste Mei Ju, dass Mama nicht mit ihr zum Kräuterheilkundigen gehen würde, nachdem Großmutter es untersagt hatte. Es war auch nicht mehr nötig, denn der Ausschlag ging zurück, nachdem Bak Ju für sie die Lychees schälte. Aber ihre ältere Schwester erlöste sie nicht nur vor dem schrecklichen Ausschlag. Ihr hatte sie es zu verdanken, dass sie die Abende und Nächte früher außer Haus verbringen konnte, als sie zu hoffen gewagt hatte. Denn Großmutter verkündete: »Obwohl ihr achtzehn Monate auseinander liegt, werdet ihr gemeinsam in ein Mädchenhaus gehen.«

Großmutter zufolge hatten die fünf Mädchenhäuser des Dorfes Kräftige Raupe die Aufgabe, die Mädchen auf ihr Leben als Schwiegertöchter vorzubereiten. »Den höchsten Rang hat die Schwiegermutter, dann kommen die älteren Schwägerinnen und dann die Braut.« Wenn sich aber Mama und Zweite und Dritte Tante an ihre Jahre im Mädchenhaus erinnerten, erzählten sie glückselig von den Spielen, die sie gespielt und den Freundschaften, die sie geschlossen hatten. Und Mei Ju glaubte, Großmutter, die jetzt alt und streng war, übertrieb, wenn sie von der Bedeutung eines Mädchenhauses für die Ausbildung der Mädchen sprach. Mei Ju erhoffte sich in der Tat jenen Spaß im Mädchenhaus, den offenbar ihr Großvater hatte, wenn er die Nächte im Haus seiner Konkubine verbrachte.

In der Familie wurde über diese Frau nie ein Wort verloren. Aber den Klatschmäulern im Dorf war solche Zurückhaltung fremd. Daher wusste auch Mei Ju Bescheid. Nachdem Großmutter dem Großvater drei Söhne geschenkt hatte, schob er seine Frau beiseite wie einen Fächer, der nicht mehr gebraucht wird, wenn der Sommer vorbei ist. Jahrelang vergnügte er sich in der Marktstadt flussabwärts mit Sängerinnen und Kurtisanen. Dann brachte er eine hübsche junge Konkubine mit ins Dorf.

Sie war freilich keineswegs die einzige Konkubine im Dorf Kräftige Raupe. Aber während die anderen Konkubinen im selben Haushalt lebten wie die Ehefrauen, die die Zuneigung ihres Mannes verloren hatten, wohnte die Konkubine des Großvaters in einem Häuschen, wo er seine Abende und Nächte verbrachte.

Manchmal, wenn Mei Ju an diesem Haus vorbeiging, hörte sie Gesang, Lieder zur Holzfischtrommel und bekannte Opernarien. Meist war es die Konkubine, die sang. Aber manchmal fiel der Großvater mit dünner Stimme in den volltönenden Gesang der Konkubine ein. Nicht selten hörte Mei Ju sie auch lachen.

Als sie Großvater zum ersten Mal hatte lachen hören, war sie so entsetzt gewesen, als wäre eine der Statuen auf dem Altar des Tempels plötzlich in Gelächter ausgebrochen. Zu Hause verzog Großvater höchstens einmal den Mund zu einem freudlosen Lächeln, kaum unterscheidbar von den vielen Falten, die sein schmales Gesicht durchzogen. Auch hatte sie ihn niemals singen hören. Mei Ju vermutete, dass Großvater seine Konkubine in einem eigenen Haus untergebracht hatte, um Großmutter zu entfliehen.

Und wenn sie in ein Mädchenhaus kam, wäre das auch ihre Rettung, dachte Mei Ju.

Mei Jus Großmutter wählte ein Mädchenhaus, dessen rangälteste Bewohnerin, genannt Kaiserin, von ihrem Recht, sich wie eine Schwiegermutter zu verhalten, uneingeschränkt Gebrauch machte. Die älteren Mädchen behandelten die jüngeren wie Dienerinnen, die ihnen aufs Wort gehorchen mussten. Wenn ein jüngeres Mädchen nicht schnell genug einen Befehl ausführte, wenn sie einen Imbiss nicht richtig zubereitete oder einer Älteren zu viel oder zu wenig Luft zufächelte, musste sie eine Geldbuße zahlen oder wurde ausgescholten oder beides. Doch Bak Ju erntete von den Älteren nur Lob für ihre raschen und umsichtigen Dienste, ein Lob, das ihr schon Großmutter gespendet hatte. Und auch Mei Ju wurde zu ihrer eigenen Überraschung kaum gescholten. Dann erkannte sie den Grund dafür. Die Älteren und besonders Kaiserin waren viel zu sehr damit beschäftigt, Hahn zu bestrafen, ein jüngeres Mädchen, dessen Familie so arm war, dass es dort wie in Zeiten der Hungesnot statt Reis nur Haferschleim und Süßkartoffeln gab. Vor vier Jahren waren sie zum Gespött der Dorfbewohner geworden, weil sie ihren Sohn, der noch nicht einmal richtig sprechen konnte, den Preisgekrönten nannten – was der Titel des höchsten Würdenträgers in ganz China war.

Trugen Mei Ju und die anderen Mädchen im Haus Schuhe aus Tuch und mit dicken Sohlen, so hatte Hahn nur Strohsandalen. Ihre Kittel und Hosen waren vom vielen Waschen abgenutzt und verblichen und mit Flicken übersät. Und wenn die anderen Mädchen von zu Hause Krapfen, Mandel- oder Mungbohnenpudding, Rüben-Goh oder Zuckerbrötchen mitbrachten, um die Leckereien abends gemeinsam zu verzehren, stürzte sich Hahn, die so dünn war wie ein Räucherstäbchen, gleich einem ausgehungerten Tier auf ihre Portion und war als Erste fertig.

Mei Ju hätte Hahn allzu gern ihren Anteil überlassen. Aber sie traute sich nicht. Keines der Mädchen traute sich. Nicht wenn Kaiserin ihre dicken Lippen schürzte und darauf beharrte, dass Hahn keinesfalls eine zweite Portion bekommen dürfe. Sie ließ sogar die Reste in den Kloakeneimer werfen, damit das Mädchen sie nicht herausfischen konnte.

Hahn folgte den ihr entgangenen Leckerbissen mit gierigem Blick. Ihre Augen glühten. Ihre langen dünnen Finger krümmten sich zur Faust. Ein paarmal wagte sie sogar zu widersprechen, und dann wurde Kaiserin so wütend, dass sich Mei Ju an die furchterregenden Stürme erinnert fühlte, die ihr Dorf im Sommer heimsuchten und Äste von den Bäumen rissen, Dächer abdeckten und Deiche zerstörten. Hahn reckte ihr spitzes Kinn, straffte den schmalen Brustkorb und ließ sich nicht einschüchtern. Aber Mei Ju krampfte sich der Magen zusammen, sie spürte eine Beklemmung, und das Herz schlug ihr bis zum Hals.

Und doch gab Mei Ju die Hoffnung nicht auf, im Mädchenhaus ihr Glück zu finden – sowenig wie sie es sich verkneifen konnte, Lychees zu essen oder zu wünschen, dass das Nachbarmädchen Schatten ihre Freundin würde.

Mama, erzähl mir eine Geschichte«, bat Schatten.

»Ai«, protestierte Mama, »siehst du nicht, dass ich Arbeit habe?«

Schatten schlang ihre pummeligen Arme, die zu kurz waren, um Mamas dicken Bauch zu umfassen, einfach um das kräftige Bein ihrer Mutter. »Bitte!«

»Also gut. Du hast gewonnen.« Lachend legte Mama ihren Stickrahmen beiseite. »Heute heißt unser Dorf Kräftige Raupe. Aber die Seidenraupen, die wir züchten, sind eher schwach. Nein, nicht schwach, besser gesagt, sie sind empfindlich. Und anspruchsvoll. Sie sind ständig hungrig.«

»Wie Mama und ich.« Baba, der Schattens großem Bruder geholfen hatte, aus Münzen und Federn einen Federball zu machen, drehte sich auf seinem Schemel herum und griff nach Schattens Arm. Er streifte den Ärmel ihres Baumwollkittels zurück und tat, als wolle er in das gesunde, sonnengebräunte Fleisch beißen. Sein warmer Atem und sein kurzer schwarzer Stoppelbart kitzelten auf ihrer Haut, und Schatten kicherte vergnügt.

Mama tätschelte ihren Bauch. »Es stimmt, Baba und ich essen gern. Aber wir können alles essen. Die Raupen dagegen bekommen Bauchschmerzen, wenn die Blätter, mit denen wir sie füttern, nicht genug zerkleinert sind, wenn wir die Raupen zu früh oder zu spät füttern oder wenn ihr Tablett nicht völlig sauber ist. Auch wer sie versorgt, muss innerlich und äußerlich rein sein.«

Baba wirbelte Schatten hoch und hielt sie in Armeslänge vor sich, als verbreite sie schlechten Geruch. »Sobald Mama wusste, dass du in ihrem Bauch warst, durfte sie das Raupenhaus nicht mehr betreten.«

Schattens kurze stämmige Beine zappelten hilflos in der Luft, sie kreischte und rief ihren Bruder zu Hilfe. Aber Älterer Bruder war mit seinem Federball beschäftigt und machte keinerlei Anstalten, ihr zu helfen. Daher kreischte Schatten noch lauter.

Mama erhob die Stimme. »Armer Baba. Er musste einhunderttausend Raupen ganz allein füttern und sauber halten, dein Bruder war ja erst vier und konnte ihm nicht helfen.«

Baba setzte sein Töchterchen auf seinen Schoß und stieß einen übertriebenen Seufzer aus. »Weil ich mich auch um die Maulbeerbäume kümmern musste, war ich gezwungen, einen Helfer einzustellen. Aber wir hatten nicht genug, um auf Dauer noch eine Reisschale zu füllen, und nach zwei Jahren mussten wir ihn entlassen.«

»Du warst acht Monate, ich war fast fünf Jahre alt, ein paar Monate jünger, als du jetzt bist.« Älterer Bruder hatte seinen Federball fertig und nahm Schatten in die Arme. »Aber Mama hat mir beigebracht, dich mit Wasserreisbrei zu füttern, dich über meine Schulter zu legen und dir auf den Rücken zu klopfen, damit die Winde aus deinem Bauch entweichen konnten.«

Als Älterer Bruder vorführte, was er gelernt hatte, rülpste Schatten gehorsam. Lächelnd fuhr Mama mit ihrer Erzählung fort.

»Dann fing ich wieder an, im Raupenhaus zu arbeiten, und dein Bruder beruhigte dich mit einem in Zuckerwasser getauchten Stofffetzen, wenn du weintest, weil ich nicht da war. Älterer Bruder nahm dich auch an der Hand, als du laufen gelernt hast. Er hat auf dich aufgepasst, als du auf deinen eigenen Beinen stehen konntest, und dich aufgehoben, wenn du hingefallen bist.«

Baba presste behutsam die Lippen seines Töchterchens zu einem Entenschnabel zusammen. »Als du laufen konntest, bist du deinem Bruder nachgelaufen wie ein Entchen seiner Mutter.«

Mama nickte so heftig, dass ihr Doppelkinn wackelte. »Du bist deinem großen Bruder nicht von der Seite gewichen, du bist ihm gefolgt wie sein Schatten.«

»Jetzt bin ich dran«, kreischte Schatten und sprang auf. »Bald nannten mich alle im Dorf …«

Sie breitete die Arme aus und gab ihren Eltern und ihrem Bruder das Zeichen zum Einsatz. Gemeinsam riefen sie: »Schatten!«

Während der Seidenraupensaison war die Mutter voll und ganz mit der Raupenzucht und dem Haushalt beschäftigt. Aber nachdem die siebte und letzte Generation von Raupen ihren Kokon gesponnen hatte, stellte sie im Gemeinschaftsraum des Hauses ihren Stickrahmen auf, ein hölzernes Rechteck, das sich um zwei senkrechte Stützbalken drehte. Und als Baba die Kokons auf dem Markt flussabwärts verkauft hatte, brachte er teure Seide und Satin mit nach Hause, die im Auftrag von Kaufleuten aus der Stadt bestickt werden sollten.

Im Dorf Kräftige Raupe trugen selbst die Reichen Westen, Hemden und Kittel aus unbesticktem blauem, schwarzem oder grauem Stoff, die Schatten für nicht viel bemerkenswerter hielt als ihre eigenen verblichenen Baumwollkittel und Hosen. Tragetücher, Hauben und Schuhe für Babys dagegen waren bunt und nicht selten aufwendig bestickt, aber sie waren auch mit Essensresten, Staub, Erbrochenem und Speichel beschmutzt.

Als Schatten die Seiden- und Satinstoffe der Kaufleute durch Mamas Finger gleiten sah, war sie betört von den leuchtenden Farben, dem Himmelblau und Apfelgrün, dem dunklen Purpurrot, Granatapfelrot und dem kräftigen Scharlachrot – eine Farbenpracht, als wäre der Regenbogen vom Himmel gefallen. Noch großartiger als die Farben waren aber die Stickereien der Mutter, die schuppigen, kleine Wölkchen ausstoßenden Drachen, die fein gefiederten Vögel, die aussahen, als würden sie gleich anfangen zu singen, die zarten Farbschattierungen der Blumen, denen nur noch der Duft fehlte.

Baba war stolz darauf, dass keine andere Frau im Dorf die Sticknadel mit solcher Zauberhand zu führen verstand wie Mama, und Schatten wünschte sich schon lange, dass Mama diese Kunst endlich auch ihr beibrächte. Aber auf das Drängen ihrer Tochter meinte Mama nur: »Erst wenn du selbst eine Nadel einfädeln kannst.« Das zumindest konnte Schatten jetzt.

Und bald überreichte ihr Baba strahlend einen kleinen Handstickrahmen. »Deine Großmutter hat sich deine Mutter als Schwiegertochter ausgesucht, weil die Heiratsvermittlerin sagte, deine Mutter sei eine *si fu*, eine Meisterstickerin. Gib gut Acht, dann wirst auch du eine viel begehrte Braut werden.«

Schatten hielt ihren Stickrahmen umklammert und achtete genau auf das, was Mama ihr sagte: »Es gibt gar nicht so viele verschiedene Stiche. Es gibt einen kurzen und einen langen Stich, den Backsteinstich, den Satin-, Samen-, Stängel-, Ketten-, Kreuz- und Spaltstich. Wenn du aber eine *si fu* werden willst, musst du diese Stiche nicht nur mit absoluter Genauigkeit ausführen, sondern auch wissen, welcher Stich wofür verwendet wird und in welcher Kombination. Du musst dich auch darauf verstehen, die passende Farbe und die richtige Fadenstärke zu wählen.«

Unter Mamas Anleitung bestickte Schatten kleine, handtuchgroße Baumwollstücke. Sie arbeitete so konzentriert mit Nadel und Faden, dass sie die Zungenspitze herausstreckte, während sie Glückssymbole und einfache Muster stickte.

Zu Schattens Enttäuschung waren die Stiche schrecklich ungleichmäßig und die Symbole und Muster, die dabei entstanden, plump und unförmig. Tatsächlich fürchtete Schatten, dass Mama sie für unbegabt hielt und sich weigerte, ihr noch mehr zu zeigen.

Aber Mama tadelte sie nicht einmal.

»Wenn du eine Meisterstickerin werden willst«, sagte sie, »musst du selbst einen kritischen Blick entwickeln.«

Also trennte Schatten alles wieder auf und versuchte es immer und immer wieder. Und als der Stoff nicht mehr zu gebrauchen war, nahm sie ein neues Stück und begann von neuem.

Tag um Tag und Abend für Abend widmete sich Schatten der Kunst des Stickens. Allmählich wurden ihre Stiche gleichmäßiger. Die Farben, die sie auswählte, und die Symmetrie der Muster und Symbole hatten zwar nichts Magisches, aber sie waren jetzt schön anzusehen.

Dann brachte ihr Mama neue Stiche und schwierigere Muster

bei. Und je geschickter Schatten wurde, umso erregter war sie, wenn sie die Nadel einfädelte.

In jenem Winter kam Älterer Bruder in die Schule. Am ersten Morgen klammerte sich Schatten schluchzend an ihn und weinte: »Ich will mit«, als wäre sie noch ein Baby und nicht schon ein fünfjähriges Mädchen.

Baba, der so stark war wie zwei Büffel, befreite ihren Bruder aus der Umklammerung und hob Schatten hoch. »Schhht!«

Getröstet von Babas sanftem Murmeln, seinem Herzschlag, den sie an ihrer Brust spürte, dem vertrauten Tabakgeruch und dem kratzigen Bart, hörte Schatten bald auf zu weinen und schmiegte ihr Gesicht an seine Schulter.

»Wenn du heiratest, gehörst du zur Familie deines Mannes«, erklärte Baba mit ruhiger Stimme, während seine schwielige Hand ihr über Haar und Wangen strich. »Schulgeld für dich zu bezahlen wäre Verschwendung. Außerdem würde keine Schwiegermutter eine Schwiegertochter wollen, die Bücher lesen kann. Alle wollen sie folgsame Schwiegertöchter, die gute Hausfrauen sind und sich ganz der Familie widmen.«

Er setzte sie ab. »Und jetzt sei ein braves Mädchen. Schluss mit dem Theater.«

Hinter ihrem Stickrahmen rief Mama lockend: »Komm, ich zeige dir einen neuen Stich.«

Weil sie es ihrem Baba recht machen wollte, aber doch hin- und hergerissen war zwischen Mamas Angebot und ihrem älteren Bruder, rührte sich Schatten nicht von der Stelle. Älterer Bruder, ein stämmiger Neunjähriger, tätschelte ihr sanft den Rücken und schob sie zu Mama hin. Aber erst als Baba in strengem Ton wiederholte: »Schwiegermütter wollen folgsame Schwiegertöchter«, gab Schatten nach. Während Mama ihr den Kettenstich zeigte, waren Schattens Gedanken bei ihrem Bruder und ihrem Vater, wie sie durch das Dorf zu dem kleinen Raum hinter dem Tempel gingen, in dem sich die Dorfschule befand. Während sie den neuen Stich ausprobierte, fiel ihr ein, dass sie ihrem Bruder nahe sein konnte, ohne gesehen zu werden, wenn sie den Waldflammenbaum hinaufkletterte, der direkt neben dem Tempelhof wuchs. Ihr Herz machte vor Freude einen Satz.

Sobald sie dem wachsamen Auge ihrer Mutter entkommen konnte, kletterte Schatten auf den Baum, ohne darauf zu achten, dass die harte Rinde durch die abgetragenen Baumwollhosen hindurch ihre Beine zerkratzte und sich in die zarte Haut ihrer Hände und Füße bohrte. Als sie sich auf der Höhe des Schulfensters befand, beugte sie sich so weit vor, dass sie hineinschauen konnte.

An einem Tisch direkt unter dem Fenster saß Älterer Bruder und langweilte sich sichtlich. Er trommelte mit den Fingern auf seine hohe Stirn, er drehte und zupfte an seinem Zopf. Seine Augen schweiften durch den Raum. Schatten, die ihn durch das zarte Grün des Baumes und die tiefroten Blüten hindurch beobachtete, wünschte, ihr Bruder möge in ihre Richtung schauen.

Als er sie schließlich entdeckte, schien es Schatten, dass er sich nicht weniger freute als sie. Grinsend hielt er sein Buch so, dass sie die aufgeschlagene Seite sehen konnte, und zeigte mit dem Finger auf die einzelnen Zeichen, während er sie sich laut vorsagte.

Im selben Raum saßen etwa zwei Dutzend andere Jungen im Alter zwischen sieben und siebzehn und lasen ebenfalls laut, und obwohl Schatten sich sehr anstrengte, konnte sie die Stimme ihres Bruders von den anderen nicht unterscheiden. Auch wirkten die Zeichen nur wie rätselhafte Kritzeleien, Verschlingungen und Knäuel.

Also rutschte Schatten näher heran. Aber noch immer gelang es ihr nicht, die Stimme ihres Bruders herauszuhören. Sie wies auf ihren Hals, um anzudeuten, dass er lauter, noch lauter sprechen solle.

Endlich konnte sie ihn hören. Und während Schatten sich an ihrem Ast festhielt und ihrem Bruder lauschte, entwirrten sich allmählich die Zeichen, so wie sie die Stiche und Muster ihrer Stickarbeit zu unterscheiden lernte.

In den vier Jahren, in denen ihr Bruder die Schule besuchte, lernte Schatten mit ihm, indem sie auf den Waldflammenbaum kletterte, wann immer sie ihren Haushaltspflichten entwischen konnte. Und während sie zusammen spazieren gingen, angelten oder Drachen steigen ließen, wiederholte sie, was sie gelernt hatte. Verborgen hinter den verschlungenen Ästen der riesigen Banyanbäume, die den Altar für Seh Gung, den Großvater der Gemeinschaft, umgaben, ritzte sie mit einem abgebrochenen Zweig Zeichen in den Sand, so dass Älterer Bruder überprüfen konnte, ob sie alles richtig gelernt hatte. Außerdem brachte er ihr bei, was sie versäumt hatte.

Aber in seinem letzten Schuljahr hatte Schatten während der arbeitsreichen Seidenraupensaison so viel zu tun, dass sie von Glück reden konnte, wenn sie einmal alle zehn Tage auf ihren Baum klettern konnte. Selbst im Winter, wenn es geruhsamer zuging, konnte sie nur bei den Mahlzeiten und am Abend mit ihrem Bruder zusammen sein, während er die Kalligraphie übte, Baba Werkzeug reparierte oder seine Pfeife rauchte und sie mit Mama an ihrer Stickarbeit saß. Da sie wusste, dass auch diese gemeinsame Zeit vorbei sein würde, sobald sie ins Mädchenhaus kam, flehte sie ihre Mutter an, sie weiter zu Hause schlafen zu lassen.

Mama schnalzte mitfühlend mit der Zunge. »Ich weiß, dass du nicht gehen willst. Aber du bist schon zehn, und dein großer Bruder ist fast fünfzehn. Du kannst nicht mehr der Schatten deines Bruders sein, die Zeit ist gekommen, dass du ins Mädchenhaus gehst. Sonst fangen die Leute an zu klatschen. Wenn du uns jetzt abends verlässt, wird es dir später leichter fallen, mit der größeren Trennung fertig zu werden, wenn du als Braut dem Dorf Lebewohl sagst.«

Zum ersten Mal erschien Schatten der Gedanke an die Heirat nicht mehr als ein harmloser, ferner Traum, sondern erschreckend wirklich und nah, und sie bekam Angst.

»Warum kann ich denn keinen Mann aus dem Dorf heiraten?«

»Angehörige der eigenen Sippe haben dieselben Ahnen, deshalb können sie nicht heiraten.«

»Aber im Dorf gibt es doch vier Sippen.«

»Zwischen der Familie des Bräutigams und der Familie der Braut darf es während der Heiratsverhandlungen oder dem Trauungszeremoniell keinen direkten Kontakt geben. Deshalb darf dein Mann nicht aus dem Dorf Kräftige Raupe oder Drei Tempel auf der anderen Seite des Flusses oder aus einem anderen Dorf in der Nähe stammen.«

Mamas Stimme war so sanft wie die Rundungen ihres Körpers. Liebevoll schlang sie die Arme um Schatten. »Aber bis dahin hast du noch ein paar Jahre Zeit, und im Mädchenhaus wirst du Klagelieder lernen, die dir in deinem Kummer helfen werden. Du wirst dich auch daran gewöhnen, nicht mehr bei uns zu sein.«

Schatten war untröstlich. Sie ging zu ihrem Bruder und bat ihn, sich für sie einzusetzen.

»Das kann ich nicht«, erklärte er ernst.

Ihre Augen füllten sich mit Tränen.

»Weißt du noch, wie traurig du warst, als ich in die Schule kam?«, erinnerte sie Älterer Bruder. »Du dachtest, du würdest nie darüber hinwegkommen.«

Tränen liefen über Schattens Wangen. »Ich musste ja auch nicht darüber hinwegkommen. Ich habe doch einen Ausweg gefunden. Wenigstens für ein paar Jahre.«

»Pass auf.« Ihr Bruder ging in die Hocke, stocherte ein wenig in dem feuchten Erdreich, zog dann einen sich windenden Wurm heraus, legte ihn zwischen sich und seine Schwester auf die Erde und durchschnitt ihn rasch mit einem scharfkantigen Stein.

Schatten, die ihren Bruder noch nie etwas so Grausames hatte tun sehen, fuhr zusammen, als hätte er sie geschlagen. Die beiden Teile des Wurmes zuckten und wanden sich und krochen in verschiedene Richtungen davon.

»Siehst du«, sagte er. »Du dachtest, man könnte den Wurm nicht zerteilen, du dachtest, ich hätte ihn getötet. Aber es ist nichts passiert. Beide Würmer sind am Leben. Genauso wird es dir ergehen.«

# EIN VOGEL IN DER SCHLINGE

Mei Jus Großmutter pflegte zu sagen: »Es reicht nicht, wenn man hart arbeitet. Man muss auch klug zu Werke gehen.« Und sie zeigte, was sie meinte, indem sie erklärte, was die Nachbarn alles falsch machten. »Seht euch die Fungs an. Obwohl sie eine Meisterstickerin in ihrer Familie haben, ist es ihnen nicht gelungen, ihren Besitz zu vermehren. Noch schlimmer ist, dass sie ihre Tochter mit dem Bruder herumziehen lassen. Denkt an meine Worte, aus Schatten wird nichts Rechtes, und die Familie wird auch noch das Wenige verlieren, was sie besitzt.«

Obwohl einzeln gebaut, standen die Häuser im Dorf so dicht nebeneinander, dass bei geöffneten Türen und Fenstern – was außer im Winter üblich war – Geräusche und Gerüche von einem Haus ins andere zogen. Mei Ju hatte den Eindruck, dass ihre Nachbarn ein glückliches und zufriedenes Leben führten, unbekümmert um ihre Fehler und um das düstere Schicksal, das ihnen Großmutter prophezeite. Großmutter sah in der Zufriedenheit der Fungs anscheinend einen Beweis für deren Dummheit. Mei Ju aber beneidete sie.

Gewiss, in Schattens Familie gab es seltener Fleisch zu essen als bei ihr zu Hause. Aber sie setzten sich gemeinsam zu Tisch. Mei Ju, ihre Schwester, ihr kleines Brüderchen, ihre Vettern und Cousinen dagegen aßen mit ihrer Mutter und ihren Tanten, nachdem die Großeltern, der Vater und die Onkel fertig waren. Die Geschichten, die die Großmutter erzählte, waren eher Belehrungen als Erzählungen, und die Unterhaltung mit ihr bestand hauptsächlich darin, dass sie über Großvater, Mei Jus Eltern, Onkel und Tanten herzog. Im Nachbarhaus dagegen mischte sich jeder in das Gespräch, oft plapperten alle durcheinander, und ihre Geschichten waren aufregend und amüsant.

Natürlich hatte Mei Ju ihre Großmutter immer und immer wieder sagen hören: »Im Leben kommt es nicht aufs Lachen an.« Trotzdem liebte Mei Ju das Lachen nicht weniger als den süßen Geschmack der Lychees im Sommer und die wohlige Wärme ihrer Bettdecke im Winter. Und sie lachte, wenn sie über die Hofmauer spähte und beobachtete, wie Schatten den dicken, glänzenden schwarzen Zopf ihres Vaters zu immer kleineren Kreisen aufrollte, bis er einer Pagode ähnelte, die sie dann mit kleinen Jasminblüten als Glocken schmückte. Und Älterer Bruder klemmte sich das lose Ende seines dünneren und kürzeren Zopfes unter die Nase, so dass es aussah wie der dünne Schnurrbart einer Figur der komischen Oper, deren groteske Verhaltensweisen er nachäffte.

Einmal hatte sich Mei Ju vorgenommen, ihre Familie ebenfalls zum Lachen zu bringen. Aber ihr Vater hatte ihre Vorstellung achselzuckend abgetan, als sei sie eine lästige Fliege, und Großmutter hatte sie gescholten: »Du ungezogenes Kind, siehst du denn nicht, dass dein Vater müde ist? Lass ihn in Ruhe.«

Ihr Hals hatte geschmerzt vor Anstrengung, als sie mühsam ihre Enttäuschung hinunterschluckte. »Aber Schatten …«, piepste sie kleinlaut.

»Bist du taub oder dumm oder beides?«, hatte Großmutter sie angeherrscht. »Wie oft habe ich dir schon gesagt, dass die Fungs Dummköpfe sind?«

Hieß das, dass auch sie ein Dummkopf war?, überlegte Mei Ju.

Als Dritte Tante mit der Nachricht nach Hause kam, dass Schattens Mutter ein Mädchenhaus für ihre Tochter suchte, leuchteten Großmutters tiefschwarze Augen, als zählte sie Silberbarren. »Schattens Mutter hat ihrer Tochter die Geheimnisse der Stickkunst beigebracht, und diese Geheimnisse könnte Schatten doch Bak Ju und Mei Ju verraten, wenn sie im selben Mädchenhaus sind. Dann kann unsere Familie einen höheren Brautpreis verlangen.«

Großmutter wandte sich an Mei Ju: »Geh mit deinem kleinen Bruder, deinen Vettern und Cousinen hinaus zum Spielen. Pass gut auf sie auf. Aber halte die Augen offen. Wenn du Schattens Mutter aus dem Haus kommen siehst, gib Acht, was sie mit sich trägt, und sag es mir sofort. Sofort, hörst du? Und trödle nicht herum.«

Sobald Mei Ju meldete, dass Schattens Mutter mit einem Korb voll Wäsche in Richtung Fluss ging, holte Großmutter saubere Hosen und Kittel aus der Kiste in ihrem Zimmer und gab sie Mama. »Schattens Mutter ist unten am Fluss. Du weißt, was du zu tun hast.«

Mei Ju stand vor einem Rätsel. Mit ihrem kleinen Bruder, ihren Vettern und Cousinen, auf die sie aufpassen musste, bewegte sie sich so weit vom Haus fort, wie sie es ohne Erlaubnis der Großmutter wagen konnte. Denn sie wollte hören, was die Frauen am Fluss redeten.

Unter dem klatschenden Geräusch nasser Kleider, die auf den Felsen schlugen, versicherte Mama Schattens Mutter: »Wenn deine Tochter in dasselbe Mädchenhaus geht wie meine Tochter, kannst du dich darauf verlassen, dass meine ältere Tochter auf sie aufpasst.«

Als Mama Bak Ju erwähnte, fingen die anderen Frauen an, das Mädchen mit Lob zu überhäufen.

»Bak Ju ist die beste Tochter, die man sich nur denken kann.«

»Ein Juwel, eine Perle.«

»Reifer, als es ihrem Alter entspricht.«

»Nicht nur folgsam, sondern auch zuvorkommend und liebenswürdig.«

Schattens Mutter war ja ihre Nachbarin und hatte, was die Frauen sagten, bestimmt schon oft gehört. Dennoch ließ sie ihren Haufen schmutziger Wäsche liegen und hörte aufmerksam zu. Mama dagegen hielt den Kopf bescheiden über ihre Wäsche gebeugt und schlug und spülte und wrang.

Jetzt kam Bak Jus Aussehen an die Reihe.

»Zu all dem ist das Mädchen auch noch hübsch.«

»Ja, sie hat eine wunderbar helle Haut.«

»Eine makellose Haut.«

»Ihr Gesicht strahlt wie eine Perle.«

Die Leute sagten oft, sie und ihre Schwester sähen aus wie Zwillinge, und vor Aufregung und Angst zitternd, fragte sich Mei Ju, ob die Frauen auch sie gleich loben würden und wie ihre Mutter reagieren würde, falls sie sich, wie Großmutter, über sie beschwerten. Denn Großmutter sagte immer: »Mei Ju ist ein ungezogenes Kind.« Aber Mama stellte eine Frage, die dem Gespräch eine andere Wendung gab.

»Heiratsvermittlerin Lou, hast du nicht einen guten Brautpreis für ein Mädchen aus dem Mädchenhaus meiner Tochter ausgehandelt?«

»Nicht einmal, mehrmals. Ich habe für die älteste Tochter des alten Fung fünf Schweine ausgehandelt.« Die Heiratsvermittlerin Lou hob die rechte Hand und spreizte die Finger. »Fünf! Wisst ihr, ich kann beschwören, dass ein Mädchen aus diesem Mädchenhaus die rechte Zurückhaltung zeigt.« Sie machte eine bedeutungsvolle Pause und fügte dann hinzu: »Auch gegenüber dem eigenen Bruder.«

Schattens Mutter presste die Lippen aufeinander und wandte sich ihrer Wäsche zu.

»Ist Schatten nicht zehn?«, fragte Mama und lenkte damit die Unterhaltung erneut in eine andere Richtung.

Schattens Mutter nickte, ohne aufzublicken.

»Dachte ich mir's doch«, frohlockte Mama. »Sie ist genauso alt wie Mei Ju. Wenn sie im selben Haus sind und im selben Bett schlafen, werden sie Freundinnen. Gute Freundinnen. Da bin ich mir sicher.«

Mei Ju erfüllten abwechselnd Freude und Überraschung. Dann würde man sie also nicht mehr tadeln, wenn sie so wie Schatten spielen wollte? Würde dann Schatten ihre Freundin werden, eine Freundin, mit der sie, Mei Ju, spielen und lachen konnte wie Großvater mit seiner Konkubine?

Im Stillen wünschte sich Mei Ju, dass Schattens Mutter jetzt sagen würde: »Ja, meine Tochter wird in dasselbe Mädchenhaus gehen wie deine Töchter. Und sie werden gute Freundinnen werden.« Als aber Schattens Mutter antwortete, schlug Mei Jus Herz so laut, dass sie kaum ein Wort verstand.

Manchmal, wenn sie Klagelieder sangen, weinten die Mädchen im Mädchenhaus laut, und Yun Yun war sicher, dass sie im ganzen Dorf Zwillingshügel zu hören waren. Aber je lauter sie schluchzten, desto mehr wurden sie von Alter Großmutter gelobt.

Mehr als einmal mahnte sie: »Denkt dran, ihr müsst die Totenklagen genauso gut singen wie die Hochzeitslieder. Denn wenn ihr verheiratet seid, wird euer Leben von eurem Ehemann und euren Schwiegereltern bestimmt. Freude und Schmerz kommen aus ihren Händen. Aber wenn sie euch unglücklich machen, könnt ihr eurem Kummer, eurem Unmut über Kränkungen oder Ungerechtigkeit Luft machen, indem ihr während der neunundvierzig Tage der Trauer vor einem Begräbnis Klagelieder anstimmt. Und diese Klagen können bewirken, dass man euch besser behandelt.«

Alte Großmutter brachte ihnen neben den Klageliedern für die Braut auch jene für die Freundinnen der Braut bei. Denn: »Die Freundinnen einer Braut sind mit ihr zusammen auf dem Dachboden eingeschlossen, und sie zeigen ihre Anteilnahme und ihre Unterstützung, indem sie genauso laut weinen wie die Braut.«

An manchen Abenden, an denen Alte Großmutter nicht kam, spielten die Mädchen Heiraten. Das älteste Mädchen spielte die Brautführerin, die übrigen zogen das Los, wer die unglückselige Rolle der Braut übernehmen musste.

Yun Yun, die den kürzesten Strohhalm zog, weinte, als Alte Großmutter sagte, eine Braut müsse so große Angst haben wie in ihrer ersten Nacht im Mädchenhaus. Daran hatte es bei Yun Yun nicht gefehlt.

»Es ist doch nur ein Spiel«, meinte Glückskind tröstend.

Immer noch ängstlich, umklammerte Yun Yun Glückskinds Hand. Das älteste Mädchen, das die Brautführerin spielte, spuckte auf ihre Fingerspitzen und strich Yun Yuns Augenbrauen so zurecht, dass sie aussahen wie makellos geformte Weidenblätter. Die anderen Mädchen legten Kämme, wohlriechende Öle sowie Weste und Rock zurecht, die als Hochzeitskleid dienten.

Zufrieden mit ihrem Werk, nahm die Brautführerin zwei lange Fäden und entfernte damit geschickt Yun Yuns Gesichtshaare. Jedes Mal, wenn sie zupfte, schrie Yun Yun vor Schmerz auf.

Glückskind drückte beruhigend ihre Hand. »Lenk dich mit einem Lied ab.«

Gehorsam fing Yun Yun an zu singen:

Mit roten und grünen Fäden entfernte man mir die Gesichtshaare
Und machte mein Gesicht makellos rein,
Damit ich eine wandernde Seele sein konnte.

Aber als Yun Yun sah, wie die Brautführerin nach der Puderquaste griff, klappte sie den Mund zu, schloss die Augen und wünschte, sie könnte auch die Nase verschließen. Da das nicht möglich war, versuchte sie die Luft anzuhalten, solange sie die flauschige Quaste auf ihren Wangen spürte. Aber es gelang ihr nicht, und als Puderwölkchen durch die Nase in ihren Hals drangen, musste sie mehrmals heftig niesen.

Voller Scham über diesen unziemlichen Ausbruch, hielt Yun Yun die Augen geschlossen. Auch versagte ihr die Stimme, so dass sie nicht weitersingen konnte. Als aber die Brautführerin für die Zeremonie des Haarehochsteckens die Bänder löste, die ihre kindlichen Zöpfe zusammenhielten, hörte Yun Yun, wie Glückskind mit einer Stimme, lieblich wie der Klang von Tempelglocken, sang:

Lass den Kamm von den Haarwurzeln bis zu den Spitzen gleiten
Und löse alle Knoten.
Steck das Haar hoch, aber nicht zu fest.

Die anderen Mädchen fielen ein. Auch Yun Yun hätte mitsingen sollen. Aber als die Finger der Brautführerin durch ihr Haar strichen, ihren Kopf massierten und mit duftendem Öl einrieben, war dies ein so wohliges Gefühl, dass Yun Yun es in vollen Zügen genoss.

Als die Brautführerin mit dem Kämmen begann, schien es Yun Yun, als sei ihr Haar fein und weich wie Seide geworden und ihr Schädel, ja alle ihre Knochen zu flüssigem Gold zerschmolzen. Als sie die Augen öffnete, beobachtete sie voll Bewunderung, wie die Brautführerin das glänzende Haar in drei Strähnen teilte, die sie jeweils zu einem langen ordentlichen Zopf flocht. Die Zöpfe steckte sie sodann zu einem raffinierten Frauenknoten hoch.

Mit der freien Hand hielt Glückskind der Brautführerin die schlichte Haarnadel hin, die in diesem Spiel die goldene Haarnadel war, welche nach Schilderung von Alter Großmutter der Bräutigam schicken musste. Plötzlich löste sich einer der Zöpfe, und die Brautführerin stieß die Haarnadel tief in den Knoten und in Yun Yuns Nacken.

Yun Yun schrie auf und versuchte sich zu loszureißen. Doch Glückskind hielt ihre Hand noch fester und flüsterte Yun Yun beruhigende Worte ins Ohr. Die Mädchen hielten sie an Schultern und Armen fest und sangen:

> Heute ist grundloses Unglück über dich gekommen,
> Du bist wie ein in der Schlinge gefangener Vogel.
> Deine Tränen fließen wie Flüsse und Ströme,
> Du kannst dich aus dieser Schlinge nicht befreien.

Die Brautführerin stieß Yun Yun die Nadel so tief ins Fleisch, dass Blut herausschoss. Yun Yun schrie auf vor Schmerz. Glückskind weinte mitfühlend:

> Der Bräutigam packt dein Haar,
> Seine goldene Haarnadel findet die Stelle.

Erst als das Blut über die Finger der Brautführerin floss, schien sie zu merken, dass sie die Haarnadel tief ins Fleisch gestoßen hatte. Sie zog sie heraus, was Yun Yun neuen Schmerz verursachte. Rasch hob Glückskind ihren Kittel, drückte ihn auf Yun Yuns Wunde und stillte damit die Blutung. Yun Yun, die vor Schmerz schluchzte, vernahm mitfühlendes Gemurmel.

»Der Schurke wird dir noch mehr Blut abzapfen«, brummte die Brautführerin düster.

Als Yun Yun später im Bett lag, fand sie keinen Schlaf. Ein dumpfer Schmerz pochte in ihrem Nacken. Yun Yun dachte über die Bemerkung der Brautführerin nach.

Von den Klagegesängen wusste sie, dass mit dem »Schurken« der Bräutigam gemeint war. Aber Glückskind, die jetzt neben ihr schlief, hatte gesagt, wenn Yun Yun zu Hause bliebe, statt ins Mädchenhaus zu gehen, könnte sie sehen, wie ihr Vater sich mit ihrer Mutter und ihr Großvater sich mit ihrer Großmutter »vergnügte«. Aus den Gesprächen der älteren Mädchen erahnte Yun Yun jetzt, dass diese Vergnügung zwischen den Männern und ihren Ehefrauen im Bett stattfand und etwas anderes war als das Vergnügen, das sie empfand, wenn sie an Glückskind geschmiegt schlief.

Aber wie konnte es ein Vergnügen sein, wo doch alle Lieder, die Alte Großmutter ihnen beibrachte, und alles, was sie über die Ehe erzählte, von Schmerz und Leid handelte? Wenn der Ehemann in Wahrheit ein Schurke war, der seiner Frau Blut abzapfte, dann fügte er ihr doch Schmerz zu! Tief verstört weckte Yun Yun Glückskind, um sie danach zu fragen.

Schlaftrunken musste Glückskind zugeben, dass sie trotz ihres selbstsicheren Auftretens ebenso wenig wie Yun Yun wusste, was zwischen Mann und Frau unter der Bettdecke geschah.

»Kannst du nicht deine Schwägerinnen fragen?«

»Hab ich schon. Sie sagen, das würde ich schon noch erfahren, wenn ich heirate.«

Viel zu verängstigt, um so lange zu warten, sprach Yun Yun am nächsten Morgen mit ihrer Mutter darüber, ohne auf die Großmutter zu achten, die ganz in der Nähe auf einer Bank an der Hofmauer vor sich hin döste.

»Wird mir mein Mann wehtun, wenn ich eine Braut bin?«, fragte Yun Yun.

Ihre Mutter errötete und tat beschäftigt. Sie holte heißes Wasser aus der Küche und goss es in eine Wanne, um Yun Yuns Wunde zu reinigen.

Die Großmutter schlug die Augen auf, besah ihre Hände, die rau und knorrig waren wie die Äste des Maulbeerbaums, und seufzte: »Als ich lernte, Seide zu haspeln, weinte ich jedes Mal, wenn ich einen Kokon aus dem Bottich mit dem siedend heißen Wasser nehmen musste. Ai yah, die Blasen an meiner Hand schmerzten so sehr, dass ich auch dann noch weinte, wenn ich längst mit der Arbeit fertig war. Aber im darauf folgenden Jahr weinte ich schon weniger. Und nach ein paar Jahren weinte ich gar nicht mehr.«

Großmutter schloss die Augen, senkte den Kopf und schlief wieder ein. Hatte sie im Traum gesprochen?, überlegte sich Yun Yun. Oder hatte Großmutter ihre Frage beantwortet? Und wenn es eine Antwort auf ihre Frage gewesen war, was hatte sie ihr damit sagen wollen?

Noch verwirrter als zuvor, bedrängte sie ihre Mutter: »Sag, wird mir mein Mann wehtun?«

Ihre Mutter wrang ein Tuch aus und betupfte damit vorsichtig Yun Yuns Wunde. »Dein Vater hat mir nie wehgetan«, sagte sie. »Und du kannst sicher sein, dass wir für dich einen guten Ehemann finden. Einen Ehemann, der so gut ist wie der, den meine Eltern für mich gefunden haben.«

Yun Yun konnte sich ihren Vater nicht als Schurken vorstellen, als ein Geschöpf der Hölle, als jemanden, vor dem man sich fürchten musste. Als sie klein war, hatte er sie oft hochgehoben, ihren Nacken liebkost und seine Nase in ihr Haar vergraben. Er hatte sie immer und immer wieder durch die Luft gewirbelt, bis sie vor Vergnügen gegluckst hatte. Und auch jetzt ging er zärtlich mit ihr um und forderte sie auf, sich satt zu essen, damit sie nachts keinen Hunger bekam. Er ermahnte sie, noch eine Weste anzuziehen, damit sie sich nicht erkältete, wenn sie mit Glückskind zum Mädchenhaus ging. Trotzdem schrak Yun Yun häufig schreiend aus bösen Träumen hoch, in denen der Schurke erschienen war. Und erst wenn sie in Glückskinds Armen lag, konnte sie wieder einschlafen.

Die Häuser im Dorf Kräftige Raupe bildeten drei lange Reihen, gesäumt vom Fluss auf der einen und von der gepflasterten Hauptstraße des Dorfes auf der anderen Seite. Das Haus von Schattens Familie lag beinahe am Dorfende, auf der Seite des Flusses, und das Mädchenhaus, das Mama für Schatten ausgewählt hatte, befand sich nur eine Straße weiter, nicht mehr als acht, neun Häuser entfernt. Aber an ihrem ersten Abend bat sie Älteren Bruder, sie zu begleiten.

Noch bevor er antworten konnte, erinnerte sie Mama: »Ich habe es dir doch schon gesagt. Du bist kein kleines Mädchen mehr, und deshalb darfst du mit Älterem Bruder oder einem anderen Jungen nicht mehr in der Öffentlichkeit auftreten oder sprechen. Sonst sagen die Leute, es mangelt dir an Sittsamkeit und elterlicher Unterweisung. Und dann wird dich keine Schwiegermutter zur Schwiegertochter haben wollen, und wenn du noch so schön sticken kannst.«

Als Schatten Mama so reden hörte, krampfte sich ihr das Herz zusammen und wand sich wie der Wurm, den ihr Bruder in zwei Teile geteilt hatte.

Mama kniff Schatten liebevoll in die Wangen. »Mach kein so betrübtes Gesicht. Du musst dort doch nur übernachten. Und du brauchst nicht allein zum Mädchenhaus gehen. Bak Ju und Mei Ju werden dich begleiten.«

Schatten kannte die beiden Mädchen, denn sie waren ja Nachbarinnen, und als sie sie abholten, waren sie sehr freundlich zu ihr. Mei Ju nahm sie an der einen, Bak Ju an der anderen Hand. Trotzdem hegte

Schatten noch die unsinnige Hoffnung, Älterer Bruder möge ihr nachlaufen, gleich würde sie seine festen, schnellen Schritte vernehmen und seine tiefe Stimme rufen hören: »Komm nach Hause! Ich habe Mama und Baba überredet, dass du nicht ins Mädchenhaus musst. Heute Abend nicht. Niemals!«

Unfähig weiterzugehen, blieb Schatten schließlich stehen und drehte sich um. Die Straße war leer, die Tür ihres Hauses geschlossen.

Als sie auf Schattens Haus zuging, hatte Mei Ju sich vorgestellt, sie würden auf dem Weg zum Mädchenhaus unbekümmert plaudern, scherzen und lachen. Doch jetzt brachte Mei Ju kaum ein Wort heraus, Schatten schwieg, und Bak Ju erläuterte weitschweifig die strengen Regeln, die ihnen die Älteren und Ranghöchsten auferlegten, und das System der Geldbuße.

Verzweifelt rang Mei Ju nach Worten, um den Redestrom ihrer Schwester zu unterbrechen. Schatten ging immer langsamer, und bald blieb sie ganz stehen.

Bestürzt hielt auch Mei Ju inne und zwang ihre Schwester, ebenfalls stehen zu bleiben. Und als sich Schatten umdrehte und zu ihrem Haus zurückschaute, verzogen sich Bak Jus Mundwinkel wie die von Großmutter.

»Wisst ihr eigentlich, dass die Jüngeren im Mädchenhaus die Älteren bedienen müssen, so wie wir alle eines Tages unsere Schwiegermütter bedienen müssen?«

Schattens Augen glänzten tränennass, und sie nickte.

Mei Ju, ebenfalls dem Weinen nahe, fand endlich die Sprache wieder. »So schlimm ist es ja auch wieder nicht. Wir müssen den Älteren das Essen servieren, ihnen Tee einschenken und Luft zufächeln, wenn es heiß ist. Außerdem sind es sieben jüngere Mädchen, mit dir sogar acht, und nur vier ältere, und wir wechseln uns ab. Deshalb bleibt genügend Zeit zum Spielen.«

Bak Ju setzte sich wieder in Bewegung. »Was noch wichtiger ist: Wir lernen voneinander. Hast du besondere Fähigkeiten, Schatten?«

Mei Ju folgte ihrer Schwester und wünschte, Bak Ju möge aufhören, den Anweisungen der Großmutter nachzukommen. Während Schatten sich ihnen schweigend anschloss, suchte Mei Ju nach Worten, um Bak Ju von ihrem Vorhaben abzubringen und Schatten aufzuheitern.

Aber ihr fiel nichts ein.

»Nur keine falsche Bescheidenheit«, meinte Bak Ju ermunternd zu Schatten.

»Ich sticke«, sagte Schatten leise. »Meine Stickereien sind so gut, dass Baba sie verkaufen kann. Aber nicht so gut wie die meiner Mama.«

»Streng dich an, dann schaffst du es auch«, entgegnete Bak Ju zurück. »Aber bis dahin kannst du uns doch bestimmt das Sticken beibringen.«

Mei Ju verstand bald, warum Großmutter so viel daran lag, dass Schatten ihr und ihrer Schwester die Geheimnisse des Stickens beibrachte, die sie von ihrer Mutter gelernt hatte. Denn Schatten machte durch die Kombination ihrer Fäden, Farben und Stiche selbst aus dem einfachsten Muster etwas ganz Besonderes. Auch gab sie großzügig ihre Kenntnisse weiter, und selbst Kaiserin nutzte dies aus und forderte Stunde um Stunde Unterricht im Sticken.

Als Kaiserin, auf ihrem Stuhl vor dem Altar thronend, alle Mädchen in den Gemeinschaftsraum rief, nahm Mei Ju daher an, es handle sich um eine weitere Stickstunde. Aber nachdem die Älteren auf den Bänken links vom Stuhl und die Jüngeren auf dem harten Lehmboden zwischen den beiden Betten Platz genommen hatten, forderte Kaiserin nicht Schatten auf, ihre Fähigkeiten vorzuführen. Vielmehr befahl Kaiserin dem Mädchen Hahn, vorzutreten und Schatten zu Ehren das »Lied der Stickerinnen« zu singen. Hahn kannte die meisten Lieder für die Holzfischtrommel und hatte eine hübschere Stimme als alle anderen Mädchen im Haus.

Und als Hahn statt »Ehefrau« Schattens Namen in das Lied einflocht, klatschte Kaiserin laut Beifall.

»Bah«, flüsterte Mei Ju Schatten zu, die zwischen Bak Ju und ihr saß. »Du bist der Grund dafür, dass Hahn Kaiserin endlich einmal etwas recht gemacht hat.«

Auf Schattens Gesicht erschien eine leichte Röte, die sich von ihrem Nacken bis zu ihren dicken Wangen mit den Grübchen ausbreitete.

Kaiserin sprang von ihrem Stuhl auf und rief Hahn zu: »Fang noch einmal an, damit ich mitsingen kann.«

Mit offenem Mund starrte Mei Ju auf Kaiserin und Hahn, die friedlich nebeneinander standen. Auch die Älteren blickten die beiden ungläubig an. Die Jüngeren schluckten und hüstelten, bemüht, ihr Erstaunen zu verbergen. Einige riefen auch schmeichlerisch: »Ho jeh, wunderbar!«

Hahn war wohl von allen am meisten verstört. Doch wie üblich verriet ihr bleiches Gesicht keine Regung, und die tief liegenden Augen, die manchmal ihr Innerstes preisgaben, blickten gleichmütig drein.

Sie hielt die Holzfischtrommel empor und schlug sie mit dem Schlägel, um sich und Kaiserin den Takt vorzugeben, und gemeinsam sangen sie:

Alle sind versammelt,
Um dir, Schatten, zu gratulieren.
Mit roten und grünen Fäden
Malst du Bilder von wunderbarer Schönheit.
Lotosblüten, die im kräuselnden Wasser treiben,
Enten, die über den See streifen.
Goldamseln, die von Ast zu Ast hüpfen,
Fledermäuse, die durch die Wolken stoßen,
Löwen, die auf Felsen sitzen
Und ihre silbernen Zähne zeigen.

Hahn hielt inne und blickte bedeutungsvoll auf die scharfen kleinen Zähne von Kaiserin, die sie beim Singen entblößt hatte. Mei Ju erstarrte. Schatten, deren Gesicht tiefrot angelaufen war, stammelte, dass dieses Lied doch eher die Fähigkeiten ihrer Mutter schildere als ihre eigenen.

Ihre Worte lenkten Kaiserins Aufmerksamkeit von Hahn ab. Auch Mei Ju, die alles atemlos beobachtete, hatte das Gefühl, Schatten habe sie absichtlich unterbrochen. Kaiserin deutete mit einer freundlichen Handbewegung an, Schatten möge schweigen und Hahn mit ihrem Gesang fortfahren. Die übrigen Mädchen forderte sie auf mitzusingen.

Hahns Rhythmus folgend, stimmten die Mädchen in die letzten Liedzeilen mit ein:

Schatten, du bist so begabt.
Du stickst rote Pfirsiche und grüne Weiden,
Rad schlagende Pfauen,
Silberne Drachen, die ins Meer hinausschwimmen,
Weiße Kraniche, die in den Himmel aufsteigen.
Ja, Schatten, unsere Schatten.
Du bist wirklich begabt.

So begabt, dass sie das Mädchenhaus in einen Ort der Freude verwandelt hatte, dachte Mei Ju glücklich.

Zu ihrer eigenen Überraschung gefiel Schatten der Aufenthalt im Mädchenhaus recht gut. Hatte sie bei Gruppenspielen bisher immer nur zusehen müssen, wenn ihr Bruder mit anderen Jungen herumtollte, so spielte sie jetzt, wenn sie nicht gerade Klagelieder lernte, die Kunst des Stickens lehrte oder die Älteren bediente, mit den anderen Mädchen im Hof. Und Schatten liebte es, beim Drachenspiel, beim Federball und Seilhüpfen ihre Kraft und Geschicklichkeit mit den anderen zu messen.

Als sie schließlich zu Hause mit ihrer Familie im Hof saß und Wassermelonen aß, ergötzte Schatten ihre Angehörigen mit der dramatischen Schilderung eines knappen Siegs.

Älterer Bruder schnappte seiner Schwester ihr angebissenes Melonenstück weg. »Du würdest öfter gewinnen, wenn du nicht so ein Pummelchen wärst.« »Wenn ich deine Tricks nicht anwenden würde, würde ich nie gewinnen«, lachte sie und drohte, ihn mit ihren klebrigen Fingern zu berühren.

Dann wurde sie auf einmal ernst und ließ die Arme sinken. »Hahn gewinnt nie.«

Mama wischte mit einem Lappen den Saft ab, der ihrer Tochter das Kinn hinunterlief, und schnitt weitere Melonenstücke auf. »Das arme Mädchen ist wahrscheinlich zu schwach vor Hunger oder zu erschöpft von der Arbeit oder beides.«

»Mich wundert, dass Hahn überhaupt Kraft hat zum Spielen.« Baba spuckte Kerne aus. »Alter Blutsauger verfügt über sie, ihre Eltern und ihren kleinen Bruder, als wären sie sein Eigentum. Ihm gehören das Haus, in dem sie wohnen, und die Felder, die sie bestellen, und er schindet sie bis aufs Blut.«

Schatten nahm sich noch ein Stück Melone. »Kaiserin schindet Hahn auch.«

Älterer Bruder schnaubte. »Nach allem, was du uns erzählt hast, ist Hahn genauso dickköpfig wie Kaiserin.«

»Hahn ist ein tapferes Mädchen«, entgegnete Schatten.

»Das mag ja sein«, sagte Mama. »Aber da sie sich mit ihrer Tapferkeit immer neuen Kummer einhandelt, ist sie auch dumm.«

»So dumm wie ihre Eltern. Nicht nur dass sie sich bei Altem Blutsauger tief verschuldet haben, sie beharren darauf, dass ihr Sohn ein Preisgekrönter wird und sie rettet, ja nach oben bringt.« Baba pickte einen Kern aus dem rosafarbenen Fruchtfleisch der Melone, warf ihn hoch, fing ihn mit dem Mund auf und schluckte ihn umständlich hinunter. »Dieser Junge hat keine besseren Aussichten, ein Preisgekrönter zu werden, als ich, wenn ich aus diesem Kern eine Wassermelone züchten will. Wenn in seiner Sippe die Schule nicht kostenlos wäre, könnte er nicht einmal lesen. Und sobald er für die schwere Arbeit alt genug ist, wird ihn Alter Blutsauger zwingen, auf seinen Feldern zu schuften.«

»Hahn und ihre Verwandten sind nicht nur dumm. Mit ihnen gibt es immer Ärger«, zischte Älterer Bruder seiner Schwester ins Ohr, während er so tat, als wolle er nach ihrer Melone schnappen. »Mach also ihretwegen keine Dummheiten.«

Der Nordwind, der dem Dorf Kräftige Raupe den Winter brachte, konnte eisig sein, und auch die Nächte waren so bitterkalt, dass Mei Ju im Gemeinschaftsraum den Hauch ihres Atems sehen konnte. Die Mädchen hatten alle ihre Decken auf die Betten zu beiden Seiten des Altars gehäuft und kuschelten sich aneinander, die acht jüngeren in dem einen Bett, die vier älteren in dem anderen. Jedes Mädchen hatte ein Häufchen geröstete Kastanien auf dem Schoß. Frisch aus der Asche geholt, waren sie dampfend heiß, und Mei Ju, die sich zwischen Bak Ju und Schatten kuschelte, genoss die Wärme, die die Kastanien durch die dicke Decke hindurch verströmten. Den kurzen Schreien nach zu urteilen, die ab und zu von beiden Seiten des Raumes immer wieder ertönten, konnten einige den köstlich duftenden Kastanien nicht widerstehen.

»Hahn«, schnurrte Kaiserin. »Sing uns ein Lied, bis die Kastanien abgekühlt sind.«

Als sich Hahn aus dem Bett lehnte, verrutschten die Decken, und ein paar Kastanien kullerten herab. Ein empörtes Stimmengewirr war zu hören: »Wai«, »Pass auf«, »Was machst du da?« Und die Mädchen, darunter auch Mei Ju, hielten ihre Hände schützend über die Kastanien, damit sie nicht herunterrollten.

»Verzeihung.« Hahn nahm die Holzfischtrommel von der Truhe. »Es ist zu kalt, um aufzustehen.«

Sie zog den Schlägel aus dem Maul des Fisches, schlug einen Rhythmus und fing an zu singen:

Alle träumen vom Glück,
Aber wir alle weinen bei der Geburt.
Das Schicksal …

»Hör auf!«, befahl Kaiserin.«Dieses Lied haben wir schon tausend Mal gehört.«

Da nur eine Schale mit brennendem Öl den Raum erhellte und aus dem Kohlebecken in der Küche noch immer dunkler Rauch stieg, konnte Mei Ju das Gesicht von Kaiserin nicht erkennen. Aber ganz deutlich war der Ärger aus ihrer Stimme herauszuhören. Mei Ju holte Luft und hielt den Atem an, als Schatten neben ihr sich beherzt einmischte.

»Das Lied ist tatsächlich abgedroschen. Alle Lieder sind abgedroschen. Es ist schon lange her, dass fahrende Sänger ins Dorf Kräftige Raupe gekommen sind. Doch wenn es wärmer wird, sind sie wieder unterwegs, und dann werden wir neue Lieder lernen.«

Hahn, die mit dem Schlägel auf die Holzfischtrommel schlug, trällerte in einem hohen Falsett. »Aber wenn eine von uns lesen könnte, müssten wir nicht auf den fahrenden Sänger warten, der uns neue Lieder bringt. Wir könnten aus Liederbüchern lernen.«

»Hör auf mit diesem Unsinn«, herrschte Kaiserin sie an.

Mei Ju zuckte zusammen, als wäre sie selbst gerügt worden. Insgeheim flehte sie, dass Hahn gehorchen möge und dass Schatten, die zu zittern begonnen hatte, trotzdem einen Weg finden würde, Kaiserin abzulenken und aufzuheitern.

Hahn ließ den Fisch und den Schlägel sinken. »Wenn wir lesen könnten, wären wir nicht immer auf andere angewiesen, die uns etwas beibringen. Wir könnten selbst lernen.«

Hahns Logik war so schlüssig, dass Mei Ju nickte.

Ihre Schwester stieß sie in die Rippen. »Wie kannst du nur dieser Unruhestifterin Recht geben?«

Natürlich sprach sich Großmutter wie alle im Dorf gegen Bildung für Mädchen aus, und bis vor wenigen Augenblicken hatte Mei Ju alles, was sie sagten, gedankenlos akzeptiert. Jetzt fügte sie sich zwar folgsam der Ermahnung ihrer Schwester, aber plötzlich fiel ihr ein, dass Großvater nie einen Pachtvertrag mit einem Grundeigentümer abschloss, bevor er diesen Vertrag nicht Großmutter vorgelesen hatte. Überdies war sie es, die alle anfechtbaren Formulierungen entdeckte, die geändert werden mussten. Ba, Zweite und Dritte Tante verließen sich bei der Deutung guter oder schlechter Omen aus dem Almanach ganz auf Großmutter. Ob sich Großmutter insgeheim je gewünscht hatte, den Almanach und die Verträge selbst lesen zu können?

Bei dem Gedanken, dass Großmutter und Hahn womöglich denselben Wunsch teilten, hätte Mei Ju am liebsten gekichert. Aber in dem Bett auf der anderen Seite fielen die Kastanien geräuschvoll in alle Richtungen auf den Boden, als die Älteren ihre Decken zurückklappten und aufstanden. Mei Ju, die fürchtete, die Mädchen würden auf sie losgehen, weil sie Hahn durch ihr Kopfnicken beigepflichtet hatte, drückte sich still und unauffällig an ihre Schwester.

Die Älteren aber stürzten sich auf das Bett der jüngeren Mädchen und zogen mit ihren Schimpftiraden einzig und allein über Hahn her. Als Mei Jus Angst schwand, verspürte sie ein Brennen in ihrem Innern, eine furchtbare und ihr nur allzu bekannte Mischung aus Mitgefühl für Hahn, Erleichterung, heil davongekommen zu sein, und Scham über diese Erleichterung.

»Dann ist also dein Bruder nicht der Einzige in der Familie, der ein Preisgekrönter zu werden hofft. Aber vergiss nicht, du bist ein Mädchen, und Heiratsvermittlerinnen suchen keine gelehrten Mädchen.«

»Bildung öffnet den Mädchen die Tür zu allen Lastern.«

»Eine tugendhafte Frau ist unwissend.«

»Warum lässt dann der Bezirksvorsteher seine Töchter von einem Hauslehrer unterrichten?«, gab Hahn zurück.

Die Älteren verstummten, um eine Antwort sichtlich verlegen. Aber Kaiserin hatte sich rasch wieder gefasst.

»Es ist nicht an uns, das Tun der Oberen in Frage zu stellen«, schrie sie. »Oder sie nachzuäffen.«

Sie packte Hahn bei den knochigen Schultern und schüttelte sie. »Wenn der Frühling kommt, beginnt deine Lehrzeit im Abhaspeln der Kokons. Wie willst du etwas lernen, wenn du nicht zuhören kannst?«

Hahn warf den Kopf zurück. »Wenn dich dein Mann misshandelt, wie willst du deinen Vater benachrichtigen, dass er dir helfen soll?«

Wieder musste Mei Ju nicken, wofür sie von ihrer Schwester abermals einen Rippenstoß bekam. Kaiserin schüttelte Hahn noch heftiger und riss sie vom Bett hoch. Mei Ju dankte ihrer Schwester flüsternd, dass sie sie vor dem Zorn der älteren Mädchen bewahrt hatte.

»Wer will dich schon zur Frau haben?«, höhnte Kaiserin.

Die anderen Älteren fielen ein, und einige der Jüngeren folgten ihrem Beispiel.

»Du solltest dir breitere Hüften wünschen, nicht Bildung.«

»Ja. Du bist so mager, wie soll in dir ein Sohn heranwachsen?«

»Und wie soll er herauskommen?«

Und während sie Hahn mit immer schlimmeren Schmähungen überhäuften, dachte Mei Ju wehmütig daran, dass sie sich einen Augenblick lang eingebildet hatte, Kaiserin sei nachsichtiger und das Mädchenhaus ein Ort des Vergnügens geworden. Unter der Decke vergraben, zitterte Schatten so sehr, dass ihre Zähne klapperten. Mei Ju schlüpfte neben ihr unter die Decke, um Hahns Peinigerinnen nicht mehr sehen und hören zu müssen. Doch sie wurde das Gefühl nicht los, dass Hahns Einwände Hand und Fuß hatten und dass ihr eigenes feiges Schweigen genauso schlimm war wie die Gemeinheiten der älteren Mädchen.

# SCHLAU WIE EIN FUCHS

Schatten hatte Kaiserins Warnung sehr wohl verstanden: »So wie ein Übeltäter Schande über die ganze Familie bringt, so kann eine Übeltäterin in unserem Mädchenhaus uns alle in Verruf bringen. Wenn ihr also eure Chancen auf eine gute Heirat nicht vertun wollt, dann erzählt ihr niemandem von Hahns Wunsch, lesen und schreiben zu können.« Aber Schatten sah keinen Grund, nicht mit ihrem Bruder darüber zu sprechen.

Bewegt erzählte sie von Hahns tapferem Widerstand gegen ihre vielen Peinigerinnen. Älterer Bruder, der getrocknete Maulbeerzweige in einer Ecke der Küche aufeinander geschichtet hatte, stand auf und schloss vorsichtig die Tür zu dem Gemeinschaftsraum, wo sich die Eltern aufhielten. Nun wurde der Geruch von brennendem Gras und Maulbeerzweigen beißender und der Duft der auf dem Herd brodelnden Suppe aus Fischköpfen intensiver. Er hockte sich neben Schatten, die neue Zweige ins Feuer legte.

»Du spielst doch nicht etwa mit dem Gedanken, Hahn das Lesen beizubringen?«, fragte Älterer Bruder im Flüsterton.

Verwundert darüber, dass er in ihr Herz blicken konnte, setzte sich Schatten auf ihre Fersen zurück und gestand: »Ich habe mir alles genau überlegt, als ich mit Mei Ju unter der Bettdecke lag.«

»Bist du verrückt?«, zischte er.

Gekränkt wandte Schatten ein: »Der Unterricht ist geheim, und Hahn wird uns bestimmt niemals verraten. Genauso wenig wie Mei Ju.«

»Demnächst wirst du mir erzählen, dass du beschlossen hast, dem ganzen Haus, sogar Kaiserin, Lesen und Schreiben beizubringen!«, erregte sich Älterer Bruder.

»Sei doch nicht böse«, bat Schatten. »Lass es dir wenigstens erklären.«

»Also gut«, gab er grimmig nach. »Erklär es mir.«

»Weißt du noch, was du mir einmal gesagt hast? Dass du in der Schule vor Langeweile gestorben wärst, wenn du nicht den Kitzel gehabt hättest, mir Lesen und Schreiben beizubringen, ohne dass man uns erwischt.«

»Ich war ein dummer Junge.«

»Ich habe nicht aus Langeweile angefangen, Sticken zu lernen«, fuhr Schatten unbeirrt fort. »Ich hatte das Gefühl, ich würde sterben, wenn Mama es mir nicht beibringt. Und ich weiß, dass es Hahn mit dem Lesen und Schreiben genauso geht.«

»Und Mei Ju? Du willst mir doch nicht sagen, dass sie ebenfalls darauf brennt, Lesen und Schreiben zu lernen?«

Schatten war keinesfalls sicher, ob Mei Ju es wirklich wagen würde, sich auf den Unterricht einzulassen, auch wenn sie an jenem Abend zustimmend genickt hatte. »Nein«, räumte sie ein. »Aber ich habe Hahns Wunsch so stark gespürt, dass ich zitterte.«

»Und ich zittere bei der Vorstellung, was passiert, wenn man dahinter kommt, dass ich dir Lesen und Schreiben beigebracht habe. Nicht nur mich, auch unsere Eltern wird man wegen meines Fehlers mit Vorwürfen überhäufen, und keine Familie will dich dann noch als Schwiegertochter haben.«

»Gut«, scherzte Schatten. »Dann kann ich wenigstens bei dir zu Hause bleiben.«

»Ich meine es ernst.« Älterer Bruder packte seine Schwester so fest am Arm, dass sie aufschrie. »Wer ist dir wichtiger? Hahn oder ich?«

»Du natürlich.«

»Dann schlag es dir aus dem Kopf, sie zu unterrichten. Oder Mei Ju. Oder sonst jemanden.«

Entsetzt über die heftige Reaktion ihres Bruders, versuchte Schatten, sich den Gedanken aus dem Kopf zu schlagen. Aber Hahn hatte keine Möglichkeit, von ihrem eigenen Bruder Lesen und Schreiben zu lernen. Selbst wenn Preisgekrönter dazu bereit gewesen wäre – die Ahnenhalle, wo Hahns Sippe Unterricht erhielt, war fensterlos. Hahn, die unablässig Sklavendienste für Alten Blutsauger leisten musste, hatte keine Zeit, sich heimlich mit ihrem Bruder zu treffen. Und wenn Schatten sich in ein Stickmuster vertiefte oder Nadel und Faden zur Hand nahm, dachte sie an Hahns unstillbare Sehnsucht, ein Buch lesen und mit Pinsel und Papier umgehen zu können.

Dieser Gedanke ließ Schatten nicht mehr los, und bald fand sie keinen Gefallen mehr daran, mit der Nadel zu malen. Aber sie wollte sich die Zuneigung ihres Bruders um keinen Preis verscherzen. Schließlich erkannte Schatten, dass ihr Bruder von ihrem Ungehorsam niemals erfahren würde, wenn sie es geschickt anstellte und alles vollkommen geheim blieb.

Immer wieder überdachte Schatten ihren Plan, und Schritt für Schritt ging sie alle Einzelheiten durch. Und als sie ganz damit zufrieden war, bat sie den Himmel um ein Zeichen: Wenn es ihr gelänge, unbemerkt die Kiste auszuräumen, in der ihr Bruder seine alten Schulsachen aufbewahrte, konnte sie ohne Furcht an die Ausführung gehen.

Im Mädchenhaus schlief Mei Ju zwischen Bak Ju und Schatten. Gewöhnlich stand Bak Ju als Erste auf, und der kühle Luftzug, das Rascheln der Decke im Winter und der Strohmatte im Sommer weckte dann auch Mei Ju. Doch das Geflüster und Gerüttel, das Mei Ju jetzt aus dem Schlaf auffahren ließ, war ihr nicht vertraut. Unschlüssig, ob sie nicht träumte, öffnete Mei Ju die Augen. Es war stockdunkel, und Schatten stupste sie mit ihren molligen Fingern in Schultern und Hüfte und rollte sie von Bak Ju weg an den Rand des Bettes.

»Los, komm.« Schattens Umrisse zeichneten sich vor dem gespenstisch weißen Moskitonetz ab, das das Bett umspannte. Sie machte eine Kopfbewegung zur Tür hin und hob das Netz. »Gehen wir hinaus, damit wir in Ruhe reden können.«

Mei Ju, die jetzt ganz wach war, glitt aus dem Bett und huschte durch die Öffnung im Moskitonetz. Der Boden des Schlafraums war kalt unter ihren nackten Füßen, aber sie nahm sich nicht die Zeit, ihre Holzpantoffeln zu suchen. Außerdem klapperten sie, und Mei Ju hatte schon zu lange auf eine Gelegenheit gewartet, endlich einmal mit Schatten allein sein zu können. Daher wollte sie nicht das Risiko eingehen, Bak Ju und die Mädchen in dem anderen Bett zu wecken. Aufgeregt folgte sie Schatten, die leise durch die Tür schlüpfte und durch die Küche hinaus in den feuchtkalten Hof schlich.

Zu Mei Jus Enttäuschung saß Hahn auf einem Schemel und beugte sich erwartungsvoll vor. Hahn stand zwar immer als Erste auf, um die abgebrannten Räucherstäbchen vor dem Altar der Guanyin durch neue zu ersetzen, um die herabgefallene Asche aufzuwischen und mit gesenktem Kopf zu beten. Aber ein Blick nach oben zum Himmel zeigte Mei Ju, dass es an diesem Tag auch für Hahn noch zu früh war. Die Sterne leuchteten, und der zunehmende Mond stand noch hoch am wolkenlosen Frühlingshimmel.

»Ich wusste nicht, wie wir sonst ungestört reden könnten«, entschuldigte sich Schatten. Sie zog die Bank von der Mauer hinüber zu Hahn, winkte Mei Ju, sich zu setzen, und nahm selbst darauf Platz. »Ich wollte euch sagen ...«

Mitten im Satz hielt sie inne. Mei Ju, die zwar neugierig war, aber nicht drängen wollte, rutschte auf der Bank hin und her. Hahn neben ihnen beugte sich so weit nach vorne, dass der Schemel, auf dem sie saß, zu kippen drohte. Aber auch sie schwieg.

Schließlich begann Schatten von neuem. Zuerst wiederholte sie mit stockender Stimme, was sie soeben gesagt hatte. Dann aber platzte sie heraus: »Ich kann lesen und schreiben.«

Mei Ju, die sich verhört zu haben glaubte, stieß hervor: »Was?«

Hahn packte Schattens Knie. »Wer hat es dir beigebracht?«

»Das kann ich euch nicht sagen, aber wenn ihr es lernen wollt, bringe ich es euch bei.«

Ihre Stimme klang in der Dunkelheit geisterhaft, und was sie sagte, wirkte seltsam unwirklich. Mei Ju stotterte: »Uns das Lesen beibringen?«

»Warum nicht?«, fragte Hahn.

Mei Ju erinnerte sich daran, dass sie Hahn bei ihrem Streit mit Kaiserin zugenickt hatte, aber sie dachte auch an Bak Jus Ellenbogen, ihre dringende Mahnung, sich nicht auf derartige Ideen einzulassen. Und ihr ging durch den Kopf, dass man ihnen in den Monaten nach diesem Vorfall eingeschärft hatte, Mädchen dürften nicht gelehrt sein.

»Und?«, fragte Hahn.

»Niemand wird von dem Unterricht erfahren«, versicherte Schatten. »Wir stellen auf dem Dachboden ein Bett für uns drei auf, und dann kann ich euch heimlich unterrichten.«

Mei Ju lächelte. Auf dem Dachboden wären sie und Schatten vor neugierigen Blicken und lauschenden Ohren sicher, und so konnte sich die fröhliche Freundschaft mit Schatten entwickeln, von der Mei Ju träumte.

Doch ihr Lächeln schwand sogleich wieder. Nein, nicht sicher. Nicht ganz. Schließlich war da noch Hahn.

Hahn legte die andere Hand auf Mei Jus Knie. »Machen wir den Dachboden sauber und richten wir noch heute früh unser Bett dort her, dann können wir gleich heute Abend anfangen.«

Voller Scham schalt sich Mei Ju wegen ihrer selbstsüchtigen Gedanken. Nun hatte sie Gelegenheit, sich Hahn gegenüber endlich so freundlich zu zeigen wie Schatten.

Hahn nahm ihre Hände von den Knien der beiden anderen Mädchen.

»Was ist denn?«, fragte Schatten.

»Wir waren bis jetzt keine Freundinnen«, antwortete Hahn unumwunden. »Also wird man sich fragen, warum wir plötzlich zusammen auf dem Dachboden schlafen wollen.«

Schatten schüttelte den Kopf. »Ihr wisst, dass Kaiserins Schwester ins Mädchenhaus aufgenommen werden möchte, und eine der anderen Älteren hat zwei Cousinen. Ich werde also vorschlagen, ihnen Platz zu machen und zu diesem Zweck auf dem Dachboden ein Bett aufzustellen. Und weil dort oben nur ein behelfsmäßiges Bett mit ein paar Brettern auf zwei Böcken Platz hat, erkläre ich mich bereit, auf dem Dachboden zu schlafen, und frage, ob es noch zwei Freiwillige gibt. Natürlich sind alle außer euch von diesem Vorschlag überrumpelt. Ihr müsst eben den anderen zuvorkommen. Auf diese Weise schöpft niemand Verdacht.«

Hahn lachte anerkennend. »Du bist schlau wie ein Fuchs.«

»Ja«, nickte Mei Ju.

Bak Ju würde diese List als Beweis dafür nehmen, dass Bildung für Mädchen dem Laster Tür und Tor öffnete. Dann aber dachte Mei Ju, wenn sie die Töchter des Bezirksvorstehers wären, wäre ein solches Täuschungsmanöver gar nicht notwendig.

Dass alles so reibungslos klappen würde, hatte Schatten kaum zu hoffen gewagt. Die Bewohnerinnen des Mädchenhauses durchschauten ihre List nicht, sondern lobten Schatten sogar für ihren klugen Vorschlag, den Dachboden zu beziehen. Und Witwe Lou, die ins Mädchenhaus kam, um den Mädchen Trauerlieder beizubringen, fand es sehr anerkennenswert, dass die drei bereit waren, zugunsten neuer Mitglieder auf ihre Bequemlichkeit zu verzichten. »Opferbereitschaft ist die größte Tugend einer Frau«, erklärte sie.

Damit die Sache geheim blieb, sagte Schatten zu Mei Ju und Hahn, sie müssten ihren Unterricht auf den frühen Morgen beschränken, wenn alle anderen noch schliefen. Schatten erlaubte Hahn auch nicht, zu dem Altar im Gemeinschaftsraum hinunterzugehen, weil sie sonst die anderen Mädchen aufwecken würde. Dafür brachte sie Hahn eine kleine Statue von Guanyin mit, die sie von einem Hausierer gekauft hatte, und meinte: »Wir können hinter unserem Bett einen kleinen Altar für die Göttin aufbauen.«

Schwaden süßlichen Rauchs, die Hitze der glühenden Räucherstäbchen und das leise Geräusch eines Handbesens weckten Schatten ganz sanft. Sie streckte den Rücken wie eine Katze und rieb sich den Schlaf aus den Augen.

Neben ihr kniete Hahn auf dem Boden und fegte die letzten Aschenreste vom Altar. Mei Ju stand in der Mitte des Betts und klappte behutsam die Fensterläden auf. Jetzt drangen Licht und frische kühle Luft, noch feucht vom nächtlichen Regen, in die stickige Dachstube.

Schatten holte tief Luft und stand auf. Sie blickte hinauf zu dem perlgrauen und rosaroten Himmelsausschnitt.

»Fangen wir also an«, flüsterte sie.

Während Schatten ihres Bruders zerschlissenes Exemplar von *Drei Worte Klassik* unter ihrer Schlafmatte hervorholte, legte Hahn den Handbesen beiseite, faltete die Hände zum Gebet und verbeugte sich dreimal ehrfurchtsvoll vor der Göttin. Mei Ju hatte inzwischen die Dachluke ganz geöffnet und setzte sich mit überkreuzten Beinen dorthin, wo das Tageslicht hereinfiel.

Schatten ließ sich neben ihr nieder und winkte Hahn. »Nimm links von mir Platz. So sehen wir alle drei die Seite.«

Als Hahn saß, hielt Schatten das Buch in die Höhe: »Das ist *Drei Worte Klassik*.«

Sie wartete auf die Frage, wessen Buch das sei. Da sie aber nicht gestellt wurde, wusste Schatten, dass die Mädchen schon erraten hatten, wem das Buch gehörte und wer ihr Lesen und Schreiben beigebracht hatte. Ihr Schweigen war der Beweis für ihre Verschwiegenheit, und in Gedanken sagte Schatten zu ihrem Bruder: »Siehst du, es besteht keine Gefahr.«

Laut fuhr sie fort: »Ich deute beim Lesen auf das jeweilige Zeichen. Wenn ich mit dem Satz fertig bin, wiederholt ihr ihn. Ich bewege meinen Finger die Zeile entlang, und ihr wiederholt alles so oft, bis ihr sämtliche Zeichen kennt. Einverstanden?«

»Ja«, flüsterten Hahn und Mei Ju wie aus einem Munde.

Langsam und bedächtig las Schatten: »Der Mensch ist von Natur aus gut.«

Als sie innehielt, sprach Mei Ju den Satz zögernd nach, während Schattens Finger von einem Zeichen zum nächsten glitt. Hahn, die sich nach vorne gebeugt hatte, als Schatten begonnen hatte zu lesen, zuckte verwirrt zurück. Ihre Stirn unter den fransigen Haaren legte sich in Falten.

Schatten stupste Hahn in die Seite. »Ihr sollt mir beide gemeinsam nachsprechen.«

»Ich weiß. Aber hast du nicht falsch gelesen?«

Erschrocken überflog Schatten die erste Zeile des Buches. »Nein, so steht es da.«

»Wenn der Mensch von Natur aus gut ist, dann müssten Eltern doch ihre kleinen Kinder nicht ausschimpfen, weil sie ungezogen sind. Und Kaiserin und die anderen wären nicht so grausam. Wie kann dieser Satz also richtig sein?«

Schatten suchte nach einer Antwort. Der Lehrer ihres Bruders hatte nie Erklärungen gegeben. Und Älterer Bruder und seine Mitschüler hatten ihrem Lehrer auch nie Fragen gestellt. Das war nicht erlaubt. Schatten war sogar überzeugt, dass sich die Schüler über die Bedeutung des Gelesenen nicht mehr Gedanken gemacht hatten als sie selbst, und sie hatte angenommen, dass es bei Hahn und Mei Ju nicht anders wäre.

Mei Ju, die sich schweigend auf die Lippen biss, schien sich nicht darüber den Kopf zu zerbrechen. Aber sie stellte überhaupt selten etwas in Frage, während Hahn an allem herumkrittelte. In den Augen von Älterer Bruder und Bak Ju war das der Grund dafür, dass sie immer in Schwierigkeiten geriet. Und deshalb meinte Bak Ju, die Bemühungen der Älteren, Hahns Willen zu brechen, seien nur zu ihrem Besten.

Mit einem tiefen Seufzer über die Schwierigkeiten, die sie sich da aufgehalst hatte, versuchte Schatten das Buch zu verteidigen, das in ihrem Schoß zugefallen war.

»Mit diesem Buch lernen alle Schüler das Lesen, und ihr wollt doch lesen lernen, oder?«

Mei Ju nickte.

»Tut mir Leid«, entschuldigte sich Hahn. »Ich weiß, es klingt undankbar. Aber genau das ist der Punkt. Trotz meiner Gebete zu

Guanyin kann ich mich nicht mit dem zufrieden geben, was ich habe. Das ist der Grund, weshalb ich lesen lernen möchte. Damit ich die Sutras studieren kann, wie die Mönche, die durch unser Dorf ziehen. Sie sind noch ärmer als meine Familie. Sie müssen um jedes Reiskorn betteln, das sie essen. Und doch erheben sie nie die Stimme, außer um zu beten oder zu singen. Und sie wirken so unbeschwert.

Aber wenn ich schon den ersten Satz nicht verstehe, den jeder Schuljunge lernt, wie kann ich dann die Bedeutung der Sutras verstehen? Wie kann ich jemals den Frieden der Mönche finden?«

Jetzt erst begriff Schatten, wie tief Hahns Sehnsucht wirklich ging. Ihr schwindelte. Wie konnte sie mit ihren beschränkten Mitteln Hahn helfen? Es sei denn …

»Ich weiß, es klingt merkwürdig«, sagte Schatten. »Aber hör mir zu. Ich habe Lotosblumen gestickt, in kräftigen Farben und mit dicken Stängeln. Als ich aber die Blumen genauer betrachtete und in unterschiedlichem Licht besah, erkannte ich, dass die Blütenblätter und die Blätter elegant gerundet sind. Dann habe ich verschiedene Stiche und Fäden ausprobiert, um die Kombination zu finden, die diese Rundungen und Farbabstufungen am besten wiedergeben. Ich kann sie mit meiner Nadel noch nicht so gut malen, wie ich es möchte, aber es gelingt mir immer besser.

Wenn du die Sutras mit derselben Aufmerksamkeit studierst, findest du vielleicht die Erkenntnis und den Frieden, den du suchst.«

Lächelnd nahm Hahn die *Drei Worte Klassik* zur Hand, schlug die erste Seite auf und reichte das Buch Schatten. »Aber zuerst muss ich lesen lernen, Lehrerin.«

# EIN ÜBLES SCHICKSAL

Einen Monat bevor Mei Ju anfing, lesen zu lernen, hatte ihre Lehrzeit im Abhaspeln von Seide begonnen. Anfangs rührte sie sich nicht, sondern verfolgte nur mit ängstlichen Blicken, was Dritte Tante hinter dem dichten Nebel aus heißem Wasserdampf tat. Ihre Tante warf Kokons in einen großen Bottich mit heißem Wasser, damit der Leim aufweichte, der die Fasern zusammenhielt.

Ein breitkrempiger Strohhut schützte Dritte Tante vor der Sonne, die in den Hof schien. Aber gegen die Hitze des Feuers, das unter dem Bottich brannte, half er nichts. Schweiß lief ihr übers Gesicht und durchnässte ihren Kittel.

Über den Bottich gebeugt, suchte sie nach der kaum sichtbaren aufgeweichten Seide und runzelte die Stirn, während sie mit der einen Hand den Seidenstrang über eine Schiene aus Achat führte und mit der anderen die Fäden auf eine Haspel wickelte.

Damit die Seide, die sie abhaspelte, nicht riss, musste sie ständig neue Kokons nachführen. Gleichzeitig musste sie die leeren Kokonhüllen herausfischen, bevor sie das Wasser verschmutzten. Bald waren ihre Fingerspitzen rot und verbrüht.

Weil sie Bak Jus entzündete Finger und Handflächen schon oft mit Salbe bestrichen hatte, wusste Mei Ju, dass sie als Lehrling noch viel größere Schmerzen würde erdulden müssen. Und als Dritte Tante sagte: »Du stehst zu weit weg. Komm näher, damit ich dir die Hand führen kann«, konnte sich Mei Ju nicht überwinden, der Aufforderung zu folgen.

»Wenn du Kokons abhaspeln willst, musst du Unannehmlichkeiten aushalten«, sagte Dritte Tante freundlich.

Bak Ju, die ihre Lehrzeit gerade hinter sich hatte und jetzt mit einem eigenen Bottich neben ihnen stand und Seide haspelte, versicherte Mei Ju: »Daran wirst du dich gewöhnen. Am Anfang war es bei mir genauso.«

Mama und Zweite Tante, die Körbe mit weiteren Kokons brachten, beteuerten, ihnen sei es auch nicht anders gegangen.

»Besser, du gehorchst, bevor Großmutter kommt und nach dir sieht«, fügte Mama leise hinzu.

Aber Mei Ju stand noch immer da und rührte sich nicht vom Fleck. Weil sie aber wusste, dass es kein Entrinnen gab, leistete sie keinen Widerstand, als Mama sie vorwärts schob und Dritte Tante sie an der Hand nahm.

Für Mei Ju war lesen und schreiben lernen ähnlich wie haspeln lernen. Bei jedem neuen Zeichen versuchte sie sich die Striche so in ihrem Gedächtnis einzuprägen, wie sie die Seidenfasern aus den Kokons herauslöste. Schreiben war nicht so kompliziert wie Haspeln. Sie musste mit der einen Hand das Papier halten und mit der anderen den Pinsel bewegen. Doch eine makellose kalligraphische Seite zustande zu bringen war ebenso schwer, wie einen makellosen Strang Seide herzustellen. Denn einen einmal gesetzten Strich konnte man ebenso wenig rückgängig machen, wie man eine Seidenfaser neu aufspulen konnte.

Mei Ju fand, dass die Stunden mit Hahn und Schatten auf dem Dachboden nicht weniger Konzentration erforderten als der Unterricht von Dritter Tante, und beides war ein schmerzhafter Prozess. Die Schriftzeichen mussten zwar nicht wie die Kokons aus dem siedenden Wasser geholt werden. Aber das schlechte Gewissen wegen ihres Vertrauensbruchs gegenüber ihrer Schwester und der ganzen Familie bedrückte Mei Ju schwer.

Als Bak Ju ihrer Großmutter von den neuen Schlafverhältnissen erzählte, berichtete sie auch vom Lob der Witwe Lou und fügte hinzu: »Mei Ju und Schatten werden langsam erwachsen, und auf Hahn hat die Gesellschaft von zwei so rücksichtsvollen Mädchen sicher einen guten Einfluss.«

Und zu Mei Jus Erleichterung hatte die Großmutter dazu nur genickt. Niemand in der Familie hatte damals oder seither die neue Regelung in Frage gestellt. Denn alle waren viel zu besorgt um den Gesundheitszustand des Großvaters.

Bevor Großvater krank wurde, war er jeden Morgen vom Haus seiner Konkubine heimgekommen. Sie begleitete ihn bis zu Schattens Haus, und nur die letzten zwanzig Schritte legte er ohne sie zurück. Er war nur wenige Augenblicke allein, bis ihn ein Familienmitglied sah oder das Aufschlagen seines Spazierstocks hörte und ihm entgegeneilte. Wenn er aufbrechen wollte, hatte er sich kaum aus seinem Stuhl erhoben und Richtung Tür begeben, da stürzte auch schon Baba oder Zweite oder Dritte Tante zu ihm und ergriff seinen Ellbogen: »Komm, ich helfe dir.« Beim Aufbruch verabschiedete sich niemand mit der üblichen Warnung: »Geh langsam.« Es war, als würde Großvater gar nicht aus dem Haus, sondern nur in ein anderes Zimmer gehen.

Seit dem Winter war Großvater viel zu krank, um das Haus zu verlassen, das er mit seiner Konkubine teilte. Doch die Familie tat weiterhin so, als gehöre er zu ihrem Haushalt. Der Sarg, den er für sich gekauft hatte, stand auf dem Dachboden über dem Gemeinschaftsraum. Großmutter kochte jeden Tag eine stärkende Suppe, die sie Großvater durch einen Sohn oder eine Schwiegertochter zukommen ließ, als befinde er sich im Nebenraum. Sie brachten Nachrichten von Großvaters Gesundheitszustand mit, als wäre Großmutter eben erst von seiner Seite gewichen und käme gleich wieder zurück.

Mei Ju und die anderen Enkelkinder, die alt genug waren, um dieses Spiel mitzuspielen, erkundigten sich bei Großmutter nach ihm. Die Jüngeren verlangten ihn zu sehen. Doch Großmutter antwortete stets: »Großvater ist heute müde, aber er wird sich freuen zu hören, dass er so treue Enkelkinder hat.«

Großvater starb in der Nacht. Zum Glück hatte Mei Ju Dritte Tante gehört, die kurz vor dem Morgengrauen kam, um Bak Ju und sie zu holen. Sie rutschte beinahe die Leiter hinunter, während Schatten und Hahn Buch, Papier, Pinsel und den Tintenstein versteckten.

Mei Ju wusste schon von anderen Todesfällen im Dorf, dass die Männer zumeist stumm trauerten, während die Frauen schrille Klageschreie ausstießen und Lieder sangen, die den Klageliedern der Braut nicht unähnlich waren. Und Witwe Lou, die den Mädchen die Trauergesänge beibrachte, sagte immer wieder: »Totenlieder zu üben bringt Unglück. Ihr müsst sie lernen, indem ihr genau zuhört, wenn ihr welche hört.«

Aber Mei Ju konnte sich dem Schmerz der Trauernden nie weit genug entziehen, um sich auf die Gesänge zu konzentrieren, und daher kannte sie nur wenige Zeilen. Auf dem Nachhauseweg mahnte Bak Ju ihre Schwester, aufmerksam den Totenklagen für Großvater zu lauschen.

»Das werde ich tun«, gelobte Mei Ju.

Als sie aber das Haus betrat, als sie den Sarg des Großvaters vor dem Altar stehen sah und das Schluchzen der um den Sarg versammelten Familienangehörigen hörte, geriet ihr guter Vorsatz ins Wanken. Wie war es möglich, dass jemand nicht von ganzem Herzen um seinen Großvater trauerte? Mei Ju biss sich auf die Lippen. Wie konnte sie um ihn trauern, ohne an seine Konkubine zu denken, mit der er gelacht und gesungen hatte?

Von ihrer Schwester angestupst, nahm Mei Ju eines der grob gewebten weißen Trauertücher, die ihnen Dritte Tante reichte. Mei Ju steckte den Kopf durch das dafür vorgesehene Loch, und Bak Ju half ihr, das Tuch so zu befestigen, dass Kittel und Hose nicht mehr zu sehen waren. Dann reichte sie ihr eine weiße Haube, mit der sie ihr Haar bedeckte.

Dritte Tante schob die beiden Mädchen hinüber zu den übrigen Familienmitgliedern. Sie trugen alle weiße Trauergewänder und knieten nach Alter und Rang gestaffelt neben dem Großvater, der in dem offenen Sarg schauerlich wächsern aussah.

Seine Konkubine war selbstverständlich nicht anwesend. Sie hatte noch nie einen Fuß über die Schwelle dieses Hauses gesetzt. Als Mei Ju, damals noch ein kleines Mädchen, ihre Schwester einmal nach dem Grund dafür gefragt hatte, hatte Bak Ju streng erwidert: »Die Konkubine ist eine Fremde. Sie gehört nicht zur Familie.«

Jetzt nahm Mei Ju ihren Platz zwischen ihrer Schwester und den Cousinen ein und ermahnte sich streng: »Hör den Totenklagen zu! Pass genau auf!«

Dicke schwarze Rauchschwaden stiegen von den Räucherstäbchen auf, die auf dem Altar glommen. Der Rauch brannte in Mei Jus Augen und reizte sie zu Tränen. Sie kniff die Augen zusammen und beobachtete Mama, die sich soeben über Großvater beugte und ihm ein Reisbällchen in die Hand drückte.

»Fürchte dich nicht vor den wilden Hunden«, sagte sie weinend.

»Füttere sie mit diesem Reis, dann werden sie dich nicht belästigen. Dann lassen sie dich ungestört zum Gerichtshof der Hölle gehen.«

Mama legte ein paar Hahnenfedern und ein Büschel Hundehaar in den Sarg und rief wehklagend:

Fürchte dich nicht, weil du nicht mehr sehen kannst.
Dieser Hahn wird krähen, damit du weißt, wann der Tag anbricht.
Dieser Hund wird heulen, damit du weißt, wann es Nacht wird.

Sie fiel auf die Knie.

Fürchte dich nicht.
Du hast zahlreiche Nachkommen.
Wünsche deinen Enkelkindern Frieden und Glück!
Wünsche allen Frieden, die dir die Ehre erweisen!

Während sie ehrerbietig die Stirn auf den Boden schlug, erhob sich eine andere, kräftige Stimme, die in bitterem Ton sang:

Dieser unselige Mensch ist deine Konkubine,
Und doch werde ich wie eine Fremde behandelt.
Warum werde ich behandelt, als gehörte ich nicht zur Familie?
Warum werde ich wie eine Bettlerin behandelt?
Ai yah, ich Erbarmungswürdige!
Was soll aus mir werden?

Mei Jus Schreck hätte nicht größer sein können, wenn ihr Großvater sich aus seinem Sarg erhoben hätte. Die Anwesenden schrien leise auf. Und obwohl Witwe Lou stets versichert hatte, dass eine Frau jedes Haus, in dem ein Toter lag, frei betreten und in einem Klagelied furchtlos alles sagen dürfe, was sie auf dem Herzen hatte, erwartete Mei Ju, dass ihr Vater und ihre Onkel sich auf die Konkubine stürzen würden. Sie war wohl hereingeschlichen, während alle Aufmerksamkeit auf Mama gerichtet war. Aber sie blieben an ihrem Platz, ohne sich zu rühren, und auch die Konkubine verharrte, wo sie sich hingekniet hatte, zwischen der Eingangstür und dem Fußende des Sarges.

Am Kopfende des Sarges begann Großmutter mit dünner, altersschwacher Stimme ihr Klagelied, das nicht weniger bitter war als das der Konkubine:

Dieser todgeweihte Mensch hat dir Söhne geschenkt,
Dieser todgeweihte Mensch hat sie großgezogen;
Jetzt hast du nicht nur Söhne, sondern Enkel.
Und doch war ich dir nicht mehr wert als ein Grashalm,
Du hast mich nicht gut behandelt.

Mei Ju erkannte, dass sie mit der Schilderung ihres schweren Loses nicht nur Großvater anklagte, sondern auch das Unglück der Konkubine herabmindern wollte. Witwe Lou hatte die Mädchen gewarnt, dass es zuweilen zum Schlagabtausch zwischen zwei Frauen komme, die den Toten beweinten. Aber Mei Ju hatte einen solchen Wettstreit noch nie erlebt. Überwältigt von ihrem eigenen Schmerz und von dem Kummer der Sängerinnen, wankte sie; ihr Magen krampfte sich zusammen.

Bak Ju legte ihrer Schwester den Arm um die Schulter, um sie zu stützen. »Keine Angst. Diese Frau kann Großmutter niemals übertrumpfen.«

Der Gegengesang der Konkubine übertönte Bak Jus Murmeln und Mei Jus inneren Aufruhr.

Dieser todgeweihte Mensch hat sich um dich gekümmert.
Aber du hast für mich nicht vorgesorgt.
Ich habe dich gepflegt, als du krank warst,
Wer wird sich um mich kümmern?

Großmutter, deren Stimme jetzt eher zornig als kummervoll klang, entgegnete:

Bevor mein Mann eine andere Frau nahm,
Ging es ihm gut.
Er hatte keine Kopfschmerzen und keine Gebrechen.

Auch der Tonfall der Konkubine war jetzt verändert. Sie war eine demütige Bittstellerin geworden, die sich einschmeicheln wollte:

Wenn ich deine Frau gewesen wäre,
Hätte ich ein gutes Schicksal.
Ich hätte Söhne, die an meinem Kittel zerren.
Söhne, die sich an meine Beine klammern.
Aber mein Schicksal ist übel,
Und ich habe niemanden.

Mei Ju wurde von einer Woge des Mitgefühls für die Konkubine überwältigt. Es war, als wäre ein Deich gebrochen, und sie fing an zu zittern. Bak Ju drückte ihre Schwester noch fester an sich. Mei Ju verbarg ihr Gesicht an Bak Jus Schulter und kämpfte mit den Tränen.

Aber sie konnte nicht an sich halten. Und sie ertrug es auch nicht mehr, aufmerksam zuzuhören.

In den neunundvierzig Tagen der Trauer, die dem Begräbnis des Großvaters vorausgingen, bestellte Baba Helfer, die die Arbeit auf den Feldern und im Raupenhaus übernahmen. Er holte auch einen Priester herbei, der Gebete sang und die notwendigen Rituale vollzog, damit keine Fehler gemacht wurden.

Auch Witwe Lou, die sich in Detailfragen genauer auskannte als der Priester, weil sie seit vielen Jahren an Trauerfeierlichkeiten teilnahm, kam jeden Tag, um Ratschläge zu geben: wie und wie oft sich die Trauernden vor dem Großvater zu verbeugen hätten; welche Opfer in welcher Reihenfolge dargebracht und wie sie vorbereitet werden mussten. Statt Seidenkokons abzuhaspeln, falteten Mei Ju und Bak Ju Silberpapier zu Barren, die sie dann zusammen mit Papierkleidern, -häusern und -figürchen, welche Bedienstete darstellen sollten, im Hof verbrannten. Sie waren für Großvaters Aufenthalt in der Welt der Geister bestimmt.

Vor den Mahlzeiten stellte Mama eine Schale Reis und eine Platte Taro und mit Hähnchen oder Schweinefleisch gefüllte Nudeln für Großvater auf den Sarg, der jetzt geschlossen war. Sie schickte Mei Ju oder deren Schwester mit einer Schüssel Reis und Essensresten hinaus auf die Straße, damit hungrige Geister, die dort auf der Lauer lagen, nicht unbeobachtet in das Haus eindrangen und Großvaters Essen stahlen.

Aber niemand – weder Baba noch der Priester und Witwe Lou, ja nicht einmal die Großmutter – konnte die Konkubine daran hindern, Klagelieder zu singen, denn das war ihr gutes Recht. In ihren Liedern klagte sie die Familie an, weil sie sie in der Vergangenheit nicht aufgenommen hatte, und verlangte gerechte Behandlung für die Zukunft. Sie kam jeden Tag.

Die Konkubine fiel an der Eingangstür auf die Knie und rutschte dann den Boden entlang. Ihre Hose war an den Knien schon ganz schwarz und dünn geworden. Ihre Hände waren fast ebenso schmutzig, und ihr weißes Trauerkleid war voller hässlicher Flecken, weil sie sich beim Singen immer wieder an die Brust schlug und an ihrem Kleid zerrte. Unter ihrer Trauerhaube lugte ihr zottiges Haar hervor und fiel ihr in das tränen- und schmutzverkrustete Gesicht. Ihre Stimme war heiser geworden und brach manchmal mitten im Lied. Aber sie gab nicht auf.

Witwe Lou zufolge konnten die männlichen Verwandten einer Sängerin neben ihr niederknien und weinen, um ihr ihr Mitgefühl zu bekunden. Die Großmutter war von ihren Söhnen und Enkeln umringt, die für sie Tränen vergossen. Aber außer Großmutter, die auf die Wehklagen der Konkubine antworten musste, behandelten alle Familienmitglieder diese Frau weiterhin wie Luft. Niemand kniete neben ihr nieder. Kein einziges Mal.

Aus den Klatschgeschichten, die im Dorf kursierten, wusste Mei Ju, dass die Konkubine als Kind in ein Freudenhaus verkauft worden war. Aber hatte diese Frau denn nicht einen einzigen männlichen Verwandten, nach dem sie hätte schicken können? Oder schickte sie deshalb nach niemandem, weil sie nicht schreiben konnte und weil jetzt, nach dem Tod des Großvaters, kein Mann im Dorf Kräftige Raupe bereit war, ihr beizustehen? Wandte sie sich deswegen so verzweifelt an Großvater, wurden ihre Klagen deshalb immer heftiger und ihre Gesänge immer kummervoller und hemmungsloser?

Wenn Mei Ju den hungrigen Geistern Essen auf die Straße brachte, verfolgten sie die Wehklagen der Konkubine, die durch die Wände des Hauses und die Fenster drangen, wie der von Asche geschwängerte Rauch, der von den im Hof verbrannten Opfergaben aufstieg. Der Schmerz der Sängerinnen und der beißende Rauch würgten sie, brannten und trieben ihr die Tränen in die Augen.

Durch ihren Tränenschleier sah Mei Ju manchmal, wie Männer und Frauen erschauderten und die Köpfe schüttelten, wenn sie an ihrem Haus vorbeieilten. Und manchmal hörte sie durch den Wehgesang und das Knistern der Flammen, wie Leute sagten, der Krieg der Worte würde dem Geist des Großvaters die Ruhe rauben, so wie sie jeden lebenden Menschen, jedes Lebewesen, das sie vernahm, um den Seelenfrieden brachten. Manche murmelten: »Die Ehefrau ist zu stolz. Sie sollte nachgeben und sich mit der Konkubine versöhnen.«

Wie sehr wünschte sich Mei Ju, dass diese Männer und Frauen neben der Konkubine niederknien und ihr Flehen unterstützen würden. Aber natürlich konnten oder wollten sie es nicht, so wenig wie Mei Ju.

Der Krieg der Worte endete erst mit Großvaters Begräbnis, und weil es der Großmutter nicht gelungen war, die Konkubine zum Schweigen zu bringen, war für den Dorfklatsch die Frau die Siegerin. Aber Großvater lag kaum zwei Tage unter der Erde, als die Konkubine das Dorf Kräftige Raupe verließ, allein und mit einem Leinenbündel unter dem Arm, das ihre ganze Habe enthielt. Großmutter hatte Baba befohlen: »Jag sie aus dem Haus!« Und Baba hatte gehorcht. Daraufhin erklärte man im Dorf die Großmutter zur Siegerin. Aber Mei Ju konnte nicht vergessen, dass Großmutter, die eine Ehefrau war und treue Söhne und Enkel hatte, genauso heftig geklagt hatte wie die Konkubine.

# Zweiter Teil

1836–1837

# BETEUERUNGEN EINER HEIRATSVERMITTLERIN

Bevor Mama und Baba im Winter der Heirat von Älterem Bruder zustimmten, erkundigten sie sich bei Verwandten, Freunden und Bekannten überall in der Umgebung, ob das in Frage kommende Mädchen tatsächlich dem Bild entsprach, das die Heiratsvermittlerin von ihr gezeichnet hatte. War sie wirklich gesund und eine gute und gehorsame Tochter, war sie eine geschickte Seidenspinnerin und willig bei der Arbeit? Älterer Bruder hatte wissen wollen, ob seine angehende Braut auch hübsch war, und beim Abendessen hatte Schatten ihre Eltern in seinem Auftrag danach gefragt.

Als sie diese Frage stellte, bekam Älterer Bruder leuchtend rote Ohren. Schnell führte er die Schale an die Lippen, aber sie war nicht groß genug, um die Schamröte zu verbergen, die jetzt sein Gesicht überzog.

»Wie vielversprechend«, meinte Baba mit kaum unterdrücktem Schmunzeln. »Du wirst ja ganz rot. Rot ist die Farbe des Glücks.«

Mamas Kinn und Bauch wackelten fröhlich. »Bah, du leuchtest ja so stark, dass wir gar kein Licht brauchen.«

Das Gesicht hinter der Schale verborgen, schaufelte sich Älterer Bruder mit den Essstäbchen rasch Reis in den Mund. Ein paar Körner fielen auf den Tisch.

Mama hob mit gespieltem Entsetzen beide Hände. »Vergiss nicht, jedes Körnchen Reis, das du fallen lässt, ist eine Pockennarbe im Gesicht deiner Braut.«

Schatten beeilte sich, die Reiskörner, die ihr Bruder hatte fallen lassen, in ihre eigene Schale zu tun. Unter dem Tisch stieß ihr Bruder sie mit dem Fuß an.

»Kommt schon«, drängte sie die Eltern. »Spannt Älteren Bruder nicht noch länger auf die Folter.«

»Ihr wisst, dass wir das Mädchen selbst noch nicht gesehen haben«, erwiderte Mama und lachte wieder so sehr, dass ihr Kinn und ihr Bauch wackelten.

Schatten stöhnte auf. »Und wie hat die Heiratsvermittlerin die Braut beschrieben?«

Babas Lippen zuckten unter seinem Bart. »Auf die Übertreibungen einer Heiratsvermittlerin ist kein Verlass«, sagte er. »Deshalb ist es besser, sie nicht zu wiederholen. Sonst wird Älterer Bruder enttäuscht sein, und das ist kein guter Anfang für eine Ehe.«

Die Abwehr der Eltern stachelte Schattens Neugier nur noch mehr an, und während sie auf die Brautsänfte wartete, schnaufte sie wie ein Wasserkessel, der zu lange auf dem Herd stand.

Aber als dann schließlich die Brautführerin die Braut ihres Bruders in den Gemeinschaftsraum der Familie führte, sah Schatten nur, dass sie einen halben Kopf kleiner war als Älterer Bruder, dass sie ihre kleinen Hände bescheiden gefaltet hielt und eine ungewöhnlich helle Haut hatte. Gesicht und Gestalt aber waren unter dem traditionellen, mit Perlen bestickten Schleier, unter den weiten, aufwendig bestickten roten Kleidern, Jacke und Rock, verborgen.

Als sie sich vor den Ahnen der Familie verneigte, baumelte der Perlenschleier vor und zurück. In der Hoffnung, einen Blick auf ihr Gesicht zu erhaschen, reckte Schatten den Hals und verdrehte den Kopf.

»Du bist fünfzehn und nicht fünf«, zischte Mama. »Also benimm dich entsprechend.«

Schatten holte tief Luft und bemühte sich, ihre Ungeduld in Zaum zu halten. Aber sie wandte den Blick nicht von der Braut ab. Und während diese niederkniete und Baba und Mama Tee eingoss, bemerkte Schatten, dass auch ihr Bruder seine Braut nicht aus den Augen ließ.

Er sah gut aus mit seinem prächtigen schwarzen Scheitelkäppchen und dem langen glänzend schwarzen Satingewand. Konnte er mehr sehen als hin und wieder einen Schimmer der blassen Stirn, der gepuderten Wangen und der rot gefärbten Lippen hinter ihrem Schleier aus Perlenschnüren?

Wie beim Entwerfen eines Stickmusters versuchte Schatten, diese wenigen Bruchstücke zu einem sinnvollen Ganzen zusammenzufügen. Aber es gelang ihr nicht. Auch während des Hochzeitsmahls konnte sie ihre Neugier kaum bezähmen. Zwar aß sie am selben Tisch wie die Braut ihres Bruders, die jetzt ihre Ältere Schwägerin war, doch drängten sich immer wieder Frauen zwischen sie, die die Schale der Braut mit zartem saftigem Hähnchen-, Enten- und Spanferkelfleisch füllten. Ältere Schwägerin schob jedoch kein einziges Mal mit den Essstäbchen den Perlenvorhang vor ihrem Gesicht beiseite. Reglos wie eine Statue murmelte sie unablässig Worte des Dankes, während ihre Brautführerin sich die schmackhaften, saftigen Fleischhäppchen und die knusprige Haut herausfischte.

Tief enttäuscht beschloss Schatten, das Zeremoniell des Brautneckens heimlich zu beobachten und zu sehen, ob die Freunde ihres Bruders Ältere Schwägerin nicht so weit brachten, dass sie ihr Gesicht zeigte.

»Das geht doch nicht«, widersprach Mei Ju.

Hahn stimmte zu: »Ein Mädchen kann sich nicht in einem Raum voller Männer verstecken, ohne dass man sie entdeckt.«

Schatten überlegte. Zwar hatte ihr Bruder sie gebeten, die Eltern über seine Braut auszufragen, doch genau wie Mama und Baba würde er ihren Plan ganz gewiss missbilligen. Aber dann dachte sie, dass sie ja nichts davon zu erfahren brauchten, so wenig, wie sie wussten, dass sie Mei Ju und Hahn seit fast zwei Jahren auf dem Dachboden des Mädchenhauses Lesen und Schreiben beibrachte.

Mit einem selbstzufriedenen Kichern zog Schatten ihre Freundinnen ins Schlafzimmer der Eltern und zeigte auf die Wand, die das Zimmer abtrennte, welches ihr Bruder mit seiner Frau teilen würde. »Seht ihr, dass die Wand gut einen Meter unterhalb der Decke aufhört? Ich werde einen Hocker auf das Bett meiner Eltern stellen, mich darauf stellen und bei der Entschleierung der Braut im anderen Zimmer zuschauen.«

»Du musst mit uns zusammen ins Mädchenhaus, sonst wird meine Schwester wissen wollen, was los ist«, meinte Mei Ju ängstlich. »Wahrscheinlich sucht sie uns schon.«

Schatten ließ sich auf das Bett ihrer Eltern fallen. Wie hatte sie Bak Ju vergessen können? Was hatte sie sonst noch alles nicht bedacht?

»Mei Ju und ich können Bak Ju ablenken«, meinte Hahn hilfsbereit.

Die Sorgenfalten auf Mei Jus Stirn wurden tiefer. »Lasst es uns versuchen. Aber was ist, wenn Schatten es nicht schafft, ins Mädchenhaus zu kommen, bevor nachts abgeschlossen wird?«

Hahn machte eine wegwerfende Handbewegung. »Nichts leichter als das. Wir klettern aufs Dach und warten, bis sie kommt. Dann lassen wir sie rein.«

Hahns Zuversicht gab Schatten wieder Mut, und lachend umarmte sie ihre beiden Freundinnen. »Ihr seid ja noch durchtriebener als ich!«

Von ihrem Beobachtungsposten auf dem Hocker aus konnte Schatten das Brautpaar am Kopfende des großen Himmelbetts so gut beobachten, wie sie es sich vorgestellt hatte. Aber der schwarze, beißende Rauch, der von dem halben Dutzend den Raum erhellenden Hochzeitskerzen aufstieg, kitzelte ihr in der Nase, reizte ihre Kehle und brannte in den Augen, so dass sie tränten. Sie blinzelte unentwegt und hielt sich die Nase zu, um nicht laut zu niesen, als die Brautführerin den bestickten blauen Bettvorhang zurückband und Älterem Bruder und Älterer Schwägerin befahl, Platz zu nehmen.

Puterrot wie die Hochzeitsschärpe, die von den Schultern bis zur Hüfte seine breite Brust umschlang, setzte sich Älterer Bruder sogleich. Seine Freunde, die sich in dem kleinen Raum zwischen Bett und Tür drängten, hänselten ihn damit, dass er es offenbar gar zu eilig habe, worauf er noch mehr errötete. Gleichzeitig überschütteten sie Ältere Schwägerin mit Lob für ihre Bescheidenheit und Zurückhaltung.

Die Brautführerin wiederholte ihre Anweisung. Ältere Schwägerin rührte sich nicht von der Stelle.

»Frau, setz dich!«, rief einer aus der Menge in gespielt strengem Ton.

Die jungen Männer, die in seiner Nähe standen, schlossen sich ihm an. Dann stimmten auch die hinter ihnen Stehenden in den Chor ein: »Frau, setz dich! Frau, setz dich!« Und bald forderten alle Gäste, auch jene, die sich außerhalb des Zimmers befanden und gar nichts sehen konnten, die Ehefrau solle sich setzen.

Den Kopf gebeugt, ließ sich Ältere Schwägerin gehorsam am Fußende des Bettes nieder.

»Näher!«, forderten die nächststehenden Zuschauer.

Sofort fielen alle anderen ein: »Näher! Näher!«

Ältere Schwägerin aber bewegte sich nicht vom Fleck. War sie vielleicht doch weniger gefügig, als die Heiratsvermittlerin Mama und Baba hatte glauben machen wollen? Oder stimmten die Prahlereien der jungen Männer nicht, die behaupteten, dass die Braut beim Zeremoniell des Brautneckens stets tat, was sie befahlen?

Plötzlich rutschte Älterer Bruder vom Kopfende in die Mitte des Betts. Seine Freunde brüllten zustimmend, und Schatten, von der Kühnheit ihres Bruders verblüfft, fragte sich, ob seine Neugier, die Braut endlich unverhüllt zu sehen, über seine Schüchternheit siegen und er selbst ihren Schleier beiseite schieben würde.

»Braut, geh zu deinem Mann!«, forderte einer der Zuschauer.

»Ja, die Braut muss sich endlich vom Fleck rühren«, rief ein anderer.

Andere fielen ein, und bald vereinigten sich ihre Rufe zu einem Chor. Aber Ältere Schwägerin blieb wie angewurzelt sitzen. Als der Chor anschwoll, ließ sich Älterer Bruder mit einer komischen Bewegung von der Mitte des Betts ans Fußende plumpsen, nur wenige Handbreit von seiner Braut entfernt.

Schatten traute ihren Augen nicht. Die Freunde ihres Bruders brüllten vor Lachen. Jetzt, dachte Schatten. Jetzt werden sie fordern, dass mein Bruder Älterer Schwägerin den Schleier vom Gesicht streift, und er wird es gehorsam tun. Doch die Menge stieß Schwindler Li in die Mitte.

Schwindler Li knirschte so laut mit den Zähnen, dass sogar Schatten hinter der Wand es hören konnte. Er machte eine übertriebene theatralische Geste und hielt eine an einem Faden baumelnde purpurrote Pflaume zwischen Braut und Bräutigam.

»Beißt in die Pflaume«, befahl er mit komischer Donnerstimme. »Beißt hinein!«

Und sogleich schrien auch die Gäste: »Beißt hinein!«

Aber natürlich! Wenn die Braut in die Pflaume beißen wollte, musste sie ihr Gesicht enthüllen. Doch warum machte Älterer Bruder dann einen Hechtsprung nach der Pflaume und schnappte mit den Zähnen danach?

Mit dem Stöckchen, von dem die Pflaume herabbaumelte, lockte Schwindler Li Schattens Bruder so nahe an Ältere Schwägerin heran, dass sich ihre Gesichter berührt hätten, hätte sie sich nicht geduckt. Ihre ruckartige Bewegung ließ den Perlenschleier heftig hin und her baumeln. Aber Ältere Schwägerin hielt den Kopf so tief gesenkt, dass Schatten bezweifelte, ob Älterer Bruder, der dunkelrot war wie die Pflaume, ihr Gesicht hatte sehen können. Schatten, die sich so weit wie möglich über die Trennwand beugte, konnte jedenfalls nichts erkennen.

»Braut und Bräutigam müssen gemeinsam in die Frucht beißen«, mahnte Schwindler Li.

»Gemeinsam!«, riefen die Gäste im Chor. »Gemeinsam hineinbeißen!«

Die Brautführerin stupste Ältere Schwägerin. Aber sie reagierte auf die Brautführerin so wenig wie auf das laute Geschrei der Gäste.

Plötzlich schnappte Älterer Bruder nach der Pflaume und ließ sie ganz in seinem Mund verschwinden. Einen Augenblick später spuckte er den Kern aus.

Seine Freunde machten ihrer Enttäuschung Luft. Manche stampften mit den Füßen auf. Als einige von ihnen die Fäuste hochreckten, duckte sich Ältere Schwägerin gegen den Bettpfosten. Schwindler Li schwenkte drohend seinen Stock.

Älterer Bruder sprang auf, tollte herum und spielte den Narren. Und als sich das wütende Geschrei seiner Freunde in Gelächter verwandelte, begriff Schatten, dass ihr Bruder nur seine Braut vor ihnen schützen wollte und damit auch vor ihr, obwohl ihm das gar nicht bewusst war.

Sie sprang vom Hocker, schlüpfte zur Tür hinaus und lief zum Mädchenhaus.

Monate später, als sie Freundinnen geworden waren, sagte Ältere Schwägerin, deren Gesicht rund und weiß war wie der Mond und deren Lächeln warm war wie die Sonne: »Als ich gesehen habe, wie dein Bruder alles tat, um die Aufmerksamkeit seiner Freunde von mir abzulenken, da wusste ich, dass er wirklich ein so außergewöhnlicher Mensch war, wie unsere Heiratsvermittlerin beteuert hatte.«

Damals zerriss sich das ganze Dorf Kräftige Raupe das Maul über die Hochzeit von Jungem Chou und über das Mädchen, das seine Frau werden sollte.

»Der Name der Braut ist Yun Yun.«

»Ein doppeltes Geschenk, nicht wahr? Besser gesagt, ein doppeltes Opfer.«

»Woher stammt dieses Geschenk, dieses Opfer?«

»Sie stammt aus Zwillingshügel.«

»Das ist mit dem Boot fast eine halbe Tagesreise von Kräftige Raupe entfernt!«

»Läge es näher, dann hätte die Familie der Braut schon einiges über die Chous erfahren.«

»... und die Lügen der Heiratsvermittlerin durchschaut.«

»Ganz recht. Ohne Lügen keine Braut. Jedenfalls nicht für einen so üblen Kerl wie den jungen Chou.«

»Vielleicht wird er durch eine Frau etwas umgänglicher?«

»Bestimmt nicht!«

»Wenn du mich fragst, ist sein Vater nach seiner Heirat noch bösartiger geworden.«

»Na, weil die alte Chou genauso übel ist wie er.«

»Der alte Chou hat Fäuste. Die alte Chou hat Haare auf den Zähnen.«

»Eines Tages wird er ihr mit seinen Fäusten über den Mund fahren. Ihre Zunge ist nämlich scharf wie das Beil eines Henkers!«

Das könnte man auch von den Zungen der Klatschmäuler behaupten, dachte Schatten. Aber es war ja nicht übertrieben, was sie sagten. Ihr Mädchenhaus lag direkt neben dem Haus der Chous, und sie hörte die beiden fast jeden Abend lauthals miteinander zanken. Und soweit sie zurückdenken konnte, war der junge Chou ein übler Raufbold gewesen.

Einmal hatten sie und Älterer Bruder einen Drachen steigen lassen, an dem ihr Bruder monatelang gebastelt hatte. Sie schauten zum Himmel empor, und Schatten bewunderte die goldenen Schuppen des Drachens, die in der Sonne glitzerten. Älterer Bruder jubelte und freute sich, wie der Drachen sich drehte und im Wind hin und her schaukelte. Plötzlich, wie aus dem Nichts, stand Junger Chou vor ihnen und zerschnitt die Drachenschnur.

Der junge Chou war heute so niederträchtig wie damals, und Schatten ahnte, warum seine Eltern darauf bestanden, dass die Hochzeit binnen eines Monats nach der Verlobung stattfand. Denn je mehr Zeit zwischen den beiden Terminen verstrich, desto größer war die Gefahr, dass die Familie der Braut hinter die Lügen der Heiratsvermittlerin kam.

# DAS ROTE TASCHENTUCH

Yun Yun hatte keine Fremden im Dorf Zwillingshügel gesehen und gar nicht bemerkt, dass ihre Eltern ihretwegen mit einer Heiratsvermittlerin verhandelten. Deshalb war sie überrascht, als sie auf dem Tisch im Gemeinschaftsraum die traditionellen Verlobungsgeschenke Tee, Kuchen und Betelnüsse erblickte. Während sich ihre Gedanken überschlugen, nahm ihre Mutter einen der kleinen goldgelben Kuchen aus dem Kästchen und reichte ihn ihr mit beiden Händen. Es war eine rituelle Geste.

Yun Yun liebte diesen Kuchen. Aber als sie hineinbeißen wollte, wurde ihr bewusst, dass das leichte, flaumig weiche Gebäck nicht nur ihre Verlobung bedeutete, sondern dass bald auch die Heirat folgen würde und dass sie damit ihre Freundin Glückskind, ihre Familie und alle, die sie kannte, für immer verlieren würde.

Weinend rief sie »Nein!« und legte den Kuchen in das runde Lackkästchen zurück.

»Du dummes Mädchen!«, sagte die Mutter und reichte ihr den Kuchen erneut. »Du weißt doch, dass du den Kuchen essen musst, um zu zeigen, dass du mit der Verlobung einverstanden bist.«

Ratlos und widerstrebend nahm Yun Yun den Kuchen entgegen, brach ein kleines Stück davon ab und steckte es in den Mund. Es war trocken und schmeckte bitter wie Asche. Sie hatte Mühe, es hinunterzuschlucken.

»Du dummes Mädchen«, wiederholte die Mutter. »Du solltest dich freuen. Die Eltern deines Verlobten, die Chous, sind die Besitzer der Felder, die sie bebauen, keine Pächter wie wir. Und während wir in Zwillingshügel vor allem Reis anbauen, hat sich das Dorf Kräftige

Raupe, wo die Chous leben, fast ganz auf die Seidenproduktion verlegt, die viel mehr Geld einbringt.«

Yun Yuns Herz begann höher zu schlagen. Wenn sie und Glückskind sich beim Reispflanzen gegenseitig die Blutegel von den Beinen entfernten, hatten sie oft davon geträumt, in ein Dorf einzuheiraten, in dem Seide gemacht wurde.

»Kräftige Raupe ist zwar fast eine Tagesreise von Zwillingshügel entfernt, aber mit dem Boot ist es viel schneller zu erreichen.«

Gemeinsam würde es ihnen schon gelingen, ihre Eltern zu überreden, im Dorf Kräftige Raupe oder in einem der Nachbardörfer einen Mann für ihre Freundin zu suchen.

»Außerdem ist der junge Chou genau wie dein Vater der einzige Sohn. Du musst also nicht mit Schwägerinnen um die Gunst deiner Schwiegermutter wetteifern, und es gibt keine Streitereien, wer was erbt.«

Yun Yun dachte an Glückskinds fröhliche Schwägerinnen, die Freundschaft geschlossen hatten, und versuchte, ihre Enttäuschung hinunterzuschlucken. Wenn Glückskind in der Nähe wäre, würde es nicht so schlimm sein, dass sie keine Schwägerinnen hatte.

Hastig stopfte sich Yun Yun die Reste des Verlobungskuchens in den Mund. Sie hatte es eilig, mit Glückskind zu sprechen.

»Die Chous möchten, dass die Hochzeit schon in einem Monat stattfindet, noch bevor die neue Seidenraupensaison beginnt.«

Der süße Kuchen in Yun Yuns Mund schmeckte mit einem Mal bitter. Ihr stand eine Trennung von Glückskind bevor, die viele Monate oder noch länger dauern würde.

Die hastigen Hochzeitsvorbereitungen vermochten Yun Yun nicht von ihrem Kummer abzulenken. Schlimmer noch, Glückskinds Eltern lehnten es ab, ihrer Tochter im Dorf Kräftige Raupe einen Mann zu suchen. »Wir wollen nicht, dass du so weit entfernt von uns lebst«, sagten sie.

Zu spät erkannte Yun Yun, dass sie und Glückskind ihren Eltern viel früher hätten sagen sollen, wie sehr sie sich wünschten, im selben Dorf oder wenigstens in benachbarten Dörfern verheiratet zu werden. Eingesperrt auf dem Dachboden ihres Elternhauses, verbrachte sie die übliche rituelle Trauerzeit vor der Hochzeit mit ihren Freundinnen. Yun Yun ließ sich auf den Boden sinken, Glückskind kniete neben ihr nieder, und so gaben sie ihrem Kummer und ihrem Schmerz in Klageliedern Ausdruck.

Am Abend vor ihrer Hochzeit klagte Yun Yun immer noch: »Das alles trifft mich so unerwartet.«

Und Glückskind, die nicht weniger verzweifelt war als Yun Yun, sang:

Glücklich vereint in unserer Freundschaft,
Haben wir das Unheil nicht kommen sehen.

Tränen strömten ihre Wangen hinab, während sie im Wechselgesang klagten:

Wir haben zusammen gelacht.
– Und zusammen gespielt.
Wir haben Blumen gepflückt.
– Und sind spazieren gegangen.
So gern hätte ich noch viel mehr Zeit mit dir verbracht.
– Jetzt trennt uns das Schicksal.
Morgen gehe ich zu dem Schurken.
– Und es gibt kein Zurück.
Schwören wir uns Freundschaft für hundert Jahre.
– Schwören wir uns Freundschaft für immer und ewig.

Yun Yun, der vor Kummer über den bevorstehenden Abschied die Stimme versagte, vergrub das Gesicht in ihren Händen.

Glückskind umarmte sie und machte Yun Yuns Eltern Vorwürfe: »Deine Eltern verkaufen das Gemüse erst, wenn es reif ist, und das Vieh erst, wenn es groß ist. Hätten sie nicht noch ein paar Jahre warten können, bevor sie dich verkaufen?«

In der Tat, Yun Yun war ein zierliches Mädchen, dessen hübsches Köpfchen auf einem schlanken Hals und schmalen Schultern saß. Sie fühlte sich immer noch wie ein Kind und nicht wie eine junge Frau und war nicht bereit, ihr Elternhaus zu verlassen. Aber die Mutter hatte ihr gesagt: »Auch ich war sechzehn, als ich geheiratet habe.« Und ihr Vater hatte hinzugefügt: »Eine Heiratsvermittlerin kommt nicht jeden Tag mit einem so verlockenden Angebot. Ich konnte es nicht ablehnen.«

Yun Yun war überzeugt, dass ihre Eltern das Angebot zum Wohl ihrer Tochter und nicht aus Eigennutz angenommen hatten. Sie wies Glückskind darauf hin, dass die Chous kein Bargeld als Brautpreis bezahlt und auch keine großen Geschenke gemacht hatten.

Yun Yun verteidigte ihre Eltern auch noch mit einem improvisierten Danklied. An Glückskinds Brust geschmiegt, schluchzte sie:

Eine Zuckerschale im Honigtopf
Ist nicht süßer als mein Leben zu Hause;
Ein Büschel Binsen in einem Strohschuh
ist nicht besser geschützt als ich an der Seite meiner Mutter.

Ja, sie gab sogar sich selbst die Schuld an der bevorstehenden Trennung. Weinend riss sie sich aus Glückskinds Armen los und stieg die Leiter hinunter, um mit ihrer Familie die letzte Mahlzeit einzunehmen:

Ich bin wertlos wie Unkraut.
Wenn Vater und Mutter Glück gehabt hätten,
Wäre ich als Sohn zur Welt gekommen.
Vater hätte viele Leute damit beauftragt,
Eine Braut für mich zu finden.
Aber Vater und Mutter hatten kein Glück;
Sie mussten eine Tochter großziehen,
Und diese Tochter wird für sie bald tot sein.

Mit einem letzten sehnsuchtsvollen Blick zu Glückskind nahm Yun Yun am Tisch Platz, umfasste die Schale mit dem süßen Reis, die ihre Mutter vor sie hingestellt hatte, und stimmte in den rituellen Chor ein: »*Sik faan*, esst Reis.«

Alle am Tisch klapperten so langsam und bedächtig mit ihren Essstäbchen wie Yun Yun. Ihre Mutter und ihr Vater aßen auch sonst wenig. Ihre Großeltern, die nur noch ein paar schwarze Zahnstummel im Mund hatten, kauten und kauten und kauten, bevor sie einen Bissen hinunterschluckten. Doch Yun Yun war es gewohnt, dass ihre drei jüngeren Brüder das Essen in Windeseile hinunterschlangen, weil sie es immer eilig hatten. Aber heute stocherten sie genau wie Yun Yun in dem wohlschmeckenden Reis herum. Dachten auch sie daran, wie Yun Yun ihnen beigebracht hatte, mit Stäbchen zu essen? Wie sie ihnen Bak-Choy-Stängel in die Reisschale gelegt hatte, die sie fällen mussten wie Bäume? Wie sie ihnen die Händchen geführt hatte, die die Suppenschale wie Vögel umkreisten, bevor sie sich hinabstürzten, um sich knackige Bissen Lotoswurzel und süße rote Datteln herauszupicken? Waren die Reisklumpen, die sie jetzt aßen, auch in ihrem Mund wie Steine? Mussten auch sie sich zwingen zu essen, wie ihre Eltern und Großeltern und wie sie selbst, weil der klebrig süße Reis die enge Beziehung symbolisierte, die sie mit ihrer Familie hatte, die Hoffnung, nicht für immer getrennt zu sein?

Als die Schalen geleert waren, stand Yun Yuns Mutter auf und sang:

Alle Töchter müssen ihr Elternhaus verlassen,
Aber nur wenige haben solches Glück wie du.
Das Haus deiner Schwiegermutter ist ein reicher Fischteich.
Du wirst deinen Baumwollkittel ausziehen
Und nur noch Seide tragen.
Ja, du betrittst das Drachentor des Glücks.
Du wirst auf einem weißen Kranich zum Himmel reiten.

Die Zukunft, die ihr die Mutter ausmalte, war so, wie sie Yun Yun immer erträumt hatte. Aber sie wollte nicht ihre Lieben verlieren. Doch wie ihre Mutter gesagt hatte: Sie konnte nicht für immer zu Hause bleiben. Mit schweren Schritten und noch schwererem Herzen kehrte Yun Yun auf den Dachboden zurück, um sich anzukleiden.

Oben wurde sie bereits von Glückskind und der Brautführerin erwartet, die die Mutter bestellt hatte. Die Brautführerin war eine schroffe Frau in mittleren Jahren. Sie kam aus einem anderen Dorf und war wegen ihrer langjährigen Erfahrung in Heiratsangelegenheiten und wegen ihres glücklichen Lebens ausgesucht worden. Sie hatte neun Kinder zur Welt gebracht, sechs davon waren Söhne, und alle waren am Leben. Groß und kräftig wie sie war, überragte sie Yun Yun und Glückskind. Die Frau erteilte ihre Anweisungen mit solcher Klarheit und Überzeugungskraft, dass Yun Yun froh über ihre Anwesenheit war. Als die Braut ihre schimmernde, paillettenbesetzte, mit Drachen und Phönix bestickte Hochzeitsjacke und den dazu passenden Rock anzog, stellte sie fest, dass sie den schweren Stoff, die weiche Seide auf ihrer Haut geradezu genoss.

Die Brautführerin öffnete das Gefäß mit *pou fa*, einer klebrigen Masse aus Holzspänen, mit der die Haare in Form gebracht wurden. Und als der Dachboden von dem ätzenden, bitteren Geruch erfüllt war, begann die Brautführerin mit dem rituellen Haarekämmen. Yun Yuns kindliche Zöpfe wurden zu einem komplizierten Haarknoten hochgesteckt, und damit wurde aus dem Mädchen eine Frau.

Als der Kamm zum ersten Mal durch Yun Yuns Haar fuhr, fing Glückskind an zu singen: »Lass den Kamm von den Haarwurzeln bis zu den Spitzen gleiten.« Und Yun Yun erschauderte, als sie daran dachte, wie sie im Mädchenhaus das Heiratszeremoniell nachgespielt hatten und wie groß ihre Angst gewesen war, dass der Bräutigam ihr die Haarnadel in den Nacken bohren würde. Hätte sie sich nicht mit beiden Händen an ihren Stuhl geklammert, hätte sie es nicht ausgehalten.

Sie und Glückskind hatten schon lange herausgefunden, was die Haarnadel des Bräutigams zu bedeuten hatte, als sie Hühner und

Hunde bei der Paarung beobachteten. Die Erinnerung an das Kreischen, das Schnappen, das Aufjaulen und das lang gezogene Angstgeheul der Tiere versetzten Yun Yun in Angst und Schrecken.

Rasch rief sie sich die Worte ihrer Mutter in Erinnerung: »Dein Vater hat mir nie wehgetan. Und du kannst sicher sein, dass wir der Heiratsvermittlerin sagen, sie soll einen guten Ehemann für dich suchen. Einen, der so gut ist wie der Mann, den meine Eltern für mich gefunden haben.«

Yun Yun hatte mit Glückskind darüber gesprochen, ob man den Schmerz vermeiden konnte, und sie hatte ihre Freundin gefragt, ob es Männer und Frauen gab, die sich paarten wie die Motten im Raupenhaus. In ihren Augen wirkte es so, als vollführten diese Geschöpfe einen geheimnisvollen, zärtlichen und intimen Tanz. Einen Tanz, der in ihrer Magengrube ein angenehmes Kribbeln hervorrief.

»Mir geht es genauso«, hatte Glückskind zugegeben.

Hinter den zugezogenen Vorhängen ihres Betts hatten sie sich seither gegenseitig dieses angenehme Kribbeln verschafft, indem sie taten, als wären sie Motten: Sie zwinkerten mit den Lidern und ließen die Finger über die bloße Haut der Freundin gleiten …

Ein lautes Hornsignal holte Yun Yun in die Wirklichkeit zurück.

»Die goldene Haarnadel des Bräutigams findet die Stelle«, sang Glückskind.

Mit einer sanft gleitenden Bewegung ergriff die Brautführerin die Haarnadel des Bräutigams und steckte sie mit geübtem Griff in Yun Yuns Frauenknoten. Yun Yuns Augen füllten sich mit Tränen.

»Klag so viel du willst, aber weine bloß nicht«, mahnte die Brautführerin. »Tränen hinterlassen Spuren auf deinem gepuderten Gesicht.«

Ohne ihren Gesang zu unterbrechen, nahm Glückskind das Taschentuch aus roter Seide vom Tisch, betupfte damit sanft Yun Yuns Augen und drückte es ihr in die Hand. Die Brautführerin setzte ihr den aufwendigen Kopfschmuck auf die Frisur und steckte ihn fest, während Glückskind die letzten Zeilen sang. Damit war auch das Ritual des Haarekämmens beendet.

Das Haar gekrönt von fünf goldenen Phönixen.
Perlen baumeln aus ihren Schnäbeln
Und verhüllen das Gesicht der schönen Braut.

Yun Yuns Kopf wurde vom Gewicht des Haarschmucks zu Boden gezogen, und die Perlenschnüre klapperten geräuschvoll, wenn sie aneinander stießen. Da sie nichts sehen konnte und unter dem schweren Schmuck schwankte, wäre sie hingefallen, wenn Glückskind sie nicht am Ellbogen gefasst und gestützt hätte. Sie war erleichtert, dass sie nicht auf eigenen Füßen die Leiter hinuntersteigen musste. Yun Yun kletterte auf den breiten Rücken der Brautführerin, die sie schwer keuchend in den Gemeinschaftsraum hinuntertrug, wo sie von ihrer Familie schon erwartet wurde.

Mit lautem Ächzen setzte die Brautführerin sie in einem flachen Bambuskorb ab. Yun Yuns von Tränen geschwollene Augen spähten durch den Perlenschleier hindurch nach den roten Schuhen, die ihr ein glückliches neues Leben verhießen. Aber sie fand sie nicht.

Glückskind bückte sich zu ihr hinunter und reichte ihr die Schuhe. An Glückskind gelehnt und mit ihrer Hilfe schlüpfte Yun Yun hinein. Dabei berührten sich ihre Hände, und ihre Finger umklammerten sich, bevor sie sich langsam wieder voneinander lösten.

Immer noch schnaufend, führte die Brautführerin Yun Yun jetzt hinüber zu ihren Großeltern, Eltern und Brüdern. Yuns Yuns Taschentuch wurde tränennass, als sie jedem Einzelnen traurige Abschiedsworte zurief.

»Beeil dich«, drängte die Brautführerin. »Wir haben noch einen weiten Weg vor uns.«

Yun Yun tat, als habe sie nichts gehört:

Andere Töchter sind nur ein paar Dörfer
Von ihren Großeltern, Eltern und Brüdern entfernt.
Ich aber bin von meiner Familie
Durch zehntausend Wolkenschichten getrennt.

Die Brautführerin stupste Yun Yun an.

Und wenn sich Geister und Kobolde von allen Seiten nähern,
Kann ich nur mein trauriges Lied singen.

Die Brautführerin räusperte sich, dann hustete sie ärgerlich. Yun Yun erkannte, dass sie den Abschied nicht noch weiter hinauszögern durfte, und schloss mit dem Gelöbnis, ihre Familie für immer in ihrem Herzen zu bewahren.

Rasch führte die Brautführerin Yun Yun zur Brautsänfte, schloss die Tür und befahl den Trägern, sich in Bewegung zu setzen. Die Männer liefen flink, und Yun Yun schaukelte in der beklemmenden Dunkelheit hin und her, hilflos, als wäre sie an Händen und Füßen gebunden.

In dieser Sänfte
Bin ich gefangen.
Meine Miene ist voll Trauer,
Mein Herzen kennt keinen Frieden.
Wer hat Mitleid mit mir?

Die Vorübergehenden riefen einander Worte der Anerkennung zu.

»Was für eine liebevolle Tochter!«

»Sie kennt so viele Lieder.«

»Wie viele sie kennt.«

»Sie wird eine gute Ehefrau sein.«

Als sie schon mehrere Dörfer hinter sich gelassen hatte, wurde Yun Yuns Stimme heiser, bis sie schließlich keinen Ton mehr herausbrachte. Aber sie hörte nicht auf zu klagen.

Als die Träger anhielten und die Brautführerin die Tür aufriss, musste Yun Yun, vom Licht geblendet, die Augen zukneifen. Dankbar atmete sie die frische Luft ein und erkannte erleichtert, dass Kräftige Raupe offenbar doch nicht so weit von Zwillingshügel entfernt war, wie sie befürchtet hatte.

Ein frischer Wind wehte zu ihr herein, und sie versuchte sich aus ihrer Verkrampfung zu lösen und aufzustehen. Aber die Brautführerin stieß sie zurück.

»Wirf zuerst das Taschentuch aus der Sänfte.«

Yun Yun erschrak. Beschäftigt mit ihren Klageliedern, hatte sie gar nicht mehr an das Ritual gedacht, das zum Ausdruck brachte, dass sie nunmehr kein Recht mehr hatte, öffentlich über den Abschied von ihrer Familie zu trauern.

»Wir haben erst die Hälfte des Weges zurückgelegt?«, stotterte sie heiser.

»Ja. Deshalb beeil dich, sonst ist es dunkel, bevor wir ankommen.«

Yun Yuns Augen füllten sich mit neuen Tränen.

»Schluss jetzt mit Weinen und Jammern«, mahnte die Brautführerin.

Yun Yun betupfte sich mit dem durchweichten Taschentuch die Augen.

»Was habe ich dir gesagt?«, fragte die Brautführerin.

Sie packte Yun Yuns Arm und vollführte damit eine Schleuderbewegung.

»Lass das Taschentuch fallen! Lass es fallen und sing!«

Yun Yun erinnerte sich daran, wie Glückskind ihr das rote Seidentüchlein in die Hand gedrückt hatte, und ballte die Hand zur Faust. Mit wütendem Knurren öffnete die Brautführerin gewaltsam Yun Yuns Faust, und das verschmierte, tränennasse Taschentuch fiel in den Schmutz.

Yun Yun starrte auf den roten Fleck am Boden. Als sie die Augen hob, entdeckte sie im Rücken der Brautführerin ein Stück wolkenlosen blauen Himmel. Da erinnerte sie sich an die strahlende Zukunft, die sie in Kräftige Raupe erwartete. Sie nahm sich zusammen und fing an zu singen:

Dieses Taschentuch der Trauer
Lasse ich auf die Erde fallen.

Und der Himmel hellt sich auf.
Die Tränen, die ich vergossen habe,
Sinken ins Meer.
Die Flüche, die ich ausgestoßen habe,
Sinken ins Meer.
Das Glück begleitet mich auf diesem Weg,
Dieser Weg ist frei von Sorgen,
Dieser Weg ist voller Frieden,
Dieser Weg führt mich ins Haus meines Mannes.

Der Klang von Hörnern und das Dröhnen von Zimbeln schreckten Yun Yun aus ihrem unruhigen heißen Schlaf in der engen, schaukelnden Sänfte auf. Erfüllt von verzehrender Sehnsucht und unermesslicher Trauer, sang sie:

Du, Glückskind, bist im Westen,
Ich gehe nach Osten,
Ich muss scheiden …

Ohrenbetäubende knallende Geräusche machten Yun Yun vollends wach, und mit Entsetzen erkannte sie, dass die Hörner und Zimbeln ihre Ankunft im Dorf Kräftige Raupe ankündigten, damit die Chous zu ihrer Begrüßung Knallfrösche entzünden konnten. Hatte man im Dorf ihr Klagelied gehört? Oder hatten die Hörner und Zimbeln ihren Gesang erstickt? Fröstelnd trotz der Hitze betete sie, dass der Lärm der Knallfrösche nicht nur die bösen Geister, sondern auch das Unglück vertreiben möge, das sie mit ihrem Gesang heraufbeschworen hatte.

Die Sänfte kam abrupt zum Stillstand, und Yun Yun spürte, wie Fäuste gegen die Tür trommelten. Einen Augenblick später ging die Tür auf, und Yun Yun taumelte heraus, eingehüllt in dicke Rauchwolken, die Luft erfüllt vom Gestank der abgebrannten Feuerwerkskörper. Sie landete geradewegs in den Armen ihrer Brautführerin.

Benommen und geschwächt von der langen Reise, hatte Yun Yun das Gefühl, sich ohne Hilfe ihrer Begleiterin nicht aufrecht halten zu können. Auch konnte Yun Yun durch ihre tränenverquollenen Augen und den Brautschleier vor ihrem Gesicht kaum etwas sehen. Aber sie wollte auf ihre neue Familie unbedingt einen guten Eindruck machen. Deshalb nahm sie all ihre Kraft zusammen und gab Acht, um ihre Einsätze beim Heiratsritual nicht zu verpassen.

Yun Yun verneigte sich zuerst vor dem Familienaltar, um die Ahnen der Chous zu ehren. Danach verbeugte sie sich vor den Eltern und dann vor dem jungen Chou. Schließlich goss sie der Mutter und dem Vater ihres Mannes, die jetzt auch ihre Eltern waren, Tee ein.

Zu Yun Yuns Bestürzung machten ihre Schwiegereltern, soweit sie sie überhaupt erkennen konnte, einen sehr rüstigen Eindruck. Sie waren keineswegs so alt wie ihre Großeltern. Warum hatte die Heiratsvermittlerin dann das hohe Alter und die körperliche Gebrechlichkeit der Schwiegereltern als Chous Grund für eine schnelle Heirat angegeben? Der Altar und die Einrichtung des Zimmers wirkten für begüterte Leute eher karg. Vielleicht wollten die Chous ihren Prunk und Luxus nicht protzig zur Schau stellen. War das der Grund dafür, dass für das Hochzeitsmahl nur drei Tische aufgestellt waren?

Yun Yun saß am Tisch der Frauen und wünschte sich, dass ihr Mann eine jüngere Schwester hätte. Ein Mädchen, das so alt war wie sie. Ein Mädchen, dem sie, Yun Yun, ohne Scheu Fragen stellen konnte. Ein Mädchen, das ihre Freundin werden könnte.

Doch im Grunde ihres Herzens sehnte sich Yun Yun nach ihrer Freundin Glückskind in Zwillingshügel.

Aus Zurückhaltung, teils aber auch aus Angst hatte Yun Yun ihren Mann bisher nur flüchtig angesehen, während die Rituale vollzogen wurden, die sie zu seiner Ehefrau machten.

Doch während der Zeremonie des Brautneckens gab Junger Chou so bereitwillig den ausgelassenen Forderungen der Männer nach, dass sich Yun Yuns Angst in Mitleid verwandelte. Sie befürchtete, dass er genauso wie sie unter den Peinlichkeiten litt, die ihr durch ihn aufgezwungen wurden, und überlegte, wie sie ihrem Mann zeigen konnte, dass sie ihm seine Schwäche nicht zum Vorwurf machte und Sanftmut höher schätzte als Stärke.

Als die Männer immer rüder wurden und Yun Yun aufforderten, den Schleier beiseite zu schieben und ihren Mann anzublicken, zögerte sie nur einen kurzen Augenblick, bevor sie tapfer und mit zitternden Fingern die Perlenschnüre beiseite schob und die Augen aufschlug.

Als sie ihrem Mann in die Augen sah, brüllten die Männer:

»Eine ganz Kecke!«

»Auf die musst du aufpassen!«

Aber Yun Yun senkte nicht den Blick. Sie war viel zu entsetzt über das, was sie sah: tief liegende Augen in einem fleischigen Gesicht, die leuchteten wie die einer Ratte beim Anblick von Speck.

Kaum hatte Junger Chou die Brautführerin entlassen, stürzte er sich auf Yun Yun und warf sie mit so grober Wucht auf den Rücken, dass sie mit der Schläfe an den Bettpfosten stieß.

Unter seinem Gewicht bekam sie kaum Luft. Die Strohhalme der Bettmatte stachen ihr in Po und Rücken, dass es schmerzte. Und als er sie an den Brüsten packte, ihr die Hose vom Leib riss und sie zwang, die Beine zu spreizen, schloss sie vor Scham die Augen angesichts seiner Brutalität. Sie biss sich auf die Lippen, um nicht laut zu weinen.

Aber vor seinem übel riechenden Atem konnte sie sich nicht schützen. Nicht vor seinem schrecklichen Stöhnen, als er sich daranmachte, sein Messer in ihren Unterleib zu stoßen. Dem brennenden Schmerz, als sein Messer die Stelle gefunden hatte und immer tiefer in sie eindrang, sie verwundete, verletzte. In ihr stieg die Erinnerung auf an die zärtlichen Umarmungen ihrer Freundin, das Versprechen der Mutter, einen guten Ehemann für sie zu suchen, einen Mann wie ihr Vater einer war, einen Mann, der ihr niemals wehtun würde.

Zwei Nächte im Bett ihres Mannes kamen Yun Yun vor wie zwei Jahre. Die abweisende Miene und die scharfe Zunge ihrer Schwiegereltern machten jedoch auch den Tag zur Qual.

Dass die Brautführerin jetzt ihre Schroffheit ablegte und dafür Mitgefühl zeigte, tat ihr wohl. Aber die Gewissheit, dass sie am dritten Tag mit der Brautführerin zu einem Besuch nach Zwillingshügel zurückkehren konnte, ließ Yun Yun alles ertragen.

Freilich wusste Yun Yun, dass sie am Ende zu den Chous zurückkehren musste. Und zwar allein. Aber ein paar Stunden, ja vielleicht einen ganzen Nachmittag lang würde sie Wärme und Trost finden im Lächeln ihrer Großeltern und Eltern, in den Umarmungen ihrer kleinen Brüder und in Glückskinds zärtlicher Nähe.

Aber während sie sich für den rituellen Besuch bei ihrer Familie am dritten Tag ankleidete, überlegte Yun Yun es sich anders. Ihre Eltern würden nach einer Bestätigung dafür suchen, dass sie in ihrem neuen Heim glücklich war, und selbst wenn es ihr gelang, ihnen etwas vorzumachen, was Yun Yun bezweifelte – wie konnte sie ihren mühevollen Gang und ihr geschundenes Gesicht vor ihnen verbergen?

Sosehr sie sich auch anstrengte, die Schmerzen zwischen ihren Beinen machten es ihr unmöglich, normal zu gehen. Und die empfindliche Stelle an der Schläfe, die ihr wehtat, wenn sie sich das Gesicht wusch? Yun Yun vermutete, dass sie sich beim Aufprall an dem Bettpfosten verletzt hatte. Ein Blick, und ihre Eltern würden wissen, dass sie einen schweren Fehler gemacht hatten.

Unter dem Vorwand, die Entfernung zwischen Zwillingshügel und dem Dorf Kräftige Raupe sei ihr zu groß, erklärte Yun Yun, sie wolle auf den rituellen Besuch lieber verzichten. Ihre Schwiegermutter stimmte bereitwillig zu. Yun Yun gab ihrer Brautführerin ein großzügiges Trinkgeld aus ihren eigenen Ersparnissen und bat sie, gebratene Sesamklöße, Dampfkuchen und Rüben-Goh als Geschenke für ihre Eltern zu kaufen.

»Meinst du nicht eher, stinkenden Tofu und bittere Melonen?«, fragte die Brautführerin.

Yun Yun verstand sehr wohl, was die Frau damit sagen wollte. Aber Yun Yun wollte, ja musste glauben, dass ihre Eltern nicht alles falsch gemacht hatten. Wenn sie es schaffte, ihren Mann und ihre

Schwiegereltern zufrieden zu stellen, würden sie bestimmt freundlicher und gütiger sein.

Als Yun Yun der Brautführerin das Geld in die Hand drückte, bat sie: »Wenn du meiner Familie die Süßigkeiten bringst, beunruhige sie nicht mit dem, was du gesehen und gehört hast. Sag ihnen, die Süßigkeiten seien ein Geschenk von den Chous. Sag ihnen, dass ich glücklich bin.«

Im Mädchenhaus gleich nebenan hörte Mei Ju, wie Yun Yun Abend für Abend von ihren Schwiegereltern und ihrem Mann angeschrien wurde. Wenn Mei Ju Yun Yun draußen auf der Straße und auf den Feldern sah, fand sie, das Mädchen habe den Blick eines geprügelten Hundes. Beim Gehen drückte sich Yun Yun die Hauswand entlang, und wenn man sich ihr näherte, duckte sie sich und ihre Augen irrten ängstlich umher.

Eines Morgens, als Mei Ju mit ihrer Schwester und Schatten aus dem Mädchenhaus nach Hause ging, kam ihnen Yun Yun hinkend entgegen. Der schwere Geruch nach Heilsalbe, den sie im Vorbeigehen hinterließ, stieg ihnen in Nase und Augen.

Mei Ju wandte sich ab, um Yun Yun nicht in Verlegenheit zu bringen, und Schatten zuckte zusammen.

»Da wäre ich noch lieber Älteste Cousine«, murmelte Bak Ju.

Seit dem Tod von Ältester Cousine waren mehr als zehn Jahre vergangen. Mei Ju, die damals erst fünf war, hatte weder begriffen, dass die Cousine im Sterben lag, noch hatte sie verstanden, was Zweiter Onkel vorhatte, als er seine Tochter in ihre Decke wickelte. Aber Älteste Cousine, die noch nicht einmal acht Jahre alt war, nur Haut und Knochen und vom Blutspucken geschwächt, muss es gewusst haben, denn sie schlug mit Armen und Beinen um sich und wimmerte und keuchte erbärmlich: »Nein! Bald geht es mir wieder besser.«

Zweiter Onkel aber fuhr beharrlich fort, Älteste Cousine in die Decke einzuwickeln, während ihm Tränen über die Wangen liefen.

Bestürzt blickte Mei Ju ihre Schwester an. Aber Bak Ju war diesmal ebenso verwirrt wie sie.

Ängstlich rief Mei Ju nach ihrer Mutter, und Bak Ju, die ihren Onkel und ihre Cousine anstarrte, schlang schützend die Arme um ihr Schwesterchen. Zweiter Onkel hob Älteste Cousine auf seinen Arm und trug sie zur Haustür.

Da riss sich Mei Ju von Bak Ju los und lief weinend hinter ihrem Onkel her. »Mama«, schrie sie, ein lang gezogener Klagelaut.

Mama kam in den Gemeinschaftsraum gerannt, warf einen verlegenen Blick in Großmutters Schlafzimmer, schloss rasch die Tür und packte Mei Ju am Arm.

»Hat Großmutter dir nicht gesagt, dass du deinen Tanten im Raupenhaus helfen sollst?«

Mei Ju schluchzte und wischte sich die Nase mit dem Handrücken ab. »Älteste Cousine wollte Wasser trinken, und da hat Zweiter Onkel…«

»Mach deinem Onkel die Tür auf«, befahl Mama.

Als Bak Ju gehorchte, stieß Mei Ju ihren Kopf an den Bauch ihrer Mutter: »Aber warum? Wohin bringt der Onkel unsere Cousine?«

»Du Dummerchen«, sagte Zweiter Onkel mit tränenerstickter Stimme. »Ich will doch nur die Familie schützen.«

Hinter dem Rücken ihrer Mutter versteckt, beobachtete Mei Ju, wie der Onkel ihre Cousine hinaustrug. Bak Ju schloss die Tür und eilte zu Mei Ju zurück.

»Wohin bringt der Onkel unsere Cousine?«, wiederholte Mei Ju.

Mama drohte den beiden Mädchen mit dem Zeigefinger. »Wenn ihr mit euren Tanten ins Raupenhaus gegangen wärt, wie es sich für brave Mädchen gehört, wäre euch erspart geblieben, was ihr noch nicht verstehen könnt.«

Bak Ju senkte den Kopf.

»Wohin bringt der Onkel unsere Cousine?« Mei Ju ließ nicht locker.

»Du weißt, dass deine Cousine schon lange Zeit sehr sehr krank ist. Jetzt wird sie sterben. Sie wird den Tag nicht überstehen, ob sie im Bett liegt oder nicht. Aber wenn sie unter unserem Dach stirbt, kann ihr ruheloser Geist der ganzen Familie Schaden zufügen.«

Bak Jus Kopf schnellte hoch. »Der Onkel hat unsere Cousine hinausgebracht, damit sie draußen stirbt?«

Mei Jus Augen füllten sich mit neuen Tränen. »Das verstehe ich nicht.«

»Habe ich nicht gesagt, dass ihr dafür noch zu jung seid?«, erwiderte Mama.

Bak Ju ergriff schnell Mei Jus Hand. »Komm. Es ist besser, wir gehen.«

»Nein.« Mei Ju riss sich los und klammerte sich an die Jacke ihrer Mutter. »Was ist ein ruheloser Geist?«

Mama warf einen verlegenen Blick auf Großmutters Tür und wandte sich dann wieder Mei Ju zu. »Jeder Mensch hat drei Seelen. Eine, die beim Tod im Körper bleibt und mit ihm begraben wird; eine, die sich vor dem Gerichtshof der Hölle verantworten muss; und eine, die in die Ahnentafel aufgenommen wird.«

Sie zeigte auf den Familienaltar mit den Ahnentäfelchen – längliche Holzstücke, auf die jeweils der Name des toten Vorfahren geschrieben stand. »Töchter müssen heiraten, bevor sie eine Ahnentafel bekommen, wo ihr Geist Schutz findet.«

»Können wir nicht anders Schutz für den Geist von Ältester Cousine finden?«, fragte Mei Ju.

»Mach dir keine Sorgen.« Mama wischte Mei Ju mit einem Taschentuch die Tränen aus dem Gesicht. »Großmutter wird eine Familie mit einem toten Sohn finden, den Älteste Cousine heiraten kann. Dann findet ihr Geist einen Platz, und wir können ihm opfern.«

»Wird Älteste Cousine dann glücklich sein?«, fragte Mei Ju.

»Ja«, versicherte ihr Mama. »Sehr glücklich.«

Trotz der Beschwichtigungen ihrer Mutter wurde Mei Ju monatelang vom Bild ihrer Cousine verfolgt, die hilflos und mutterseelenallein im Freien lag. Jetzt dachte Mei Ju über die Bemerkung ihrer Schwester nach, die mit Blick auf Yun Yun gesagt hatte: »Da wäre ich noch lieber Älteste Cousine.« Schließlich war ihre Cousine tot gewesen, als sie einen Geist geheiratet hatte. Aber Bak Ju lebte.

Tag um Tag wartete Mei Ju, dass Bak Ju genauer erklärte, warum sie lieber einen Toten heiraten und eine Geisterfrau werden würde, als mit Yun Yun zu tauschen. Aber als sie von Bak Ju keine Antwort erhielt, fragte Mei Ju ihre Freundinnen.

Sie kletterte gerade ins Bett. Schatten lag bereits unter der Decke und verzog das Gesicht.

»Damit sie es nicht mit einem Mann wie Jungem Chou zu tun bekommt.«

Hahn saß mit überkreuzten Beinen neben Schatten im Bett und sah von den Sutras hoch, in denen sie las. »Um nicht im Bett von einem Mann belästigt zu werden.«

Mei Ju, die nicht genau wusste, was Paare im Bett taten, konnte nicht sagen, ob ein Mann tatsächlich eine Belästigung war. Aber wenn sie an ihre Mutter und ihre Tanten dachte, vermutete Mei Ju, dass die Frau es war, die dem Mann Vergnügen bereitete. Jedenfalls konnte sie sich nicht vorstellen, dass dieses Vergnügen größer war als der Kitzel, der darin bestand, mit ihren Freundinnen Gedanken auszutauschen. Im Bett kniend, meinte Mei Ju: »Bak Ju könnte Nonne werden, dann müsste sie nicht heiraten.«

Schatten packte Hahns lange Zöpfe und schnippte mit den Fingern wie mit einer Schere. »Du meinst, sie sollte sich die Haare abschneiden und den Kopf kahl scheren lassen?«

Hahn reckte ihr spitzes Kinn. »Das würde ich gerne tun, nur dass Nonnen um ihren Lebensunterhalt betteln müssen. Und dank Alter Blutsauger habe ich in meinem Leben schon genug gebettelt.«

Sie entriss Schatten ihre Zöpfe und tippte Mei Ju damit auf die Schulter. »Und du?«

»Ich will keine Nonne werden. Aber meine Mutter und meine Tanten müssen meine Großmutter wegen jeder Kleinigkeit um Erlaubnis bitten. Ist das nicht auch eine Art Betteln?«

»Genau.« Hahn klappte ihr Buch zu. »Vielleicht will Bak Ju deshalb eine Geisterfrau werden.«

»Als Geisterfrau hätte sie zwar einen toten Ehemann, aber ihre Schwiegereltern wären am Leben, und sie müsste sie bedienen und um Erlaubnis fragen, genau wie eine Schwiegertochter«, meinte Schatten.

»Meiner Schwester wäre das egal«, entgegnete Mei Ju. »Und da Großmutter mit ihr immer sehr zufrieden ist, würde sie sicher auch die Schwiegermutter mit den höchsten Ansprüchen zufrieden stellen.«

»Dann möchte Bak Ju also dem Ehebett entkommen. Ich auch, denn Kaiserin hatte Recht, als sie sagte, hier kommt kein Baby durch.« Hahn legte die Hände auf ihre schmalen Hüften. »Wenn mein Bauch dick würde, weil ich ein Kind bekomme, müsste ich sterben. Und mein Kind auch.«

# KEIN BODEN UNTER DEN FÜSSEN

Mei Ju war von Hahns und Bak Jus Sorgen viel zu aufgewühlt, um schlafen zu können. Sie wartete sehnsüchtig auf das Ende der Nacht, um beim Abhaspeln der Kokons ihre innere Ruhe zu finden.

An die Hitze des Feuers und das dampfend heiße Wasser, an den beißenden Geruch der kochenden Kokons und der Rohseidenstränge hatte sie sich schon lange gewöhnt. Mittlerweile holte sie die Kokons mit Stäbchen so geschickt aus dem Wasser, dass sie sich nur noch selten die Finger verbrannte.

Wenn sie die Seide von einem Kokon vollständig abgehaspelt hatte, ersetzte sie diesen sogleich durch einen neuen, damit der Faden gleichmäßig dick wurde. Den verbrauchten Kokon nahm sie sofort aus dem Wasser, damit das Fett der Puppe die Qualität der Seide nicht beeinträchtigte. Auch kümmerte sie sich um das Feuer, das zwar das Wasser am Kochen halten sollte, aber nicht so stark sein durfte, dass der Rauch das Wasser verschmutzte und der Seide ihren Glanz nahm.

Auf alle diese Dinge gleichzeitig zu achten war für Mei Ju eine aufregende Herausforderung. Und da sie inzwischen ihre dreijährige Lehrzeit hinter sich hatte, konnte sie sich bei dieser Tätigkeit endlich der Aufsicht der Großmutter entziehen. Denn wenn es zu Hause keine Kokons mehr gab, arbeiteten Mei Ju, ihre Schwester und Dritte Tante anderswo.

Während Großmutter Mei Ju schalt, sie sei zu langsam, lobte Meister Lou, der Grundbesitzer, für den Mei Ju Seide abhaspelte, ihre Behutsamkeit. Ja, er erklärte sogar, sie habe das Zeug zu einer Meisterin im Seidehaspeln.

Mei Ju aber liebte diese Tätigkeit vor allem deshalb, weil die Konzentration, mit der sie sich der Arbeit widmete, in ihrem Kopf und ihrem Herzen keinen Raum für trübe Gedanken und Gefühle ließ.

Hahn hatte gesagt, diesen Trost erfahre sie, wenn sie mit dem Pinsel Schriftzeichen auf Papier malte. »Wenn ich die Tuschestange am Tuschestein anreibe und mir den Geruch der schwärzenden Tusche in die Nase steigt, sind alle meine Sorgen verflogen, und nach einer Weile vergesse ich alles, was mir sonst Kopfzerbrechen bereitet. Ich habe ein Gefühl vollkommener Ruhe. Aber sobald ich aufhöre, ist dieses Gefühl verschwunden. Deshalb muss ich weiter die Sutras studieren. Denn erst wenn ich sie wirklich verstanden habe, werde ich wahren Frieden finden. Einen Frieden, der nie zu Ende geht.«

Aber Mei Ju konnte sich nicht vorstellen, dass Hahn jemals die buddhistischen Schriften verstehen würde. Nicht weil sie dumm gewesen wäre, sondern weil sie nicht genügend Schriftzeichen kannte. Selbst wenn Mei Ju und Schatten versuchten, Hahn beim Entziffern der Schriftzeichen zu helfen, indem sie die Zeichen zerlegten, entzifferten und die ihnen bekannten Wurzeln wieder zusammensetzten, blieben immer noch so viele Unklarheiten, dass sie meist aufgeben mussten. Schatten hatte ihren Unterricht mit den bedauernden Worten beendet: »Ich habe euch alles beigebracht, was ich weiß.« In den Monaten danach hatte Hahn ihren Bruder, den Preisgekrönten, beobachtet, wenn er laut las, und so neue Schriftzeichen dazugelernt. Aber auch darauf musste Hahn verzichten, seitdem er sich beschwert hatte, dass sie ihn störe.

»Ich weiß, dass ich mich ein bisschen zu tief über den Text gebeugt habe und er zu wenig Licht bekam«, hatte Hahn wütend erzählt. »Dann habe ich mich entschuldigt und bin sofort zurückgewichen. Aber Preisgekrönter hat mich trotzdem geschlagen, und ihr wisst ja, dass er für einen Zwölfjährigen groß und kräftig ist. Ich habe sofort blaue Flecken bekommen, und meine Eltern haben mich nicht verteidigt. Sie haben mich angeschrien und behauptet, ich würde meinen Bruder absichtlich stören und damit seinen Erfolg und den meiner Familie verhindern.

Glaubt mir, ihre Vorwürfe haben mir mehr wehgetan als die Schläge meines Bruders. Ich musste mich doch verteidigen. Ich habe ihnen erzählt, wie ich damals zu Guanyin betete, als Alter Blutsauger meinen Bruder nicht in die Schule gehen lassen wollte, weil er für ihn arbeiten sollte. Aber da wurden alle nur noch ärgerlicher. Baba hat mich geschlagen, weil ich widersprochen hatte. Preisgekrönter rief, allein dank seiner Klugheit und nicht durch mein Gebet zur Göttin habe sich Lou der Ältere für ihn eingesetzt und Alten Blutsauger in die Schranken gewiesen. Und Mama meinte, zu meinen vielen Unarten zählten auch noch Jähzorn und Sturheit.«

Plötzlich wurde Hahn kleinlaut. »Nun, damit hat sie ja Recht. Ich bin jähzornig und stur. Ich bin auch neidisch. Nicht auf Preisgekrönten, sondern darauf, dass er die Möglichkeit hat, die Schule unserer Sippe zu besuchen und dauerhaften Frieden zu erlangen.«

»Wenn alles seine Ordnung hat, dann herrscht Frieden«, pflegte Mei Jus Großmutter zu sagen. »Und zur Ordnung gehört es, dass Kinder ihren Eltern, Frauen ihren Männern und die Jüngeren den Älteren gehorchen.« Selbstverständlich sorgte Großmutter dafür, dass zu Hause alle sich an diese Ordnung hielten. Aber Mei Ju hatte nie das Gefühl, dass ihre Familie ein Hort des Friedens war.

Denn wenn Bak Ju mit ihren Fäusten Großmutters Rücken sanft entlangstrich und dabei murmelte: »Heute ist es feucht. Du spürst es bestimmt in deinen alten Knochen. Lass dich ein bisschen massieren«, dann schmeichelte ihr Großmutter und sagte: »Wenigstens auf *ein* Enkelkind kann ich mich verlassen.« Mama und Baba strahlten dann, als wären sie selbst gelobt worden, während Zweite und Dritte Tante und Zweiter und Dritter Onkel ihre Kinder drängten, für Großmutter Erdnüsse zu schälen oder sie mit einem Reim, einer Geschichte oder einem Lied zu unterhalten.

Womöglich brauste Großmutter dann auf und rief: »Erdnüsse

sind *yit hay*, sie überhitzen den Körper. Wollt ihr, dass ich krank werde?« Worauf Mama und Zweite und Dritte Tante in die Küche eilten, um der Großmutter *leung cha*, kühlenden Tee, zu bringen. Oder Großmutter jammerte: »Ai, von diesem Geplapper bekomme ich nur Kopfschmerzen«, worauf alle losstürzten, um ihr beißend riechende, lindernde Öle zu holen. Und wenn sie eines der Kinder lobte, wurden die anderen von ihren Eltern gedrängt, sich ebenfalls hilfsbereit und klug zu zeigen.

Bevor Kaiserin das Mädchenhaus verließ, um zu heiraten, hatte sie die Mädchen wie Großmutter unter ihrer Fuchtel gehabt. Alle drängten sich, ihr etwas Gutes zu tun. Bei ihren Nachfolgerinnen war es nicht anders. Und die Heiratsvermittlerinnen hatten diese Mädchen dafür gelobt, dass sie ein wohlgeordnetes Haus zu führen verstanden. Mei Ju hatte jedoch auch im Mädchenhaus keinen Frieden gespürt.

Anders ging es ihr, wenn sie mit Hahn und Schatten auf dem Dachboden zusammen war. Aber auch dort hatte sich Mei Ju nie wirklich ganz wohl gefühlt, denn ständig mussten sie fürchten, dass jemand sie belauschte, ihre Geheimnisse erfuhr und, schlimmer noch, womöglich verriet.

Manchmal träumten Mei Ju und ihre Freundinnen gemeinsam von einem Ort, wo sie nicht flüstern und ihre Bücher und Pinsel nicht verstecken mussten. Einem Ort, wo es keine Vorschriften gab, so wie in dem Häuschen, in dem ihr Großvater mit seiner Konkubine gelebt hatte.

Ein Haus, in dem drei Mädchen allein lebten, war selbstverständlich undenkbar. Und ganz auf sich allein gestellt zu leben widersprach jeder normalen Ordnung. Schon allein bei dem Gedanken hatte Mei Ju das Gefühl, den Boden unter den Füßen zu verlieren. Sie erinnerte sich, wie sie einmal als kleines Mädchen während eines heftigen Sturms unbemerkt nach draußen schlüpfte. Sie hatte den Boden unter den Füßen verloren. Der Wind hatte sie durch die Luft gewirbelt, und sie hatte geschrien, in panischer Angst, unter fremde Menschen zu geraten, womöglich schwer verletzt. Aber sie hatte auch – wenigstens ein bisschen – deshalb geschrien, weil sie das Gefühl genossen hatte, wie ein Vogel über dem Boden zu schweben.

Yun Yun konnte ihrer neuen Familie nichts recht machen. Das Wasser, das sie für ihre Schwiegereltern und für ihren Mann wärmte, war entweder zu heiß oder zu lauwarm oder zu kalt. Der Tee, den sie ihnen servierte, war entweder zu stark oder nicht stark genug.

»Sieh dir die Farbe an, du Närrin!«, rief dann ihre Schwiegermutter. Und zog ihr mit langen spitzen Fingernägeln die Augenlider nach oben. »Wofür hast du Augen? Um immer nur aufs Essen zu starren?«

Wenn sie nach dem Morgenreis sauber machte, warf Yun Yun die paar Reiskörner fort, die beim Essen auf den Tisch und den Boden gefallen waren. Das lange Gesicht ihrer Schwiegermutter wurde dann noch länger, und sie schalt Yun Yun, sie sei verschwenderisch. »Damit hättest du die Hühner füttern können.«

Die Raupentabletts waren für Yun Yun viel zu schwer, zu groß und zu unförmig, als dass sie sie hätte tragen können. Als sie sie hinter sich herzog, wie sie es auch zu Hause gemacht hatte, zeterte ihr Schwiegervater, der kräftig war wie ein Stier, sie sei ein Schwächling. Ihr Mann warf ihr vor, sie tauge zur Arbeit ebenso wenig wie im Bett.

Immer wieder zeterten ihre Schwiegereltern und ihr Mann, sie sei ein arbeitsscheuer, nutzloser Reisesser. In Wirklichkeit war Yun Yun von Kindheit an gewohnt zu arbeiten. Sie war erst fünf Jahre alt gewesen, als ihre Großmutter sie in die Raupenhäuser mitgenommen und ihr beigebracht hatte, wie man die toten Raupen herausfischte. Im Jahr darauf hatten Großvater und Vater ihr gezeigt, welche Maulbeerblätter gepflückt werden sollten, wie man sie zerkleinerte und die Raupen damit fütterte. Mit zehn Jahren hatte sie gelernt, Seide zu haspeln. Nur hatten ihre Großeltern und Eltern sie stets freundlich und liebevoll auf ihre Fehler hingewiesen. Sie hatten sie durch Lob ermuntert, fleißig zu sein. Auch von den Eltern, Brüdern und Schwägerinnen ihrer Freundin Glückskind kannte sie dieses

Verhalten. Und obwohl Alte Großmutter, ihre Lehrerin im Mädchenhaus, ihr manchmal Furcht eingejagt hatte, war sie doch stets gerecht gewesen.

Wenn sie nachts im Bett unter ihrem Mann lag, dachte Yun Yun an den Steinmörser zum Polieren von Reis, der auf dem Lehmboden im Gemeinschaftsraum ihrer Familie stand. Sein Stößel war an einem Holzbalken befestigt, der sich hob, wenn Vater sich auf das andere Ende des Balkens stellte, und senkte, wenn er losließ. Als sie noch unten offene Hosen trug, hatte sie oft Arme und Beine um den Balken geschlungen und war auf und nieder geschaukelt. Wenn sie vom Spielen müde war, kuschelte sie sich in den Schoß ihrer Mutter, wo sie vom Schaukeln des Balkens in den Schlaf gewiegt wurde. Ihre Mutter sang zu dem Rhythmus des Stößels Lieder für die Holzfischtrommel. Wenn Yun Yun auf dem Balken ritt, ließ ihr Vater sie nicht aus den Augen, immer bereit, sie aufzufangen, wenn sie herunterfiel. Wie hatte er zulassen können, dass sie in den Mörser geriet und von dem Stößel brutal zermalmt wurde?

Freilich, die Heiratsvermittlerinnen, die geschickt übertrieben und oft sogar logen, hatten ihren Vater reingelegt. Deshalb hatte Alte Großmutter den Mädchen auch die Klage beigebracht:

Todunglücklich bin ich, mit Sorgenfalten auf der Stirn,
Das Unterste zuoberst gekehrt.
Meine Tränen fallen wie der Regen,
Sie fließen wie Flüsse und Ströme.
Denn mein guter Vater
Hat den Lügen der Heiratsvermittlerin geglaubt.

Und Yun Yuns Vater war tatsächlich ein guter Mensch. Er war so vertrauensselig, dass ihr Großvater, der wegen Altersschwäche nicht mehr selbst zum Markt gehen konnte, angesichts der schlechten Geschäfte seines Sohnes nur den Kopf schüttelte und seufzte: »Du bist so blind wie Day Jong Wong, der Erdenkönig.«

Als Kind hatte Yun Yun gedacht, dass ihr Vater tatsächlich manchmal Wahrnehmungsschwierigkeiten hatte. Einmal hatte sie sogar gefürchtet, auch sie würde ihr Augenlicht verlieren.

Es war im Frühling gewesen, erinnerte sie sich. Die Wasserbüffel zogen den schweren Pflug, der das Erdreich aufbrach, bevor es die Saat empfing. Die Mutter hatte Yun Yun mit heißem Tee auf die Reisfelder zu ihrem Vater geschickt.

Wie immer nahm er erst dann den ersten Schluck, wenn er den Büffel vom Pflug losgemacht und an den Fluss geführt hatte, wo das Tier seinen Durst stillen konnte. Während Yun Yun darauf wartete, dass der Büffel getrunken hatte, legte sie sich ins hohe weiche Gras am Flussufer, und als die kühle Feuchtigkeit des Erdreichs durch ihre dünne Baumwolljacke und die Baumwollhose kroch und kitzelte, jauchzte sie vor Glück.

Als ihr Vater den Büffel getränkt hatte, kauerte er sich neben sie. »Siehst du einen Büffel dort oben in den Wolken?«

Neugierig setzte sich Yun Yun auf, stützte sich auf die Ellbogen und blinzelte in den Himmel. Nicht nur entdeckte sie keinen Büffel, der grelle Sonnenschein blendete sie und überzog ihre Augen mit einem beängstigenden goldenen Schimmer.

»Ich bin blind geworden wie du und Day Jong Wong«, rief sie.

Ihr Vater hieß Yun Yun, sich auf den Rücken zu legen und strich ihr behutsam über die geschlossenen Augenlider. »Nein, du bist nicht blind.«

Vorsichtig öffnete sie die Augen. »Aber ich …«

Er legte ihr die Finger auf die Lippen und beruhigte sie. »Du kannst keine Büffel am Himmel sehen, weil es dort gar keine gibt. Jedenfalls heute nicht mehr. Aber vor langer Zeit lebten die Büffel frei unter den Göttern.«

»Die Tiere«, so fuhr er fort, »waren damals schön gekleidet und konnten sprechen. Dann beschwerten sich die Menschen bei den Göttern, sie seien zu klein und zu schwach, um ohne Hilfe pflügen zu können. Seh Gung, der Großvater der Gemeinschaft, und Day Jong Wong, der Erdenkönig, sahen, dass die Menschen Recht hatten, und baten die Büffel, zur Erde hinabzusteigen und den Menschen zu helfen.

Keiner der Büffel war dazu bereit.

›Warum sollten wir arbeiten?‹

›Wir machen unsere Kleider schmutzig.‹

Da versprachen die Menschen, die Büffel großzügig zu entlohnen. Aber noch immer wollte keiner gehen.

›Alles Reden ist zwecklos.‹

›Warum sollten wir euch glauben?‹

Also schickten ihnen die Menschen wunderbare Opfergaben, köstliche Speisen und duftenden Weihrauch und baten sie flehentlich um Hilfe. Überzeugt, dass das Pflügen für so große Tiere leicht sei und dass die Menschen es aufrichtig meinten, versicherten Seh Gung und Day Jong Wong den Büffeln, dass sie es auf der Erde genauso gut haben würden wie im Himmel, vielleicht sogar besser. Sie mussten nur ihre Kleider ausziehen, während sie arbeiteten.

›Wenn das, was ich sage, nicht wahr ist, möge ich nie mehr ein Dach über dem Kopf haben‹, gelobte Seh Gung.

›Und ich möge mein Augenlicht verlieren‹, fügte Day Jong Wong hinzu.

Da ließen sich die Büffel überreden, zogen ihre Kleider aus und stiegen zur Erde hinab, um den Menschen die Hilfe zu geben, die sie brauchten. Aber das Pflügen war für die Büffel sehr viel mühevoller, als die Menschen gesagt hatten. Ja, die Arbeit war so hart, dass die Büffel sehr darunter litten. Auch entlohnten die Menschen sie nicht, wie sie es versprochen hatten. Manche misshandelten die Tiere sogar.

Als Seh Gung und Day Jong Wong die Mühsal der Tiere sahen, erkannten sie, dass sie nicht nur selbst betrogen worden waren, sondern dass sie wiederum das Vertrauen der Büffel missbraucht hatten. Tief beschämt bemühten sich die beiden Götter, ihre Reue zu zeigen und ihre Aufrichtigkeit unter Beweis zu stellen. Seh Gung verzichtete auf das Dach über seinem Kopf und Day Jong Wong auf sein Augenlicht.

Die Büffel aber konnten nicht zu ihrem alten Leben zurückkehren und mussten weiter im Schweiße ihres Angesichts arbeiten. Und je bitterer ihnen das Leben wurde, desto mehr vergaßen die Büffel ihre Sprache. Bald konnten sie nur noch weinen.«

Als Yun Yun Klagelieder lernte, sang sie oft: »Ich weiß, ich kann dieser Falle nicht entkommen.« Jetzt verstand sie: Wenn eine Frau erst einmal verheiratet war, konnte sie die Familie ihres Mannes ebenso wenig verlassen, wie die Büffel in den Himmel zurückkehren konnten. Und sie weinte wie die Büffel.

# EINE LEID-GEPRÜFTE FRAU

Die Chous waren entweder zu arm oder zu geizig, um Arbeiter zu beschäftigen, und ihre Felder und Teiche lagen weit auseinander. Aber Yun Yun machte es nichts aus, weit zu gehen. Je größer die Entfernung zwischen den Feldern und Teichen war, desto leichter konnte sie bei der Arbeit ihrem Mann und ihren Schwiegereltern aus dem Weg gehen. Auch lernte sie so allmählich das ganze Dorf kennen.

Obwohl Yun Yun schon von ihrer Mutter gehört hatte, dass das Dorf vor allem Seidenraupenzucht betrieb, beeindruckte sie der Anblick der weithin mit Maulbeerbäumen bestandenen Felder, zwischen denen nur wenige Reisfelder, Gemüsepflanzungen und Obstbaumbestände lagen. Als Yun Yun den schmalen Fluss und das weit verzweigte Netz der Kanäle sah, vermutete sie, dass ein Großteil der Felder des Dorfes dem Wasser abgerungen und urbar gemacht worden sein musste. Aber sie konnte niemanden fragen. Ihre Schwiegermutter hatte ihr streng verboten, außerhalb des engsten Familienkreises mit irgendjemandem zu sprechen, und in die Gespräche der Familie wurde sie nicht einbezogen.

Eines Tages, als Yun Yun von den Feldern nach Hause zurückkehrte, überzog sich der Himmel plötzlich mit schweren schwarzen Wolken, die aufbrachen und sich in heftigem Regen entluden.

»Hier herüber«, hörte Yun Yun die Stimme einer Frau.

Eingedenk der Anweisungen ihrer Schwiegermutter eilte Yun Yun weiter, ohne aufzublicken.

»Du wirst klatschnass«, mahnte die Stimme.

Der eiskalte Regen, den ein starker Wind niederpeitschte, hatte

Yun Yuns breitkrempigen Hut inzwischen völlig durchweicht. Der Regen klatschte ihr ins Gesicht, durchnässte Kittel und Hose und rann ihr den Rücken hinunter.

»Komm doch«, drängte die Stimme.

Yun Yun sah in die Richtung, aus der die Stimme kam, und entdeckte eine Frau, die so breit war, dass sie die gesamte Türöffnung einer Lehmhütte ausfüllte, die nur wenige Meter abseits der gepflasterten Straße stand. Als sich ihre Blicke trafen, verzog sich das runde Gesicht der Frau zu einem warmen Lächeln, und sie zwinkerte ihr freundlich zu. Yun Yun gab sich einen Ruck und lief zu ihr hinüber. Sie rannte durch das nasse Gras und stand plötzlich in einem Raum, der von dichtem Rauch und Männerstimmen erfüllt war.

Erschrocken wollte Yun Yun kehrtmachen. Aber die Frau hielt sie am Arm fest und schob sie weiter ins Zimmer hinein. »Wir sind doch beinahe Nachbarn. Meine Tochter Schatten geht in das Mädchenhaus, das neben deinem Haus liegt.«

Überwältigt von der Freundlichkeit der Frau, ließ es Yun Yun geschehen, dass die Frau ihr die Hacke abnahm und in eine Ecke stellte. Verängstigt wegen der Männer, die sich offenbar in diesem Raum befanden, versuchte Yun Yun durch den Rauch hindurch etwas zu erkennen. Hinten in der Ecke kauerten fünf, sechs Männer am Boden, rauchten Pfeife und bliesen dicke Schwaden bitteren Rauchs in die Luft.

Erleichtert stellte sie fest, dass es Großväter waren. Trotzdem überlegte sie unruhig, ob sie nicht doch lieber ihre Hacke nehmen und wieder in den strömenden Regen hinauslaufen sollte.

»Mach dir keine Sorgen«, beruhigte sie die Frau. »Deine Schwiegermutter kann dich nicht dafür tadeln, dass du hier Schutz suchst. Dafür ist die Hütte schließlich da.«

Einer der alten Männer räusperte sich laut und spuckte einen dicken Klumpen Schleim aus. Schutz suchend rückte Yun Yun näher an die Frau heran.

»Die Hütte war nicht immer ein Unterschlupf«, sagte der Mann und drückte den Schleim mit dem Schuhabsatz in den Lehmboden.

»Es war auch nicht ein einziger großer Raum, es waren sechs, sieben Räume – eines von vielen Häusern, die die Lous, eine adelige Familie, bauten, als man dem Fluss das Land abtrotzte.«

»Von wegen Adel!«, höhnte ein anderer. »Blutegel passt besser. Sie wollten das Land verpachten, als es noch kaum etwas abwarf. Trotzdem sollten die Pächter die Hälfte ihrer Erträge abliefern.«

Die anderen Großväter mischten sich ein.

»Von dem, was übrig blieb, konnte man nicht leben.«

»Ja, wir haben diesen Blutegeln gezeigt, dass wir uns nicht von ihnen aussaugen lassen.«

»Bah, war das ein großer Tag, als sich kein Mann in diesem Dorf auf ihre Bedingungen einließ!«

»Ein großer Tag? Haben die Blutegel nicht Lehmhütten auf Gemeindeland gebaut für die Tankas, die bereit waren, für sie zu arbeiten?«

»Was sind Tankas?«, fragte Yun Yun dazwischen.

»Ausgestoßene der Gesellschaft, die auf Booten leben und auf Flüssen und Meeren umherfahren.«

»Männer und Frauen, die so arm sind, dass ihnen die Kleider am Leib verfaulen und ihre Kinder nackt herumlaufen.«

»Leute, die sich aus lauter Verzweiflung auch auf Hungerlöhne einlassen.«

»Sie wurden von den Lous vertrieben, als die Felder richtig bebaut werden konnten und wir sie bearbeiten wollten.«

»Ist es nicht immer so?«

»Genau. Die großen Fische fressen die kleinen.«

»Die kleinen Fische fressen Garnelen.«

»Und die Garnelen fressen den Dreck.«

Als Yun Yun nach Hause kam, zog die Schwiegermutter sie an den Ohren und sagte: »Habe ich dir nicht gesagt, du sollst auf kürzestem Weg nach Hause gehen?«

Yun Yun wollte sich verteidigen und erklärte, sie habe in der Hütte Schutz gesucht. Aber Alte Frau Chou wurde nur noch wütender, als sie durch ihre bohrenden Fragen herausbekam, dass außer Yun Yun auch noch Männer in der Hütte gewesen waren.

Sie griff nach der Hacke, schlug Yun Yun damit zu Boden und beschimpfte sie als schamlos.

»Es waren Großväter«, wandte Yun Yun ein.

Alte Frau Chou warf die Hacke beiseite, packte Yun Yun am Kragen und zwang sie auf die Knie.

»Ich weiß, wie unverschämt lüstern du beim Brautnecken meinen Sohn angesehen hast«, zischte sie.

»Ich …«

Da schlug ihr Alte Frau Chou mit aller Kraft auf den Mund, dass sie verstummte. »Ich hätte der Heiratsvermittlerin nicht glauben sollen, was sie über deine gute Erziehung gesagt hat. Aber ich werd dir's schon noch beibringen. Diese Lektion wirst du lernen.«

Sie packte Yun Yun an beiden Ohren und kniff sie grob. »Deine erste Lektion lautet, die hier zu gebrauchen.«

Sie ließ Yun Yuns Ohren los und schlug sie erneut auf den Mund. »Nicht den da.«

Am nächsten Morgen waren Yun Yuns Ohren geschwollen und schmerzten, aber sie verdeckte sie mit ihrem Haar vor fremden Blicken. Der Striemen von dem schweren Schlag mit der Hacke war nicht mehr zu sehen. Aber durch den Schlag der Alten auf Yun Yuns Mund waren die Lippen aufgeplatzt und dick geschwollen. In der Nacht hatte Junger Chou sie auf die Nase geschlagen und ihr ein Auge blau geprügelt. »Jetzt sieh zu, ob du noch die Blicke eines Mannes auf dich ziehen kannst.«

Tief beschämt bat sie, zu Hause bleiben zu dürfen, bis die Wunden verheilt waren.

»Dir die Arbeit erlassen? Deine Fehler auch noch belohnen?«, brüllte Alter Chou. »Niemals! Die Leute sollen sehen, was du für eine bist. Eine nichtsnutzige Schwiegertochter, die eine Lektion verdient hat.«

Yun Yun versuchte verzweifelt ihre Schande zu verbergen, indem sie ihren Hut tief in die Stirn zog und den Kopf gesenkt hielt. Trotzdem hörte sie, wie den Vorübergehenden der Atem stockte, wie sie mit der Zunge schnalzten und ihre Missbilligung kundtaten.

Als sie an den Fluss hinunterging, um Wäsche zu waschen, suchte sie sich einen Platz abseits der anderen Frauen. Keine trat näher an sie heran. Sie hatten wohl trotzdem bemerkt, dass man sie bestraft hatte, denn sie sprachen von Mitteln zur Linderung von Blutergüssen und Hautschwellungen.

Erfüllt von brennender Scham, war Yun Yun dennoch dankbar für das Mitgefühl der Frauen. Auch war sie froh, dass die Chous in der Nähe eines Mädchenhauses wohnten. Es tat Yun Yun gut, die Mädchen zu beobachten, die dort unbekümmert ein und aus gingen, und ihren fröhlichen Plaudereien zu lauschen, die ihr Glückskind in Erinnerung riefen.

Schatten sah der Frau in der Regenschutzhütte so ähnlich, dass Yun Yun sie unter den Mädchen gleich erkannte. Manchmal träumte sie davon, selbst ins Mädchenhaus zu gehen; sie stellte sich vor, sie müsse nur noch rasch die Essschalen, das Geschirr und die Essstäbchen abwaschen, ehe sie nach nebenan eilte und sich mit den anderen Mädchen vergnügte. Aber die nicht enden wollenden Forderungen der Chous erstickten solche Phantasien schon im Keim.

Yun Yun wusste, dass eine junge Ehefrau die Erste bei der Arbeit war und die Letzte, die aß und sich schlafen legte. Wenn sie nicht kochte, musste sie das Schweinefutter zerkleinern, die Eier der Hennen einsammeln, Wasser aus dem Brunnen schöpfen oder die Kloake leeren und den Dung auf die Felder tragen. Auch mussten die Raupen gefüttert, Maulbeerblätter gepflückt und Kokons abgehaspelt werden.

In ihrem Herzen machte sie ihrem Schmerz Luft und klagte:

Meine Schultern sind hart wie Granit,
Meine Füße voller Wunden.
Ai ya, habt Mitleid mit dieser leidgeprüften Frau.
Wenn ich euch von meinem Leid erzählen würde,
Wäre ich wie ein Feuer, das Eisen zum Schmelzen bringt.
Ai yah, habt Mitleid mit dieser leidgeprüften Frau.

Schatten und ihre Freundinnen bemitleideten Yun Yun. Zu ihrem Entsetzen aber gab es im Dorf Leute, die der Meinung waren, dass Yun Yun selbst schuld an ihrem Unglück sei.

Wenn jemand Mitgefühl mit Yun Yuns Schicksal äußerte, erklärte Mei Jus Großmutter kategorisch: »Die Schwiegermutter hat immer Recht.« Und nicht wenige pflichteten ihr bei. »Wenn Yun Yun fleißig und achtsam wäre, hätten ihre Schwiegermutter und ihr Mann keinen Grund, sie zu schlagen.«

Andere meinten, Yun Yun müsse Demut lernen.

»Sie ist zu stolz, um mit uns zu sprechen.«

»Sie übersieht uns ja regelrecht.«

»Sie grüßt uns kaum.«

Auch viele Männer rechtfertigten das Verhalten von Jungem Chou gegenüber Yun Yun: »Die alte Chou ist der lebende Beweis für die Wahrheit des Sprichwortes: Wenn du eine Frau drei Tage lang nicht schlägst, steigt sie auf das Dach und zerstört das Haus. Der junge Chou will nur verhindern, dass seine Frau so ein zänkisches Weib wird wie seine Mutter.«

Sogar Älterer Bruder bezweifelte, dass Yun Yuns Eltern von der Heiratsvermittlerin getäuscht worden seien. Wahrscheinlich hätten sie und nicht die Chous es mit der Hochzeit eilig gehabt.

Entsetzt fauchte Schatten ihn an: »Du musst im Fieberwahn sein, dass du einen solchen Unsinn redest.«

»Das ist kein Unsinn. Und auch kein Vorwurf. Aber die Männer, die beim Brautnecken dabei waren, haben erzählt, Yun Yun sei geradezu dreist gewesen.«

»So dreist wie bei den triefäugigen Großvätern in der Regenschutzhütte«, gab Mama zurück.

Älterer Bruder verstummte und wurde rot.

»Hätte Yun Yun den rituellen Besuch bei ihrer Familie gemacht, wie es am dritten Tag vorgesehen ist, dann hätte sie mit ihrem Vater zurückkommen können«, meinte Ältere Schwägerin.

Baba schüttelte den Kopf. »Glaubst du, Yun Yuns Vater hätte die Chous dazu bringen können, ihr Verhalten zu ändern? Glaub mir, das hätte er nicht geschafft. Niemand schafft das. Dafür sind die Chous viel zu dickfellig.«

»Willst du damit sagen, dass ihr niemand helfen kann?«, platzte Schatten heraus.

»Ich habe Yun Yun nur davor bewahren wollen, dass sie klatschnass wird«, erwiderte Mama. »Und am nächsten Tag waren ihre Augen veilchenblau geschlagen, und ihre Nase war dick wie ein Kohlkopf.«

Ältere Schwägerin blickte auf ihren Bauch, in der das Glück heranwuchs. »Vielleicht weiß Yun Yun, dass niemand ihr helfen kann, und ist deshalb nicht nach Hause gegangen. Vielleicht hört man sie deshalb nicht weinen, wenn sie geschlagen wird.«

Unter vier Augen offenbarte Schatten Älterem Bruder ihre Angst, dass sie es bei ihrer Heirat genauso schlecht treffen könnte, wie es Yun Yun getroffen hatte.

Älterer Bruder klopfte mit den Fingerknöcheln an Schattens Kopf. »Nein, der ist nicht aus Holz. Also bist du kein *muk tau*, kein Holzkopf. Aber du scheinst vergessen zu haben, mit welcher Umsicht unsere Eltern eine Frau für mich ausgesucht haben und wie glücklich wir sind. Glaubst du wirklich, dass sie bei dir weniger aufpassen?«

Der Anstand verbot es Eheleuten, ihre Zuneigung öffentlich zu zeigen, aber Schatten beobachtete oft, wie Älterer Bruder sich zu seiner Frau neigte und ihr etwas ins Ohr flüsterte, worauf sie sich die Hand vor den Mund hielt und leise kicherte. Beim Essen ließ er seine Essstäbchen auf den Boden fallen und strich mit der Hand sanft ihr Bein entlang, wenn er sich bückte, um sie aufzuheben. Draußen im Hof jagte er unsichtbaren Motten, Mücken und Fliegen nach und streifte beim Versuch, sie zu fangen, den Rücken, Arm oder die Wange von Älterer Schwägerin. Und jedes Mal leuchtete ihr Gesicht vor Freude, auf ihren vollen Wangen erschienen Grübchen, ihre Bewegungen und ihr Tonfall wurden lebhaft. Wenn Älterer Bruder und Baba von den Feldern nach Hause zurückkehrten, stand Ältere Schwägerin schon mit heißem Wasser bereit. Sie massierte Mamas Nacken und Schultern, wenn diese nach einem anstrengenden Tag im Raupenhaus nach Hause kam, und half Schatten bei der Arbeit.

Da erkannte Schatten, was für eine gute Wahl ihre Eltern mit Älterer Schwägerin getroffen hatten, und war überzeugt, dass Baba und Mama alles tun würden, um ihr gleiches Glück zu bescheren. »Aber wenn wir es geschafft haben, vor ihnen geheim zu halten, dass ich lesen und schreiben kann, ist es dann nicht auch möglich, dass eine Heiratsvermittlerin sie hinters Licht führt?«

Älterer Bruder zauste ihr das Haar wie damals, als sie klein war. »Ich werde aufpassen, dass unsere Eltern nicht betrogen werden, in Ordnung?«

Schatten nickte. Aber das erste Klagelied, das Schatten im Mädchenhaus gelernt hatte, handelte von Heiratsvermittlerinnen:

Für ein Paar neue Schuhe, Heiratsvermittlerin,
Würdest du mit süßen Worten
Vögel von den Bäumen locken.
Für Wein, Heiratsvermittlerin,
Würdest du mit süßer Rede
Affen aus den Hügeln hervorlocken.

Und Schatten, die keine so honigsüße Zunge besaß wie die Heiratsvermittlerin, hatte den Unterricht auf dem Dachboden des Mädchenhauses nicht nur vor ihren Eltern, sondern auch vor ihrem Bruder geheim gehalten.

Als Schattens Stickarbeiten schließlich so gut waren, dass Baba sie in der Marktstadt flussaufwärts verkaufen konnte, hatte ihr Mama ein Holzkästchen gegeben. »Hier kannst du aufbewahren, was du verdient hast.«

Das fein geschnitzte Kästchen war so klein, dass Schatten es leicht tragen konnte, aber es erschien ihr lächerlich groß für die neun Kupfermünzen, die Baba auf den Tisch legte, und Schatten musste lachen.

Mama fasste Schatten unter dem Kinn, drehte ihren Kopf zu sich und sah ihr in die Augen. »Hör gut zu.«

Vom Ernst ihrer Mutter überrascht, war Schatten ganz Ohr.

»Söhne geben alles, was sie verdienen, ihren Vätern, weil sie zu Hause bleiben und alles erben. Aber Töchter behalten ihr Geld, denn sie gehen nach ihrer Hochzeit in eine fremde Familie, und sie besitzen nichts als das, was sie mitnehmen.«

Mama nahm den kleinen Stapel Münzen vom Tisch und legte sie in Schattens Hände, die immer noch kindlich klein und rund waren. »Das Geld gehört dir. Aber wenn du verheiratet bist, musst du jede Münze, die du verdienst, deiner Schwiegermutter geben. Du solltest also sparen, so viel du kannst. Wenn ich bei meiner Heirat keine Ersparnisse gehabt hätte, hätte ich deine Großmutter wegen jeder Kleinigkeit anbetteln müssen.«

Schatten war verdutzt. Wenn sie an den Familiengräbern Opfergaben darbrachten, kniete sich Mama in ihrer ganzen Leibesfülle nieder, verneigte sich tief und betete: »Ahnen, gebt meiner Tochter eine Schwiegermutter, die so freundlich und großzügig ist wie die meine. Schwiegermutter, behüte deine Enkelin. Hilf ihr, all das zu lernen, was ihr als Schwiegertochter von Nutzen sein kann.« Wenn also Großmutter so liebenswürdig und großzügig war, wie Mama behauptete, warum waren dann Mamas Ersparnisse so wichtig gewesen?

Schatten besah die Münzen, die hart und kalt in ihren seidenweichen Händen lagen, und faltete darüber ihre dicken kleinen Finger. »Hat Großmutter dir nicht gegeben, worum du sie gebeten hast?«

»Doch. Aber mein eigenes Geld verschaffte mir die Freiheit, ein schönes Stück Stoff von einem Hausierer zu kaufen, ohne abwarten und um Erlaubnis fragen oder überlegen zu müssen, ob Großmutter womöglich denkt, dass ich ihre Gutmütigkeit ausnutze oder verschwenderisch bin. Sei genügsam, dann kannst auch du später diese Freiheit genießen.«

Schatten hatte das Kästchen geöffnet, die Münzen hineingelegt und beim fröhlichen Klimpern der Münzen plötzlich ein Gefühl der Befriedigung empfunden. Aber jetzt wurde ihr klar, dass auch das Geld in dem Kästchen ihr nichts nutzen würde, wenn sie in eine Familie wie die der Chous einheiratete. Auch dass sie schreiben konnte, würde ihr nichts nutzen. Nichts würde ihr nutzen. Und selbst wenn sie in eine Familie kam, wo ihr Mann und die Schwiegereltern so liebevoll waren wie ihr Bruder und ihre Eltern zu Älterer Schwägerin, so verlor sie doch nicht nur Älteren Bruder, Mama und Baba, sondern auch ihre Freundinnen Mei Ju und Hahn. Vorbei wären die Abende auf dem Dachboden im Mädchenhaus, alle Freiheiten und Vorteile, die sie jetzt genoss.

Schatten war es, als striche sie mit nassen Fingern über ein Papierfenster, um besser hindurchsehen zu können. Die Sicht wurde immer klarer, und jetzt erkannte sie alles mit absoluter Deutlichkeit. Ihr wurde klar, dass sie keine Ehefrau werden wollte – weder die Frau eines Mannes, der noch am Leben und freundlich zu ihr war, noch die Frau eines Toten.

Schatten wusste wohl, dass sie nicht das erste Mädchen war, das vor der Ehe zurückschreckte. Erst im Vorjahr hatten vier Mädchen aus einem Mädchenhaus in einem Nachbardorf ihre Füße und Hände mit zwei langen Seilen aneinander gebunden. Sie waren in den Fluss gesprungen und hatten dabei gerufen, es sei besser zu sterben, als zu heiraten. Im Laufe der Jahre hatte sie auch gelegentlich über andere Mädchen im Bezirk tuscheln hören, die aus dem gleichen Grund Selbstmord begangen hatten; sie hatten Opium gegessen oder sich erhängt. Aber Schatten wollte nicht sterben.

Auch wollte sie keine Nonne werden. Nicht weil sie sich dann den Schädel kahl scheren musste, sondern weil sie die Bevormundung durch Ehemann und Schwiegereltern nicht gegen die Bevormundung durch eine Äbtissin eintauschen wollte. Sie wollte ihr Schicksal selbst in die Hand nehmen.

Sie, Mei Ju und Hahn hatten mehr als einmal darüber gesprochen, wie gern sie in einem Haus zusammenleben würden, wo ihnen niemand etwas zu sagen hatte. Aber das war nur ein Traum gewesen. Als Schatten jetzt darüber nachdachte, wie aus diesem Traum Wirklichkeit werden könnte, fiel ihr der im Dorf Kräftige Raupe neu erwachte Drachen ein.

Der Sommer war im Bezirk ungewöhnlich feucht und stürmisch gewesen. Daher hatte der Ältestenrat des Dorfes versucht, den Himmelsdrachen zu besänftigen, indem sie den zerfetzten Zeremonialdrachen durch einen neuen ersetzten.

Der mit leuchtenden Farben bemalte Kopf des Drachens bestand aus Gips und massivem Holz, der aus Tuch gemachte Rumpf war so lang, dass er sich dreimal um den Tempelhof legte. Und bevor die rangältesten Ratsmitglieder dem Drachen die Augen öffneten, indem sie ihm tiefschwarze Pupillen aufmalten, lag er leblos im Schmutz.

Wenn man den Himmelsdrachen erblickte, zuckten seine Schnurrhaare und seine Ohren, und sein Maul öffnete sich weit, um die große glänzende Mondperle zu packen, die über seinem Kopf baumelte. Dann wand sich sein langer Leib, der silbern, grün und golden schimmerte, stieg höher und höher hinauf, bis er tanzte, Staubwolken aufwirbelte und auf diesen in schwindelnde Höhen emporstieg.

Aber wie hoch der Drachen auch aufsteigen mochte, die Mondperle erwischte er nicht. Regen und tosende Stürme suchten die Gegend auch weiterhin heim.

Sobald ein neuer Sturm drohte, eilten alle gesunden und kräftigen Männer des Dorfes herbei, um die Deiche zu verstärken, alle Frauen und die meisten Kinder liefen hinaus, um so viele Maulbeerblätter wie möglich zu pflücken, bevor der Sturm losbrach. Mei Ju war von Großmutter zu den abgelegensten Feldern der Familie geschickt worden, um Maulbeerblätter zu pflücken. Schon überzog sich der Himmel mit dicken schwarzen Regenwolken, und Mei Ju fragte sich voller Sorge, ob sie, ihre Schwester, ihre Cousinen und Tanten es wohl schaffen würden, genügend trockene Blätter zu sammeln und unversehrt nach Hause zu bringen. Denn die Raupen mussten gefüttert werden, nicht nur während des Unwetters, sondern auch danach, während die Sonne die Maulbeerbäume auf den Feldern trocknete. Feuchte Blätter konnte man nicht lagern. Sie verfaulten. Und von feuchten Blättern bekamen die Seidenraupen Blähungen und wurden krank.

Jeden Herbst beschnitten ihr Vater und ihre Onkel die Maulbeerbäume radikal, und jedes Frühjahr sprossen junge Schößlinge hervor, die am Ende der Saison gut eineinhalb Meter hoch waren. Die Sträucher reichten Mei Ju jetzt schon über die Hüfte, und obwohl sie sich beeilte, ihren Korb zu füllen, achtete sie darauf, nur ganze, unbeschädigte Blätter zu pflücken und die Blätter an den Spitzen der Zweige zu verschonen, damit der Strauch nicht austrocknete und neue Triebe bilden konnte.

Vornübergebeugt und ganz in ihre Arbeit versunken, merkte Mei Ju nicht, dass der Himmel sich bedrohlich verdüsterte und ein kühler Wind über die Maulbeerbäume strich. Eine kalte Windbö fegte jäh durch die beiden Reihen, wo Mei Ju Blätter pflückte. Der Wind peitschte ihre Hose gegen ihre Beine und löste das Band ihres breitkrempigen Strohhuts, der ihr vom Kopf flog.

Als sie die Hand ausstreckte, um ihn festzuhalten, bekam sie die volle Wucht eines neuen Windstoßes zu spüren. Vornübergebeugt sah sie, dass ihr Korb schwankte, umstürzte und die Blätter davonflogen.

»Nein«, kreischte Mei Ju, ließ den Hut los und warf sich schützend auf den Korb.

Vom Wind aufgewirbelter Sand flog ihr in den Mund. Sie spuckte, und plötzlich hörte sie die Stimme Bak Jus, die ihr zuschrie: »Hier herüber, Mei Ju!«

»Zum Kanal!«, rief ihr Vater.

Ihre Schwester und ihr Vater waren mit dem Boot gekommen, um sie zu holen. Erleichtert schöpfte Mei Ju neue Kraft. Sie stellte den Korb wieder auf und rief: »Ich komme!«

Als sie sich aufrichten wollte, fegte ein neuer Windstoß über sie hinweg, und sie taumelte. Sie ging in die Hocke und schob den halb leeren Korb in Richtung Kanal, wo Vater und Schwester auf sie warteten. Nun war sie durch die Maulbeerbäume gegen den Wind geschützt.

Aufgewirbelter Staub brannte ihr in den Augen, drang in ihre Nase, so dass sie zu ersticken drohte. Sie riss den Mund auf und schnappte nach Luft. Mit zusammengebissenen Zähnen schluckte sie den Staub hinunter. Gleichzeitig betete sie, es möge nicht regnen, damit die Blätter trocken und die Seidenraupen der Familie vor Schaden bewahrt blieben. Mühsam kämpfte sie sich durch den Sturm zu den beiden anderen Körben vor, die sie bereits mit Blättern gefüllt hatte.

Als sie fast am Kanal angekommen war, durchzuckten Blitze den Himmel, Donner krachte, und Regen prasselte herab. Ohne ihren Hut war Mei Ju bald klatschnass, der aufgeweichte Boden verwandelte sich in glitschigen Schlamm. Aber sie gab nicht auf, schob den halb vollen Korb vor sich her und zog die beiden anderen vollen Körbe nach. Hatte sie erst einmal das Boot erreicht, waren die Körbe in Sicherheit. Dann wurden wenigstens die unteren Blätter nicht nass.

Die Hände ihres Vaters streckten sich ihr entgegen und packten einen der vollen Körbe.

»Lass den halb vollen Korb stehen«, befahl Baba.

Bak Ju ergriff einen Henkel des zweiten Korbs.

»Mach schnell«, drängte sie.

Widerwillig ließ Mei Ju den halb vollen Korb stehen und half Bak Ju, den anderen Korb zum Boot zu tragen. Sie eilten hinter dem Vater her, schweres feuchtes Erdreich klebte an ihren Schuhsohlen.

In den aufgewühlten Fluten schaukelte das Boot bedrohlich hin und her. Mit vereinten Kräften hoben Mei Ju und Bak Ju die beiden Körbe zu ihrem Vater hinauf, der auf allen vieren ins Boot geklettert war und jetzt die Körbe sicher unter dem Dach verstaute. Anschließend zog er zuerst Mei Ju, dann Bak Ju ins Boot, dessen Planken vom Regen, vom Flusswasser und von zertrampelten Maulbeerblättern ganz glitschig waren. Dann befahl er seinen Töchtern, sich flach auf den Dollbord zu beiden Seiten des Bootes zu legen und sich dort festzuklammern – offenbar ein verzweifelter Versuch, das Boot im Gleichgewicht zu halten.

Mei Ju hielt sich mit ganzer Kraft an dem Dollbord fest, während sie durch den peitschenden Regen hindurch beobachtete, wie ihr Vater, am Heck stehend, versuchte, das Boot durch den tosenden Wind zu steuern. Die Dämme waren gebrochen, und schwere Fluten schwappten gegen das Boot. Würde ihr Vater es schaffen, das Boot über Wasser zu halten und sie sicher nach Hause zu bringen?

Plötzlich schlug der Flussdrachen mit dem Schwanz um sich, das Boot bäumte sich auf, wurde in die Luft geschleudert und schlug so hart aufs Wasser, dass Mei Ju der Atem stockte. Bak Ju wurde über das Deck geschleudert. Mei Ju wollte den Arm ausstrecken, um sie festzuhalten. Aber noch bevor sie die Hand vom Dollbord lösen konnte, stürzte Bak Ju über den Bootsrand und war verschwunden.

Sie tauchte nicht wieder auf, jedenfalls nicht so nah, dass Mei Ju sie hätte sehen können. Auch hörte sie keinen Schrei. Vielleicht aber übertönten die tosenden Wellen, der prasselnde Regen und das Tosen des Windes Bak Jus Hilferufe.

Zweiter Onkel sagte, jede Familie im Dorf hätte Verluste zu beklagen. Sie aber hatte es am ärgsten getroffen. Vom Sturm entwurzelte Bäume stürzten auf ihre Deiche,die nicht standhielten, die Fluten überschwemmten ihre Felder und Fischteiche. Ein Großteil der Maulbeerernte wurde vernichtet, und viele Fische konnten aus den Teichen entwischen.

Durch die Plane geschützt, waren die meisten Blätter, die Bak Ju gesammelt hatte, und ein Drittel von Mei Jus Blättern trocken geblieben und konnten an die Raupen verfüttert werden, die sonst ebenfalls zugrunde gegangen wären. Aber Mei Ju und Baba waren auf dem offenen Deck durchgefroren und wurden noch Tage danach von Schüttelfrost und Fieberanfällen gepeinigt. Bak Jus Leiche wurde nie gefunden.

Der Dorfklatsch gab Großmutter die Schuld an dem Unglück. Einige sagten, der Geist des Großvaters zürne seiner Frau, weil sie seine Konkubine so schlecht behandelt hatte. In den vier Jahren, die seither vergangen waren, sei er nicht zur Ruhe gekommen. Andere meinten, der Himmel selbst habe die Konkubine gerächt. Aber Mei Ju konnte sich gar nicht vorstellen, wie das Unglück ihrer Familie der Konkubine nutzen konnte und wie ihr Kummer die Not der Konkubine lindern sollte.

Auch begriff Mei Ju nicht, warum Großvaters Geist darauf verfallen sollte, Bak Ju zu holen. Die Mutter klagte Großvater ihr Unglück und flehte immer wieder:

Wenn du nachts kommst, komm bitte leise.
Fass unsere Enkelkinder nicht an.
Schau sie nur an,
Und wenn du gehst, dann geh leise.

Bevor er begraben wurde, hatte Mama Großvater stets Essen hingestellt, wenn sich die Familie zu Tisch setzte. Und seither hatte sie es nie versäumt, am ersten und fünfzehnten Tag jeden Monats großzügige Opfergaben vor sein Ahnentäfelchen auf dem Altar zu legen. Falls also Großvaters Geist tatsächlich auf Großmutter wütend war, warum hatte er dann Bak Ju geholt?

Dann verkündete Großmutter, Bak Ju sei ihr im Traum erschienen und habe gesagt: »Ich selbst habe mich dem Flussdrachen als Opfer angeboten.«

Aber wenn Mei Ju die letzten gemeinsamen Augenblicke auf dem sturmgebeutelten Boot überdachte, sah sie nur, dass sie es versäumt hatte, um Hilfe zu rufen und Bak Ju festzuhalten, als sie vom Deck gefegt wurde und in die dunklen aufgewühlten Wasserfluten gestürzt war.

# Dritter Teil

1837–1838

Schatten hatte vorgehabt, ihren Freundinnen einen perfekten Plan vorzulegen, wie sie sich dem Eheschicksal entziehen und nach eigenen Regeln leben könnten. Ihre Überlegungen waren aber noch nicht völlig ausgereift, als Mei Ju mit tränenerstickter Stimme sagte: »Ich dachte, uns bleiben zumindest noch zwei, vielleicht sogar drei oder vier Jahre. Aber Großmutter will mich noch diesen Herbst verheiraten, um die Verluste der Familie bei dem großen Sturm auszugleichen.«

»Und so wie Alter Blutsauger meine Familie ausbeutet, garantiere ich, dass man auch mich noch dieses Jahr verheiratet«, fügte Hahn düster hinzu.

Schatten, nicht weniger beunruhigt als ihre Freundinnen, platzte heraus: »Aber ihr müsst doch nicht heiraten. Ebenso wenig wie ich. Wir können Ehelosigkeit geloben wie die Nonnen. Aber statt uns wie sie den Kopf kahl zu scheren und in einem Kloster von Almosen zu leben, könnten wir unser Haar hochstecken, damit jedermann weiß, dass wir keine Mädchen mehr sind, die von den Eltern bevormundet werden, sondern Frauen. Wir könnten uns hier im Dorf Kräftige Raupe ein Zimmer mieten und unseren Lebensunterhalt durch Seidenabhapseln und Sticken verdienen. Dann wären wir niemandem Rechenschaft schuldig außer uns selbst.«

Mei Ju und Hahn saßen wie Schatten mit überkreuzten Beinen auf dem Bett, und während Schatten sprach, beugten sie sich näher zu ihr herüber – wie an jenem Morgen, als sie ihnen anvertraute, dass sie lesen und schreiben konnte, und anbot, es ihnen beizubringen. Die Gesichter der Freundinnen waren dem ihren so nah, dass

Schatten ihren Atem auf den Wangen spürte, ihre ehrfürchtige Scheu und dann ihre Irritation, als draußen der Nachtwächter die Stunde ausrief und das laute Dröhnen seines Messinggongs sie verstummen ließ.

Als das Dröhnen verhallt war, murmelte Mei Ju wie im Traum: »Wenn wir nur könnten.«

Hahns tief liegende Augen glänzten vor Sehnsucht, aber sie ließ mutlos die Schultern sinken. »Ja, wenn nur. Unsere Väter würden uns das niemals erlauben. Auch dein Vater nicht, Schatten.«

Schatten grinste. »Wir würden gar nicht erst um Erlaubnis bitten. Wir würden sie zwingen.«

»Du meinst, wir drohen mit Selbstmord, wenn sie uns nicht lassen?«, seufzte Mei Ju. »Das hat vielleicht bei dir Erfolg, aber nicht bei Hahn und mir.«

Hahn, die Schatten mit zusammengekniffenen Augen musterte, kratzte sich am Kinn. »Ich glaube, unser schlaues Füchslein hat noch eine andere List auf Lager.«

»Richtig.« Schattens Grinsen wurde noch breiter. »Wir könnten unser Ehelosigkeitsgelübde heimlich vor dem Himmel ablegen. Daran kann uns niemand hindern, und unsere Familien wären damit gezwungen, unsere Entscheidung zu respektieren.«

»Ho ye, großartig!«, jubelte Mei Ju, ballte die Fäuste und streckte beide Daumen in die Höhe. »Selbst meine Großmutter würde es nicht wagen, den Zorn des Himmels heraufzubeschwören und sich über ein solches Gelübde hinwegzusetzen.«

Hahn wandte sich zum Altar, kniete nieder und schlug ehrfürchtig die Stirn auf den Boden. »Ich danke dir, Göttin, dass du meine Gebete erhört hast.«

Dann drehte sie sich um. »Nonnen legen ihr Gelübde vor der Göttin Guanyin ab. Zwar wollen wir keine Almosenempfängerinnen werden, aber warum machen wir es nicht ebenso?«

Schatten schüttelte den Kopf. »Nein, wir können nicht riskieren, dass man uns im Tempel sieht. Und es wäre auch nicht richtig, die anderen Mädchen in die Sache hineinzuziehen, indem wir unser Gelübde heimlich hier im Haus ablegen. Aber wir könnten zum Altar von Seh Gung gehen, dem Großvater der Gemeinschaft. Der Altar ist durch Banyanbäume von der Straße abgeschirmt, und wenn wir die Stunde vor Sonnenaufgang wählen, ist die Gefahr, gesehen zu werden, noch geringer. Wir müssten sofort aufbrechen, nachdem der Nachtwächter vorübergegangen ist.«

»Seh Gung hat auch das Dach über dem Kopf verloren, als er sein Gelübde abgelegt hat«, warf Mei Ju ein.

»Habe ich euch nicht gesagt, wir mieten ein ...« Entsetzt schlug Schatten beide Hände vor den Mund. Wie konnten sie ihr Vorhaben geheim halten, wenn sie im Dorf nach Zimmern fragten?

»Hmm, unser Füchslein ist doch nicht so schlau, wie ich dachte.« Hahn nahm Schattens Hände in die ihren und drehte die Handflächen nach oben, als sei sie eine Wahrsagerin. »Aber es besteht kein Grund zur Verzweiflung. Diese Linien hier zeigen, dass wir sehr wohl ein Dach über dem Kopf haben werden. Allerdings nur ein Strohdach. Auch die Wände sind schlecht. Sie sind aus Lehm und haben mehr Risse als der Panzer einer alten Schildkröte. Möbel gibt es so gut wie keine. Nur eine schmale Bank, einen alten zerkratzten Tisch und ein paar Bretter auf zwei Holzböcken ...«

»Nein«, unterbrach sie Mei Ju. »Nicht die Regenschutzhütte.«

Hahn drohte Mei Ju mit dem Zeigefinger. »Fang bloß nicht an, die Neinsagerin zu spielen.«

Schatten, die über Hahns Vorschlag nicht weniger entsetzt war als Mei Ju, schluckte hastig ihre Entgegnung hinunter. »Jedenfalls sollten wir nicht allzu lange in der Hütte bleiben. Höchstens ein paar Tage.«

»Wir könnten Guanyin zu Seh Gungs Altar mitnehmen und vor beiden unser Gelübde ablegen«, schlug Hahn vor.

Schatten musste lachen. »Warum habe ich bloß nicht früher daran gedacht?« Sie breitete die Arme aus und streckte den Rücken. »Wir müssen noch alle möglichen Einzelheiten besprechen, aber drei Köpfe denken besser als einer.«

»Und wir haben auch noch ein paar Monate Zeit«, meinte Mei

Ju. »Mitten in der Hochsaison der Seidenraupenzucht heiratet niemand.«

Hahn schüttelte den Kopf. »Man könnte uns jeden Tag zwingen, uns zu verloben. Und sind wir einmal verlobt, dann sind wir so gut wie verheiratet und können das Ehelosigkeitsgelübde nicht mehr ablegen.«

»Ai«, stöhnte Schatten. »Auch daran habe ich nicht gedacht.«

»Wir müssen darauf achten, ob Heiratsvermittlerinnen in unser Haus kommen«, meinte Mei Ju.

Angesichts dieser simplen Lösung hellte sich Schattens Miene auf. »Wenn plötzlich das Haus geputzt wird und uns besondere Leckerbissen zugesteckt werden, heißt das, dass unseretwegen eine Heiratsvermittlerin anfragt.«

»Ihr wisst, wie sehr die Eltern darauf bedacht sind, das vor ihren Töchtern geheim zu halten. Warum sollten wir dieses Risiko eingehen?«, gab Hahn zu bedenken.

»Da meine Familie auf meinen Brautpreis verzichten muss, möchte ich bis zum Ende der Seidenraupensaison helfen, damit sie wenigstens das Geld bekommt, das ich beim Abhaspeln verdiene«, warf Mei Ju ein.

Da Ältere Schwägerin einen dicken Bauch hatte und deshalb als Arbeitskraft beim Abhaspeln ausfiel, war auch Schattens Vater auf die Hilfe seiner Tochter angewiesen. »Wenn ich vor dem Ende der Saison das Haus verlasse, muss Baba statt Seidengarn die letzte Generation Seidenraupen als Kokons verkaufen. Und er rechnet doch fest mit dem Geld, wegen der großen Verluste nach dem Sturm.«

»Wollen wir unsere Familien retten oder uns?«, rief Hahn empört.

Mei Ju fuhr zusammen. Schatten holte tief Luft und wies warnend auf die Leiter, die nach unten führte, wo die anderen Mädchen schliefen.

Mit leiser Stimme, aber nicht weniger leidenschaftlich fuhr Hahn fort: »Schatten, ich wette, dass der Verkauf der Stickereien deiner Mutter im kommenden Winter einen Großteil, wenn nicht sogar alle Verluste deiner Familie ausgleicht. Und was dich betrifft, Mei Ju, selbst der höchste Brautpreis und der Lohn deiner Arbeit für die ganze Saison könnte die Einbußen deiner Familie nicht ersetzen. Und auch wenn mich Alter Blutsauger bis auf den letzten Blutstropfen ausquetscht, würden die Schulden meines Vaters nicht geringer. Nicht bei den Zinsen, die er erhebt. Das Beste, was wir für unsere Familien tun können, ist daher, dass wir bei unserem Gelöbnis mit ein paar Glück bringenden Worten den Segen des Himmels für sie erflehen. Und das Beste, was wir für uns tun können, ist, dieses Gelübde unverzüglich abzulegen.«

»Bah«, stieß Schatten voller Bewunderung hervor. »Wenn dein Bruder auch so viel Grips hat wie du, wird er am Ende wirklich ein Preisgekrönter.«

Seit dem Tod ihrer Schwester dachte Mei Ju morgens beim Aufwachen an die Zeit, bevor sie ins Mädchenhaus gekommen waren. Damals hatten sie noch mit der Großmutter ein Bett geteilt.

Ihre Mutter und ihre Tanten standen stets schon im Morgengrauen auf, und sobald Großmutter durch Räuspern kundtat, dass sie wach war, brachten sie ihr Tee und eine Schüssel heißes Wasser zum Waschen. Und beim ersten Geräusch der Großmutter rief Bak Ju: »Guten Morgen, Großmutter. Hast du gut geschlafen?« Großmutter spuckte in den Napf neben ihrem Bett, nickte und tätschelte ihre Enkelin liebevoll. Und Bak Ju sprang aus dem Bett, um Mama und Zweiter und Dritter Tante die Tür zu öffnen.

Bak Ju goss Großmutter Tee ein, wusch ihren Waschlappen aus, half ihr beim Anziehen von Hose und Jacke, beim Hochstecken der Haare zu einem ordentlichen Knoten, half ihr, das schwarze Stirnband anzulegen, das die Ohren bedeckte und unter den Knoten gesteckt wurde, und stellte ihr die Schuhe bereit, damit sie nur noch hineinzuschlüpfen brauchte. Mei Ju aber rollte sich im Bett zusammen und betete, dass man sie in Ruhe ließe, wenn sie tat, als schliefe sie noch. Die paar Male, da sie versucht hatte mitzuhelfen, hatte Großmutter sie getadelt, dass sie den Waschlappen nicht gut genug ausgewrungen, die Kleidungsstücke achtlos auf dem Boden hatte liegen lassen und die Schuhe entweder zu weit weg oder zu nah ans Bett gestellt hatte.

Obwohl Mama und Zweite und Dritte Tante im Haushalt viel zu tun hatten und sich um die Kinder kümmerten, die noch zu klein waren, um allein zurechtzukommen, bedienten sie Großmutter, Großvater und ihre Ehemänner den ganzen Tag. Mei Ju erkannte, dass sie nach dem Grundsatz lebten: »Eine gute Schwiegertochter ist niemals durstig, niemals hungrig, niemals müde, sie braucht keinen Schlaf und muss nie auf die Toilette gehen.« Es war ihr rätselhaft, wie sie all das schafften. Oder wie es Bak Ju anstellte, stets im rechten Augenblick mit einer Schale, einem Löffel oder einem Tuch zur Stelle zu sein.

Als Mei Ju ihre Schwester danach fragte, erwiderte sie: »Der Trick ist, dass man immer einen Schritt voraus sein muss.« Mei Ju tat ihr Bestes. Aber wenn sie nähte oder wenn sie die Hühner und Schweine im Hof fütterte, hörte sie nicht, wie ihr Vater und ihre Onkel von den Feldern nach Hause kamen. Wie konnte sie dann mit Wasser zum Waschen zur Stelle sein? Wenn sie ihrem kleinen Bruder, den Vettern und Cousinen nachlief und aufpasste, dass sie nicht in den Fluss fielen oder ihnen sonst etwas zustieß, kam sie nicht wie Bak Ju auf die Idee, mit den Kleinen nebenbei auch noch die zarten Bambussprossen zu pflücken, die Großmutter so gern aß.

Immer wieder quälte sich Mei Ju mit dem Gedanken, dass sie ihre Schwester hätte retten können, wenn sie einen Schritt vorausgedacht hätte. Wenn sie erkannt hätte, dass Bak Ju die Absicht hatte, sich zu opfern, hätte sie sie davon abbringen oder sie festhalten können, als sie aus dem Boot ins Wasser stürzte. Hahns leidenschaftliche Frage: »Wollen wir uns retten oder unsere Familie?«, ging Mei Ju nicht aus dem Kopf, und sie beschloss, nicht den gleichen Fehler zu machen wie ihre Schwester und wie sie selbst.

Zusammen mit Schatten und Hahn formulierte sie den Wortlaut des Gelübdes. Am Ende der fünften Woche, als Hahn wie gewöhnlich zum Gebet aufstand, hatten sie auch eine Liste der Gegenstände fertig, die sie für ihr neues Leben brauchten, und hatten aufgeteilt, wer was beschaffen sollte. Sie mussten ihre Kleider von zu Hause herbringen; Mei Ju sollte ihre Schüsseln, Essstäbchen und ihr Geschirr aus der Küche des Mädchenhauses holen; Hahn wollte die notwendigen Opfergaben besorgen; Schatten würde sich die Haarnadeln und *pou fa* ihrer Schwägerin ausleihen, die klebrige Masse, mit der sie sich das Haar frisierten, sowie einen zweistöckigen Korb, um alles hineinzupacken.

»Wenn ich meiner Familie gesagt habe, dass wir unsere Haare hochgesteckt und Ehelosigkeit gelobt haben, werde ich zuallererst einen Kochtopf und Reis für uns kaufen«, meinte Schatten.

Hahn hob den Kopf und sah zum Dachfenster hinauf. Die blassen Strahlen der Morgensonne drangen herein. »Morgen um diese Zeit«, sagte sie, »haben wir unser Gelübde abgelegt und sind unabhängige Jungfern.«

War das wirklich möglich?, fragte sich Mei Ju.

Trotz ihres festen Entschlusses krampfte sich Mei Ju der Magen zusammen, wenn sie allein war. Selbst das Abhaspeln der Seidenkokons brachte ihr keinen Seelenfrieden. Zum ersten Mal seit ihrer Lehrzeit verbrannte sie sich die Finger und verwirrten sich die Fäden.

Beim Morgen- und Abendreis zwang sie sich, wenigstens so viel zu essen, dass niemand ihr lästige Fragen stellte. Dann eilte sie zum Abort außerhalb des Hauses und erbrach sich. Als sie dann ihr Erbrochenes in der stinkenden Kloake vermischte, damit niemand es sah, würgte es sie wieder, und sie erbrach sauren Magensaft, der Nase und Rachen angriff.

In der Küche wusch sie sich nur flüchtig, zog ihre drei Hosen übereinander an – die längste zuletzt – und streifte ihre drei Jacken über. Als sie mit zitternden Händen nach den Knöpfen tastete, brach ihr der Schweiß aus, obwohl der Wind, der durch das kleine vergitterte Fenster über dem Herd hereindrang, sogar den Ruß an den Wänden aufwirbelte.

Bald fröstelte sie, ihr Körper war schweißgebadet und fiebrig heiß. Mei Ju fürchtete, ohnmächtig zu werden. Verzweifelt rang sie nach Luft und nahm ihren ganzen Mut und ihre ganze Kraft zusammen, bevor sie den Gemeinschaftsraum betrat und Großmutter und den übrigen Familienmitgliedern gute Nacht wünschen konnte – »*Jo tau*, geht früh zu Bett« –, ohne sich und ihre Freundinnen zu verraten.

Mei Ju hatte keine Ahnung, wie sie es bis zum Mädchenhaus geschafft hatte. Auch der Abend verging wie in Trance. Aber irgendwie gelang es ihr, sich beim Abspülen so lange in der Küche aufzuhalten, bis alle anderen Mädchen schlafen gegangen waren. Dann wickelte sie die Essschalen, das Geschirr und die Essstäbchen ihrer Freundinnen ein, ohne etwas fallen zu lassen. Als sie ihr eigenes Geschirr zusammenpackte, fiel ihr Blick auf die Sachen ihrer Schwester. Ohne zu überlegen, packte Mei Ju auch diese ein.

# DAS EHELOSIGKEITS-GELÜBDE

Schatten hatte die beiden vergangenen Nächte kein Auge zugetan. Sie schleppte den schweren mehrteiligen Korb und kämpfte sich durch den feuchten klammen Nebel, der das graue Dämmerlicht des Morgens noch trüber erscheinen ließ. Aber in ihrem Herzen war sie froh, und sie schritt zügig voran. Hahn und Mei Ju, die rechts und links neben ihr hergingen, halfen ihr abwechselnd, den Korb zu tragen.

Um zu Seh Gungs Altar zu gelangen, mussten sie die Hauptstraße verlassen, die mit großen Steinplatten gepflastert war, und durch hohes, vom Morgentau feuchtes Gras gehen. Dennoch kamen sie schnell und sicher voran.

Auch die langen gewundenen Wurzeln der Banyanbäume stellten kein Hindernis dar. Schatten dachte an die glückliche Zeit, als sie sich mit Älterem Bruder heimlich unter diesen Bäumen getroffen hatte, um lesen und schreiben zu lernen, und duckte sich unter den Wurzeln, die wie Schnurrbarthaare von den niedrigen Ästen herabhingen. Flink sprang sie über die Wurzeln am Boden und war kaum außer Atem, als sie am Altar angelangt war und den Korb abstellte.

Mei Ju und Hahn folgten ihr auf dem Fuß. Vor ihnen wölbte sich Seh Gungs aus Stein gebauter halbkreisförmiger Altar wie die liebevoll ausgestreckten Arme eines Großvaters. Die Banyanbäume hinter ihnen verbargen die Mädchen vor den Blicken zufälliger Passanten. Solchermaßen rundum geschützt, wickelte Schatten die mitgebrachten Kerzen aus und zündete sie an, Hahn stellte die Statue Guanyins in die Mitte des Altars, und Mei Ju legte die Opfergaben, Wein, Reis und Obst, bereit.

Ehrfurchtsvoll entzündete jede von ihnen Weihrauch und verneigte sich einmal, zweimal, dreimal vor dem Großvater der Gemeinschaft und der Göttin der Barmherzigkeit. Dann erhoben sie sich, entflochten ihre Mädchenzöpfe und schüttelten ihr Haar, das ihnen jetzt wie ein glänzender schwarzer Schleier bis zu den Hüften herabfiel.

Langsam und bedächtig fuhr sich Schatten dreimal mit dem Kamm durchs Haar, beginnend an den Schläfen und bis hinunter zu den Hüften. Bei jedem Mal bat sie den Himmel um die Segenswünsche, die sie gemeinsam formuliert hatten. »Erstes Mal, kämmen bis zum Ende. Zweites Mal, mögen meinem Bruder Reichtum und viele Kinder beschert sein. Drittes Mal, möge meinen Eltern und Freundinnen Reichtum, Glück und ein langes Leben beschert sein.«

Hahn und Mei Ju taten es ihr gleich, und Schatten hörte aus den Stimmen der Freundinnen denselben tiefen Stolz und dieselbe Freude heraus, die auch sie empfand. Schatten kam es vor, als erstrahlten die Gesichter ihrer Freundinnen hell wie die aufgehende Sonne.

Lächelnd holte sie das Kästchen mit den Haarnadeln und dem kleinen Gefäß mit *pou fa* heraus. Damit wollten sie ihr Haar zu einem Knoten hochstecken und allen kundtun, dass sie nunmehr keine Mädchen mehr, sondern Frauen waren. Das lange und komplizierte Ritual des Kämmens und Hochsteckens der Haare vollzog üblicherweise nicht die Braut selbst. Um aber ihre Selbstständigkeit zu demonstrieren, vollzog es jede von ihnen ganz ohne fremde Hilfe. Aber keine von den dreien hatte vorher schon einmal ihr Haar zu einem Knoten hochgesteckt. Zwar hatten Schatten und ihre Freundinnen beschlossen, auf die Raffinessen der Brautfrisur zu verzichten, aber jetzt verstanden sie, warum die Eltern für ihre Töchter eigens eine Friseuse holten.

Die mädchenhaften Fransen nach oben zu kämmen und das klebrige *pou fa* aufzutragen war nicht schwer, aber es kostete Mühe, das Haar in dieser Form zu halten. Als Schatten ihre widerspenstigen Strähnen gebändigt hatte, brach die Sonne durch die Zweige der Banyanbäume. Eilig flocht sie ihr Haar zu einem Zopf.

Die beiden mädchenhaften Zöpfe hatte Schatten bequem über den Schultern flechten können. Für den dicken Zopf musste sie die Arme hinter dem Rücken verrenken, so dass sie bald erlahmten. Überdies blieben einzelne Strähnen an ihren schweißnassen Fingern kleben, und daher war der Zopf, als sie fertig war, nicht fest genug.

Wenn sie doch mit ihren Freundinnen vorher geübt hätte, wünschte sich Schatten jetzt. Sie hielt inne und beobachtete, wie es Hahn und Mei Ju erging. Hahn war nicht viel geschickter als sie. Aber Mei Ju hatte ihr Haar nicht nur schnell zu einem straffen Zopf geflochten, sondern bereits zu einem ordentlichen Knoten hochgesteckt, den sie jetzt mit Haarnadeln befestigte.

Mei Ju strich ihre Jacke glatt und legte mit fester, sicherer Stimme ihr Ehelosigkeitsgelübde ab: »Diese Frau namens Wong Mei Ju wird fortan unverheiratet bleiben. Sie wird keusch bleiben und bittet dich, Seh Gung, und dich, Guanyin, um Segen und Schutz.«

Durch dieses Beispiel angespornt, wandte sich Schatten mit neuer Kraft ihrem Haar zu. Das warme Sonnenlicht beschien ihre Hände und ihren Nacken. Und je weiter ihre Verwandlung vom Mädchen zur Frau fortschritt, umso größer waren ihr Stolz und ihre Freude. Und als sie schließlich fertig war, die Arme sinken ließ und ihr Gelübde ablegte, sprudelten die Worte nur so aus ihr heraus.

Als sie über ihr neues Leben beratschlagten, hatte Schatten gesagt, jede von ihnen solle allein zu ihrer Familie gehen und verkünden, dass sie das Gelübde der Ehelosigkeit abgelegt habe. Dadurch demonstrierten sie ihre Selbstständigkeit. »Danach treffen wir uns in der Regenschutzhütte.«

Ihre Freundinnen waren einverstanden, und Hahn hatte noch hinzugefügt: »Du und Mei Ju, ihr habt doch den weitesten Weg, also stelle ich den Korb unterwegs in der Hütte ab. Für mich ist es kein großer Umweg, und ehrlich gesagt, möchte ich die Sache gern noch ein wenig hinauszögern. Meine Eltern sind garantiert wütend, wenn ich ihnen erzähle, was ich getan habe.«

Warnend fügte sie hinzu: »Ihr wisst, meine Taschen sind wie immer leer, und Alter Blutsauger wird mir auch in Zukunft keinen Lohn für das Seidenhaspeln bezahlen, wo er doch gewohnt ist, dass ich umsonst für ihn arbeite. Boshaft wie er ist, wird er seinen ganzen Einfluss geltend machen, um zu verhindern, dass jemand im Dorf Kräftige Raupe mir und im Übrigen auch euch Arbeit gibt.«

Mei Ju wurde blass. »Wie sollen wir dann Geld verdienen? Ich habe nach dem großen Sturm all meine Ersparnisse meiner Großmutter geschenkt, und seither habe ich ihr meinen ganzen Lohn gegeben.«

Schatten tat die Bedenken der Freundinnen ab. »Die Seidenraupensaison ist dieses Jahr sowieso bald zu Ende, und mit meinen Ersparnissen und dem, was wir für unsere Stickereien bekommen, werden wir es schon schaffen.«

»Und wie bringen wir unsere Stickereien zum Markt?«, überlegte Mai Ju sorgenvoll.

»Ich werde Baba bitten, auch deine Stickereien zu verkaufen wie jetzt schon die Arbeiten von Hahn und mir.«

Hahn machte ein skeptisches Gesicht. »Alter Blutsauger weiß nicht, dass dein Vater mir jetzt schon heimlich hilft. Wenn dein Vater unsere Sachen weiterhin verkauft – jetzt, da wir unser Gelübde abgelegt haben –, müsste er sich offen gegen ihn stellen. Am besten, wir verkaufen unsere Sachen durch die *sui haak*, die Wasserhausierer.«

Baba, der Unannehmlichkeiten möglichst aus dem Weg ging, würde sich mit Altem Blutsauger nicht anlegen wollen. Das leuchtete Schatten sofort ein. Baba würde vielmehr wütend auf sie sein, weil sie sich der Ehe entzog. Er tat alles, um die Einkünfte der Familie zu verbessern. Und wie sollte er das bewerkstelligen, wenn er jetzt nicht mit dem Geld ihres Brautpreises rechnen konnte, um neues Land zu pachten? Aber Schatten wusste, dass Mama Mitgefühl mit Älterer Schwägerin hatte, wenn diese von Heimweh geplagt wurde, und deshalb hatte sie keine Angst, Baba entgegenzutreten.

»Ich müsste lügen, wenn ich leugnen würde, dass ich mich noch heute, nach dreiundzwanzig Jahren, nach meiner Mutter sehne«, hatte Mama geseufzt. »Und bald werde ich auch Schatten verlieren. Das Leben einer Frau ist ein einziger Verzicht.« Sie tätschelte den Bauch von Älterer Schwägerin, in dem ein Baby heranwuchs. »Wenn wir Glück haben, wird es ein Kind, das uns nicht verlassen muss. Ein Sohn.« Gewiss würden sich Mama und Ältere Schwägerin freuen, dass sie eine Möglichkeit gefunden hatte, im Dorf Kräftige Raupe zu bleiben. Und der Unterstützung ihres Bruders war sich Schatten ebenso sicher.

Er war nur ein einziges Mal wirklich böse auf sie gewesen – damals, als sie mit ihm über ihren Wunsch gesprochen hatte, Hahn und Mei Ju das Lesen beizubringen. Er hatte befürchtet, es würde herauskommen, dass sie selbst lesen und schreiben konnte und er es ihr beigebracht hatte. Denn dann wäre es für ihre Eltern schwer gewesen, eine gute Partie für sie zu finden. Aber das Problem spielte jetzt keine Rolle mehr.

Was noch wichtiger war: Während gebildete Frauen abgelehnt wurden, erregten Frauen, die Ehelosigkeit gelobt hatten, Bewunderung. Es gab also keinen Grund für Älteren Bruder, sich nicht mit ihr zu freuen. Schatten konnte es gar nicht erwarten, sein Gesicht zu sehen, wenn sie den Hut vom Kopf nahm und er ihren Frauenknoten sah.

Schatten eilte mit langen Schritten nach Hause. Ohne die Last des Korbs an ihrem Arm bog sie die langen herabhängenden Zweige mit Händen und Ellbogen beiseite.

Bald jedoch bemerkte Schatten, dass Mei Ju, die zuvor mühelos mit ihr Schritt gehalten hatte, jetzt immer weiter zurückblieb. Mei Ju war kreidebleich im Gesicht und biss sich so fest auf die Lippen, dass sie bluteten. Sie fürchtete sich vor dem Unmut ihrer Familie nicht weniger als Hahn. Ja, vielleicht noch mehr.

Schatten drehte sich zu Mei Ju um, hakte sich bei ihr unter und sagte: »Alles wird gut. Du wirst schon sehen. Mama wird froh sein, dass ich Kräftige Raupe nicht verlassen muss, und Baba fügt sich ihr, wenn es um ›Frauenangelegenheiten‹ geht, wie er sagt. Wenn er also wütend auf mich ist, weil ich nicht heirate – und das ist er bestimmt –, wird sie ihn beschwichtigen. Älterer Bruder und Ältere Schwägerin werden ihr dabei helfen. Und wenn sich Baba damit abgefunden hat, können er und Mama mit deinem Vater und deiner Großmutter und mit Hahns Eltern sprechen und sie ebenfalls versöhnlich stimmen.«

Als Mei Ju ihr Haar hochgesteckt und ihr Gelübde abgelegt hatte, war ihre Hand sicher und ihre Stimme fest gewesen. Als aber sie und ihre Freundinnen ihre breitkrempigen Strohhüte aufsetzten, um ihren Knoten darunter zu verbergen, zitterte sie.

Um sich Mut zu machen, sagte sich Mei Ju, wenn jemand zu so früher Stunde unterwegs war und bemerkte, dass ihr keine Zöpfe über Schultern oder Rücken fielen, dann war das nicht weiter schlimm. Denn sie gingen ja nicht nach Hause, um ihre Familien um Erlaubnis zu fragen, ob sie die Ehe verweigern dürften, sondern um ihnen mitzuteilen, dass sie ein ewiges Keuschheitsgelübde abgelegt hatten. Und niemand würde es wagen, sich über das hinwegzusetzen, was sie vor dem Himmel gelobt hatten.

Doch ihr Herz verzagte, und ihre Beine zitterten. Sie war innerlich aufgewühlt und hatte den Geschmack von Blut im Mund. Und ohne Schatten, die sie stützte und mit tröstenden Worten beschwichtigte, hätte sie den Weg aus dem Banyanwäldchen zurück ins Dorf nicht geschafft.

Um die Qual abzukürzen, hatte sich Mei Ju vorgenommen, dem Erstbesten, dem sie zu Hause begegnete, zu verkünden: »Ich habe gelobt, für immer unverheiratet zu bleiben.« Als sie das Treppchen zwischen Straße und Gemeinschaftsraum überschritten hatte, stieß sie mit ihrem Vater zusammen, und verwirrt stammelte Mei Ju: »Ich will nicht heiraten.«

Baba griff nach der Hacke, die neben der Tür lehnte. Mama, die soeben frischen Weihrauch auf dem Hausaltar anzündete, löschte hastig ihre dünne Wachskerze mit den Fingern und eilte zur Tür.

»Du willst nicht heiraten?«, brüllte Baba.

Er erhob drohend die Hacke gegen Mei Ju, und ihr wurde flau im Magen wie bei dem großen Sturm.

»Wenn ich dir sage, du heiratest ein Huhn, dann heiratest du ein Huhn. Und wenn ich dir sage, du heiratest einen Hund, dann heiratest du einen Hund.«

»Aber natürlich wird sie das tun«, sagte Mama und stellte sich vermittelnd zwischen Mei Ju und Baba.

Mei Ju wurde ganz schwindlig im Kopf, und sie musste sich an der nächsten Stuhllehne festhalten, um nicht zu fallen.

Mama packte Baba sanft am Ärmel und lotste ihn zur Tür hinaus. Dabei murmelte sie beschwichtigend: »So wie sich die Erde nach links und der Himmel nach rechts dreht, so ruft der Mann, und die Frau gehorcht. Das ist die Ordnung der Welt. Unsere Tochter weiß das.«

Beherzt fuhr sie fort: »Mei Ju ist wie ihr Name, eine schöne Perle. Ja«, rief sie Baba nach. »Mei Ju wird einen hohen Brautpreis einbringen, so dass wir kein Geld leihen müssen.«

»Nein«, hätte Mei Ju am liebsten ausgerufen. Aber ihr schnürte sich die Kehle zusammen wie damals auf dem Boot, als sie vor lauter Angst nicht um Hilfe rufen konnte. Und obwohl sie den Mund öffnete, brachte sie keinen Laut heraus.

Mama fuhr herum. »Du ungezogenes Kind!«

Mei Ju versuchte den Hut abzunehmen, um zu zeigen, dass sie eine Frau war. Aber ihre Finger umklammerten den Stuhl so fest wie den Dollbord des Bootes im Sturm.

»Wie kannst du es wagen, die Ordnung der Welt in Frage zu stellen?«, rief Mama. »Weißt du denn nicht, dass eine Frau ohne Mann wie eine Weinrebe ohne Stock ist?«

»Ich verdiene mein eigenes Geld«, flüsterte Mei Ju kaum hörbar. »Ich kann selbst für mich sorgen.«

»Mag sein. Solange du lebst vielleicht. Aber bist du denn wirklich so schwer von Begriff?« Die Worte sprudelten nur so aus ihr heraus.

Mama wiederholte nur, was Mei Ju schon wusste. »Wenn du keinen Mann hast und keinen Sohn, wird niemand deinem Geist zu essen geben, wenn du tot bist. Du wirst ein hungriger Geist ohne Zuflucht sein, der keine Ruhe findet.«

»Mein Geist kann einen anderen Geist heiraten, wie Älteste Cousine«, gab Mei Ju zaghaft zurück.

»Deine Cousine hatte eine Familie, die das für sie arrangiert hat. Deine Schwester auch. Bei dir wird das anders sein.«

Wie benommen sank Mei Ju auf einen Stuhl.

»Glaubst du denn, du kannst dich deinem Vater widersetzen und trotzdem weiter zu unserer Familie gehören?«, fragte Mama. »Und damit rechnen, dass wir für deinen Geist einen Zufluchtsort finden, wenn du stirbst? Wer von uns sollte das tun? Deine Großmutter und dein Vater wären niemals dazu bereit. Und dasselbe werden sie von deinem Bruder verlangen. Warum sollten sie sich deinetwegen Mühe machen?

Ich sage dir, als Geist bekommst du von keinem in dieser Familie mehr als ein paar Reste einmal im Jahr, zum Fest der Hungrigen Geister. Und das auch nur, damit du dich von uns fern hältst.«

Bei diesen Drohungen ihrer Mutter nahm Mei Ju all ihren Mut zusammen und sagte mit ruhiger Stimme: »Dann werde ich Schattens Familie die meine nennen müssen.« Sie ließ die Stuhllehne los, löste den Knoten unter ihrem Kinn, so dass der Hut vom Kopf rutschte und ihr glatt gestrichenes schwarzes, zu einem Knoten hochgestecktes Haar entblößte.

»Was soll denn das?«, fuhr Mama sie an. »Mach sofort diesen Haarknoten auf! Du kannst von Glück reden, dass deine Großmutter draußen im Hof und auch sonst niemand in der Nähe ist.«

Entschlossen, endlich auszusprechen, was ihr auf dem Herzen brannte, stieß Mei Ju hervor: »Ich habe das Gelübde der Ehelosigkeit abgelegt.«

»Du bist nicht nur ein ungezogenes Kind, du bist eine Närrin! Unverheiratete Frauen, die von Almosen leben, scheren sich den Kopf kahl.«

»Ich bin keine Nonne, die von Almosen abhängig ist«, fuhr Mei Ju sie tief getroffen an. »Aber ich bin tatsächlich eine unabhängige Jungfer. Ich habe ein Gelübde abgelegt. Ich habe Seh Gung und Guanyin geschworen, für immer ehelos zu bleiben.«

Schattens Ankündigung, ledig zu bleiben, hatte einen Aufruhr heraufbeschworen. Jetzt stolperte sie aus dem Haus ihrer Eltern auf die Straße hinaus. Trotz ihrer pochenden Kopfschmerzen unterdrückte sie die Tränen, verknotete die Bänder ihres Huts und zwang sich zu lächeln, nur für den Fall, dass ihr auf dem Weg zu ihren Freundinnen in der Regenschutzhütte Nachbarn oder Bekannte begegneten.

Hinter ihr fiel krachend die Haustür ins Schloss. Sie schauderte. Wie gern hätte sie sich noch einmal umgedreht in der Hoffnung, dass Älterer Bruder die Tür aufstoßen, ihr nachlaufen und nachträgliche Glückwünsche zurufen würde. Aber damit durfte sie nicht rechnen. Zu groß war seine Sorge um Ältere Schwägerin, die – in dem Augenblick, als Schatten eingetreten war und ihren Hut abgenommen hatte – stolperte und beinahe gestürzt wäre.

Schatten hatte das Missgeschick auf den sich wölbenden Bauch von Älterer Schwägerin zurückgeführt. Jetzt überlegte sie, ob nicht der Anblick ihres hochgekämmten Haars Ältere Schwägerin aus dem Gleichgewicht gebracht hatte.

*Pou fa* und Haarnadeln hatte sie sich von Älterer Schwägerin geborgt und behauptet, sie brauche die Sachen für eine Laienspielaufführung im Mädchenhaus. War es möglich, dass Ältere Schwägerin sogleich die Bedeutung der frauenhaften Haartracht begriffen hatte? Sofortiges Verständnis und Unterstützung hatte Schatten aber doch gerade von Älterem Bruder erhofft!

Jetzt bedauerte sie, dass sie ihren Bruder und auch ihre Schwägerin nicht schon vorher ins Vertrauen gezogen hatte. Dann hätten sie im Gemeinschaftsraum auf sie gewartet und sich bereitgehalten, Mama und Baba zu erklären, warum sie das Gelübde der Ehelosigkeit abgelegt und ihr Haar hochgekämmt hatte. Stattdessen war Ältere Schwägerin gestolpert und wäre gewiss gestürzt, wäre nicht Älterer Bruder von seinem Hocker aufgesprungen, um sie aufzufangen.

Auch wenn Älterer Schwägerin nichts passiert war, hatte die Sorge alle durcheinander gebracht. Schatten, die ihre Gedanken nicht ordnen konnte, hatte ihr Anliegen nicht überzeugend vorgebracht. Womöglich hatte Älterer Bruder, der sich um seine Frau kümmerte, nicht einmal richtig zugehört. Und Mama, die in höchster Erregung Baba und sich selbst Luft zufächerte, hatte anscheinend alles ganz falsch verstanden. Warum hätte sie sonst vor Zorn geschäumt wie Öl in einem glühenden Wok?

Verzweifelt hatte sich Schatten bemüht, sie zu überzeugen. Sie hatte sogar die kleine Kiste herbeigeholt, in der sie ihre Ersparnisse aufbewahrte, und Mama daran erinnert, dass sie sie ihr geschenkt hatte. Und hatte sie nicht immer betont, wie wichtig es sei, dass eine Ehefrau sich eine gewisse Freiheit bewahrte, indem sie eigenes Geld mit in die Familie des Mannes brachte? Aber noch bevor Schatten zu Ende reden konnte, hatte Mama sie angeschrien, dass es schließlich ein Unterschied sei, ob eine Frau sich eine gewisse Freiheit bewahrte oder Himmel und Erde auf den Kopf stellte.

Dann hatte Baba, puterrot vor Zorn, Mama gescholten, weil sie überhaupt je von Freiheit gesprochen hatte und nicht strenger gewesen war. »Hab ich nicht immer gesagt, dass man Kinder behandeln muss wie Seidenraupen? Damit etwas Anständiges aus ihnen wird, muss man von klein auf genau aufpassen!«

Darauf erklärte Mama, er sei es gewesen, der den Kindern das Lügen beigebracht habe, indem er heimlich Hahns Stickereien für sie verkaufe. Älterer Bruder rief noch lauter als die beiden, Ältere Schwägerin habe Schmerzen im Bauch und benötige Geißblattöl.

Sofort hörte Mama auf zu streiten und schenkte Älterer Schwägerin ihre ganze Aufmerksamkeit. Statt Mama anzuschreien, machte Baba nun Schatten Vorwürfe, weil sie womöglich seinem ungeborenen Enkelkind Schaden zugefügt habe. Als Schatten sich verteidigen wollte, hatte Älterer Bruder Ruhe geboten und sie angefahren: »Hast du denn noch nicht genug Unheil angerichtet?«

Dass Älterer Bruder ihr die Schuld an der Not seiner Frau gab, tat Schatten in der Seele weh. Aber weil er Ruhe geboten hatte, wagte sie nicht zu sprechen, nicht einmal, um sich zu entschuldigen oder ihre Hilfe anzubieten. Stattdessen setzte sie einfach ihren Hut auf und eilte zur Tür hinaus.

Jetzt, als sie wie blind durchs Dorf rannte, fürchtete Schatten, dass Älterer Bruder ihre Flucht als Beweis ihrer Rücksichtslosigkeit deuten würde. Schlimmer noch, womöglich hatte sie wirklich ihrer Schwägerin und deren Kind geschadet.

Staubkörnchen tanzten in dem Sonnenstrahl, der durch das einzige Fenster der Regenschutzhütte fiel. Mei Ju kam die Luft feucht vor. Sie atmete, so flach es ging, damit sie nicht so oft niesen musste. Aber ganz unterdrücken konnte sie es nicht, und mit jeder Erschütterung ihres Körpers stieß sie Schatten an, die neben ihr auf der schmalen Bank in der Hütte saß.

Schatten, die düsteren Gedanken nachhing, schien weder Mei Jus Prusten noch ihre Entschuldigungen zu hören. Hahn saß auf der anderen Seite des Tisches auf einem Hocker und bedachte jeden Niesanfall mit einem fröhlichen: »*Dai gut lai si*, viel Glück!«

Mei Ju nickte dankend und dachte wehmütig, dass sie gewiss jeden einzelnen von Hahns Glückwünschen gebrauchen konnten. Beim Anblick der bröckelnden Mauern der Hütte und der Spinnwebgirlanden rätselte sie, wie Hahn sich ihre gute Laune bewahrt hatte.

»Kopf hoch, ihr zwei!«, ermunterte sie Hahn. »Mit unseren Eltern zu reden war wie ein Gespräch zwischen Hühnern und Enten, das weiß ich auch. Aber dass ich mit knapper Not entronnen bin, muss doch ein Zeichen sein, dass uns der Himmel gewogen ist!«

Mei Ju, die ihr nur allzu gern geglaubt hätte, bat: »Erzähl uns noch einmal, wie es bei dir war.«

Mit blitzenden Augen und erregter Stimme, die von den Lehmmauern widerhallte, tat ihr Hahn den Gefallen:

»Ihr wisst doch, dass Alter Blutsauger sich etwas darauf zugute hält, armen Leuten Geld abzupressen? Anscheinend hat er meine Eltern zu Verhandlungen mit einer Heiratsvermittlerin genötigt, und sie haben sich im Haus von Altem Blutsauger getroffen, einen Bräutigam ausgewählt, Horoskope verglichen und alles geregelt bis auf die Verlobungsgeschenke.

Ihr seht also, hätten wir unser Gelübde auch nur um einen Tag hinausgeschoben, wäre es für mich schon zu spät gewesen. Ich wäre in die Ehefalle geraten.

Ja, wenn wir unser Gelübde vor Seh Gung und Guanyin nicht bereits abgelegt hätten, hätte mir mein Vater die Nadeln aus den Haaren gerissen und mir eigenhändig wieder meine beiden Zöpfe geflochten!«

Hahn holte ihre Statue Guanyins aus dem Korb und hielt sie zärtlich an ihre Wange. Mei Ju stellte sich vor, wie angenehm kühl die Tonfigur auf ihrer erhitzten Haut wäre.

»Die Göttin hat mich tatsächlich gerettet«, erklärte Hahn und wischte mit dem Ärmel schwungvoll über den klapprigen Tisch.

Ein Staubwolke stieg Mei Ju in die Nase, so dass sie heftig zu niesen begann.

»Viel Glück, viel Glück, viel Glück!«, krähte Hahn.

Sie stellte die Statue auf den Tisch und drehte sie so, dass Guanyin ihr Gesicht Schatten zuwandte. »Du hast sie für mich gekauft, weißt du noch?«

Mei Ju, die sich mit ihrem Taschentuch die Augen wischte, nahm an, dass Schatten nickte.

»Guanyin weiß es auch noch«, versicherte ihr Hahn leise.

Lächelnd begann sie: »Guanyin kam als Tochter eines Königs zur Welt. Aber sie machte sich nichts aus irdischen Schätzen und Macht. Sie wollte nur rein bleiben, ihren Kopf rasieren und ehelos leben, sie wollte Nonne werden. Ihr Vater wünschte aber, dass sie heiratete, und als sie sich widersetzte, befahl er, sie zu enthaupten.«

Als Hahn eine Atempause einlegte, spann Mei Ju den Faden der vertrauten Erzählung weiter.

»Freilich wagte es der Henker nicht, den Befehl des Königs zu missachten. Aber als sein Schwert auf Guanyin niederfuhr, zerbrach es, ohne sie zu verletzen. Daraufhin befahl Guanyins Vater, sie zu erdrosseln, und als ihre Seele den Körper verließ, stieg sie zur Hölle hinab.«

Hahn nickte Schatten aufmunternd zu, und Mei Ju, die begriff, was Hahn im Sinn hatte, verstummte. Jetzt war nur noch das Geräusch ihres Atems zu hören, das Brummen der Fliegen, die in den Abfallhaufen auf dem Fußboden Nahrung suchten, und das Summen der Mücken, die ihnen um Gesicht, Hals und Hände schwirrten.

Mei Ju verscheuchte die Mücken, schob ihre Finger zwischen Schattens Finger und murmelte: »Erzähl weiter.«

Aber Schatten blieb stumm. Da schob Hahn ihrer Freundin die Statue Guanyins hin, und schließlich nahm Schatten – erst zögernd, dann mit festerer Stimme – den Faden der Geschichte auf.

»Durch Guanyins Gegenwart verwandelte sich die Hölle in ein Paradies. Um sein Reich zu retten, schenkte der Höllenkönig Guanyin das Leben wieder, und sie wurde von einer Lotosblume auf eine Insel im Südlichen Meer getragen, wo sie als Heilerin lebt und mit ihrem Boot der Barmherzigkeit all jenen zu Hilfe eilt, die in Not sind.«

Mit einer Hand umfasste Hahn die Statue, mit der anderen machte sie eine Faust und trommelte mit den Fingerknöcheln auf der zerschrammten Tischplatte den Rhythmus zu Guanyins Lied.

Im Chor sangen sie:

Schau auf den Weg, der hinter mir liegt,
Und urteile, ob es einen besseren gibt.
Kein Mann, der meine Zuneigung fordert,
Keine Schwiegermutter, die mir den Atem nimmt;
Keine Kinder, die an meiner Hand zerren,

Keine Fesseln an den Schwingen meiner Seele.
Frei wie der Wind auf den Bergen,
Wie die Vögel, die zur Sonne emporsteigen,
Geschmückt bin ich mit Jade und Opalen,
Die Mondperle krönt mich.
Sie, die mir treu nachfolgt,
Gewinnt unendlich viel;
Sie, die mutig verzichtet,
Gelangt ans höchste Ziel.

Mei Ju hatte den Eindruck, dass ihre Stimmen mit jedem Vers kräftiger wurden. Und sie spürte, wie ihre Sorge über den Zorn ihrer Familie, den elenden Zustand der Hütte und ihre unsichere Zukunft allmählich schwand.

Die Leidenschaft, die glückliche Eheleute verband – zum Beispiel ihren Bruder und seine Frau –, lockte Schatten nicht. Aber als sie sich für ein Leben ohne Mann entschied, hatte sie begriffen, dass sie damit auch auf die Mutterschaft verzichtete. Hahn fürchtete, im Kindbett zu sterben, und Mei Ju erklärte, sie habe sich so lange um ihren kleinen Bruder und ihre Cousins und Cousinen gekümmert, dass ihr Bedarf gedeckt sei. Doch Schatten wünschte sich Kinder.

Sie hatte sich eingeredet, diesen Wunsch befriedigen zu können, wenn sie half, die Kinder ihres Bruders aufzuziehen. Jetzt war sie sich da nicht mehr so sicher, und bei dem Vers: »Keine Kinder, die an meiner Hand zerren«, schnürte sich ihr die Kehle zu. Ihre Augen füllten sich mit Tränen der Trauer um die Kinder, die sie nie gebären würde, und um das bedrohte Leben des Kindes im Bauch von Älterer Schwägerin. Dennoch konnte Schatten nicht wünschen, sie und ihre Freundinnen hätten das Gelübde aufgeschoben, bis das Kind von Älterer Schwägerin wohlbehalten zur Welt gekommen war. Denn dann wäre Hahn in die Ehefalle geraten.

Während Schatten an das Kind im Bauch von Älterer Schwägerin dachte, merkte sie, wie es in ihrem eigenen rumorte. Erst jetzt fiel ihr ein, dass sie weder einen Kochtopf noch Reis besorgt hatte. Als das Lied zu Ende war, sprang sie von der Bank auf, vergaß aber dabei, dass Mei Ju ihre Hand hielt, so dass sie auch Mei Ju halb mit in die Höhe riss.

Schatten ließ Mei Ju los und stürmte zur Tür.

Mei Ju rannte ihr nach. »Wo willst du hin?«

»Wir haben keinen Topf, nichts zu essen!«

»Macht nichts«, meinte Hahn.

Was? Schatten drehte sich um und sah, dass Hahn die Statue Guanyins auf den staubbedeckten Tisch gelegt hatte und mit ihren langen, mageren Fingern ihre lose sitzende Jacke glatt strich. Als nun der verblichene blaue Stoff Hahns Körper eng umhüllte, bekam Mei Ju große Augen und Schatten schämte sich plötzlich dafür, wie gut sie ihre Jacke ausfüllte, die beinahe aus den Nähten platzte.

»Wir sind ungebundene Frauen, aber deshalb sind wir noch keine Göttinnen«, murmelte Schatten.

Mit der Ehrfurcht gebietenden Theatralik einer Geisterbeschwörerin hob Hahn ihre Jacke hoch, zauberte ein Ei aus der Tasche ihres Untergewands und legte es zu Guanyins Füßen auf den Tisch.

Mei Ju klatschte Beifall. Strahlend rief sie: »Mehr! Mehr!«

Bestimmt hatte Mei Ju gesehen, dass Hahn noch ein paar Eier versteckt hatte, dachte Schatten, sonst hätte sie nicht mehr verlangt. Und bestürzt über ihre eigene Blindheit fragte sie sich, was sie noch alles übersehen, wen sie noch alles falsch beurteilt hatte.

Mit großer Gebärde zog Hahn nach und nach weitere Eier hervor und legte sie auf den Tisch. Die wunderbar weißen Ovale schimmerten hell und zauberhaft wie die Mondperle auf dem Kopf der Göttin.

»Sieht aus, als wäre unser Hahn eine Henne«, scherzte Schatten.

Hahn grinste. »Ich weiß eben, wo die abenteuerlustigen Hennen von Kräftige Raupe ihre Nistplätze haben, und da habe ich beschlossen, für uns aufzusammeln, was sie so fallen lassen. Schade, dass meine Tasche nicht größer ist.«

Sie zog eine Nadel aus ihrem Haar und piekste das sechste und letzte Ei an. »Essen wir!«

Während Hahn behutsam das kleine Loch zu einer Öffnung erweiterte, aus der sie trinken konnte, traten auch Schatten und Mei Ju wieder an den Tisch.

»Und kein einziges ist angeknackst«, stellte Mei Ju fest.

Die makellosen Eier erinnerten Schatten mehr denn je an Guanyins Mondperle, an die vielen Schwierigkeiten, die die Göttin gemeistert hatte, bevor sie ihrer habhaft wurden. Und sie schämte sich dafür, wie leicht sie sich hatte entmutigen lassen.

Mei Ju reichte Schatten ein Ei und nahm sich selbst eines. Hahn stellte Guanyins Statue auf und bot ihr Ei der Göttin als Opfergabe an, bevor sie es austrank. Schatten aber hielt ihr Ei in den hohlen Händen und genoss seine Wärme, die Wärme ihrer Freundinnen.

Hahns Idee, in die Regenschutzhütte von Kräftige Raupe zu ziehen, war wirklich genial gewesen, fand Mei Ju. Denn die Hütte stand nicht nur leer, sie lag auch auf einer Allmende zwischen den Feldern und dem eigentlichen Dorf. Also konnte niemand sie vor die Tür setzen – so wie Großmutter, die die Konkubine aus ihrem Häuschen geworfen hatte.

Außerdem hatte Hahn vorgeschlagen, ihre Stickereien über die Wasserhausierer zu verkaufen. Ebenfalls eine kluge Idee, dachte Mei Ju. Die Bewohner von Kräftige Raupe waren darauf angewiesen, alles, was sie nicht selbst anbauen konnten, bei den Hausierern zu kaufen, und deren einzige Sorge war es, ob die Kunden das nötige Geld hatten, um die Waren zu bezahlen. Alter Blutsauger würde sich nicht einmischen. Nicht einmal die Sippenältesten würden sich darum kümmern. Zudem war Hahn in Geschäftsangelegenheiten genauso gerissen wie beim Pläneschmieden, und sie würde mit den Hausierern, die als Zwischenhändler dienen sollten, hart und zäh verhandeln.

Die Hütte lag allerdings im Norden von Kräftige Raupe, während die Hausierer mit ihren Booten neben dem Tempel im Süden anlegten. Um zu ihnen zu gelangen, mussten sie also das ganze Dorf durchqueren, und diese Vorstellung versetzte Mei Ju in Angst und Schrecken.

Inzwischen hatten Hahns Eltern Altem Blutsauger bestimmt erzählt, dass ihre Tochter nicht heiraten konnte. Zweifellos hatte er die Nachricht schlecht aufgenommen, und zweifellos hatten seine Angehörigen und Arbeiter seine Wutschreie vernommen und erzählten es jedem weiter, der ein offenes Ohr und eine flinke Zunge hatte. Außerdem hatte es auch in Schattens Familie – und in ihrer eigenen – großes Geschrei gegeben.

Während Mei Ju ihrer Mutter erklärt hatte, dass sie ihr Gelübde abgelegt hatte, war Großmutter laut schreiend vom Abtritt hereingestürmt. »Ihr werdet nicht glauben, was ich gerade gehört habe! Diese Schatten hat doch tatsächlich das Gelübde der Ehelosigkeit abgelegt oder dergleichen Unsinn, und die närrischen Fungs sind außer sich. Ha, was haben sie anderes erwartet, wo sie zu Hause eine so schlechte Unterweisung genossen hat! Habe ich nicht immer gesagt, aus dem Mädchen wird nichts?«

In ihrer Eile hatte Großmutter ihre Hose nicht richtig zugebunden, und da sie nun mit gebeugtem Kopf an den Bändern zerrte und knotete, hatte sie Mei Ju nicht bemerkt, die – mit Hilfe ihrer Mutter – durch die Vordertür entkommen konnte. Draußen auf der Straße hatte Mei Ju das entsetzte Geschrei der Fungs und auch die Stimme von Schattens Großmutter vernommen. Gewiss war der Streit auch den Nachbarn nicht entgangen, die seither jedes mitgehörte Wort bestimmt unzählige Male wiederholt hatten.

Da Mei Ju fürchtete, dass die Klatschmäuler ihre Entscheidung genauso verdammen würden wie ihre Angehörigen, wollte sie ihnen nur ungern begegnen.

Um das Ganze etwas zu verzögern, schlug sie vor: »Machen wir uns noch etwas zurecht, bevor wir aufbrechen.«

Tatsächlich boten Schatten und Hahn, denen die Haare ins Gesicht und über den Rücken hingen, einen schlimmen Anblick. Und Mei Ju, die *pou fa* und Kämme aus dem mehrteiligen Korb holte, riet: »Am besten fangt ihr noch einmal von vorne an.«

Hahn schüttelte den Kopf, so dass ihr die lose sitzenden Nadeln aus den Haaren fielen. »Wie hast du es nur geschafft, deine Frisur so hübsch zurechtzumachen?«

»Du darfst nicht vergessen, dass ich jahrelang meinen kleinen Cousins und meinem Bruder die Haare geflochten habe. Und bevor ich ins Mädchenhaus kam, habe ich jeden Morgen meiner Mutter und meinen Tanten zugesehen, wie sie meiner Großmutter die Haare kämmten.«

Mei Ju, die nur allzu gern eine so tröstlich vertraute Aufgabe übernahm, trat hinter Schatten und löste geschickt ihren zerzausten Knoten auf. »Hahn kann zuschauen, wie ich dir die Haare richte. Und nachher frisiere ich Hahn, und du schaust zu.«

Behutsam entwirrte Mei Ju die am schlimmsten verknoteten Strähnen mit der Hand. Danach fuhr sie erst mit gröberen und dann mit immer feineren Kämmen durch Schattens Haar und kämmte Strähne für Strähne glatt – nicht damit die Prozedur länger dauerte, sondern weil sie Schatten nicht wehtun wollte und weil ihr die konzentrierte Arbeit half, ihre innere Erregung zu besänftigen.

Mit erstaunlicher Geschwindigkeit lösten sich die kleinen Knoten auf, und der Kamm blieb immer seltener hängen. Und als Mei Ju die Strähnen mühelos durchkämmen konnte, strich sie *pou fa* in das glatte, seidige Haar, so dass kein einziges Härchen mehr abstand.

Als sie Schattens Haar zusammenraffte, um es zu flechten, meinte sie versonnen: »Wenn sich doch nur alle unsere Schwierigkeiten so leicht überwinden ließen.«

»Nicht!«, fuhr Hahn dazwischen.

Schatten zuckte zusammen, und Mei Ju machte einen Satz rückwärts, als wäre sie gebissen worden.

»Tut mir Leid. Ich wollte nur sagen, dass du hier aufhören kannst. Siehst du?« Hahn deutete auf Guanyin, deren Haare an Stirn und Schultern unter ihrem Tuch hervorspitzten, frei und ungebändigt wie die Göttin selbst.

»Wenn wir das so machen, sehen wir wirklich unordentlich aus«, wandte Schatten ein. »Und wir könnten auch nicht sticken, wenn uns die Haare ins Gesicht fallen und sich mit dem Faden verheddern.«

Mei Ju strich Schattens glänzendes Haar straff zurück und band es im Nacken zusammen. »Schaut, das ist das Geheimnis, wenn ihr hübsch und ordentlich aussehen wollt: Bindet die Haare zusammen, bevor ihr sie flechtet, und dann noch einmal unten am Zopf, bevor ihr ihn zu einem Knoten schlingt.«

Hahn schob trotzig das Kinn nach vorne. »Mit Knoten könnte man uns für verheiratete Frauen halten.«

Mei Ju, die Schattens Haar zum Flechten teilte, spürte, wie ihre Freundin erstarrte.

»Vielleicht habe ich Ältere Schwägerin gar nicht erschreckt, sondern eher beleidigt.«

Mei Ju, die an den Zorn ihrer Mutter dachte, erschauderte. Und während sie fünf Strähnen geschickt zu einem Zopf flocht, überlegte sie, welche Frisur außer dem Knoten der Ehefrau noch denkbar war. Die Haare offen zu tragen kam nicht in Frage. Und mit mädchenhaften Zöpfen konnten sie auch nicht mehr herumlaufen. Sollten sie sich etwa den Schädel rasieren wie Nonnen? Nein. Alles, bloß das nicht.

Mei Ju band den geflochtenen Zopf unten zusammen, und weil ihr kein Ersatz für den Knoten eingefallen war, schickte sie sich an, die Haare aufzustecken. Aber die Furcht, was die Leute dazu sagen würden, machte ihre Arme bleischwer und ihre Finger steif und unbeweglich, so dass ihr der Zopf aus den Händen glitt.

Sie besah den glänzenden Haarstrang, der von Schattens Nacken bis zur Taille herunterbaumelte. »Wie wär's mit einem einzigen Zopf?«

Schatten griff nach hinten und betastete anerkennend ihre gleichmäßig geflochtenen Haare. »So unterscheiden wir uns sowohl von den Ehefrauen als auch von den Mädchen.«

»Genau«, stimmte Hahn zu.

Mei Ju zog die Nadeln aus ihrem Knoten, so dass ihr der Zopf auf den Rücken fiel. »Gut.«

Die Tür der Hütte führte auf die mit Steinplatten gepflasterte Straße von Kräftige Raupe hinaus, und das Fenster blickte auf eine kleine Lichtung, die von einem dichten Bambushain gesäumt war. Als sie sich schließlich auf den Weg zu den Hausierern machten, verließen sie auf Mei Jus Drängen ihre Behausung durch das Fenster. »So merkt keiner, dass wir hier eingezogen sind, bis wir die Hütte einbruchssicher gemacht haben.«

Sie kletterten nacheinander hinaus, huschten über die Lichtung und verschwanden im Bambusgehölz. Hahn ging voraus. Ihr folgte Schatten, die das Bündel mit den Stickereien in den Armen trug. Mei Ju, die sich zwingen musste weiterzugehen, bildete das Schlusslicht.

Das dornige Unterholz knackte unter ihren Füßen, zerkratzte ihnen die Knöchel und riss an ihren Hosen. Dünne Zweige schlugen gegen ihre breitkrempigen Hüte und pieksten an Schultern und Beinen. Aber sie kämpften sich tapfer voran.

Mei Ju unterdrückte die Schmerzensschreie und spähte besorgt zum Himmel. Zu ihrer Erleichterung entdeckte sie in den Fetzen von Blau, die durch den grünen Baldachin schimmerten, keine Regenwolken. Also war die Wahrscheinlichkeit gering, dass ein Wanderer in der Hütte Unterschlupf suchte und ihren mehrteiligen Korb fand. Und als sie schließlich den Hain hinter sich gelassen hatten und auf der Straße weitergehen mussten, stand die Sonne hoch am Himmel. Das bedeutete, dass die Dorfbewohner ihren Morgenreis gegessen hatten und die meisten zur Arbeit auf den Feldern oder in den Raupenhäusern zurückgekehrt waren.

Eine Zeit lang war die Straße tatsächlich menschenleer. Als sie jedoch ins Zentrum des Dorfes gelangten, tauchten zwischen den Häuserreihen Junger Chou und sein Vater auf und kamen ihnen entgegen.

Die Chous waren ins Gespräch vertieft und schienen sie zunächst nicht zu bemerken. Dennoch trat Mei Ju hastig zwischen Hahn und Schatten und hakte sich bei ihnen unter.

Schatten drückte ihr Bündel an die Brust. »Vielleicht gehen sie vorbei und sehen uns nicht.«

»Wovor habt ihr beiden Angst? Die Chous können uns nicht schlagen, wie sie es mit Yun Yun machen«, erwiderte Hahn.

Beim Klang ihrer Stimme blickten Vater und Sohn auf und blieben abrupt stehen.

»Ihr wagt es, eure Gesichter zu zeigen?«, zischte Alter Chou. »Welche Dreistigkeit!«

Der junge Chou grinste höhnisch. »Wir sollten ihnen das Gesicht mit Dreck einreiben. Damit sie Demut lernen.«

Beim ersten Schmähwort, das sie vernahm, wäre Mei Ju am liebsten losgerannt. Sie spürte, wie Hahns Körper sich versteifte und Schatten gleichsam zu Stein erstarrte.

»Gehen wir zurück«, wisperte Mei Ju.

»Nein«, fauchte Hahn und beschleunigte ihren Schritt.

Schatten dagegen blieb wie angewurzelt stehen, und Mei Ju, zwischen beiden hin- und hergerissen, zerrte an Hahns Arm, um sie zurückzuhalten.

Hahn verlangsamte ihren Schritt, ließ sich aber nicht aufhalten. »Wie sollen wir denn je zu den Hausierern kommen, wenn wir vor solchen Maulhelden und ihren Drohungen kuschen?«

»Du hast Recht.« Schatten hatte sich wieder gefasst und machte einen Satz vorwärts, so dass auch Mei Ju weitergehen musste.

Doch sie neigte den Kopf, als könne sie sich vor den Chous verstecken, indem sie zu Boden blickte.

»So ist es schon besser!«, höhnte Junger Chou.

Mit gedämpfter Stimme bat Mei Ju Hahn und Schatten, ebenfalls den Kopf zu senken.

»Warum sollten wir?«, protestierte Hahn leise. »Wir haben uns nichts zuschulden kommen lassen.«

Schatten, die nun ebenfalls den Kopf neigte, erklärte: »Bei Kaiserin sind wir öfter ungeschoren davongekommen, wenn wir so getan haben, als würden wir gehorchen.«

Als auch Hahn den Kopf senkte, brachen die Chous in heiseres Hohngelächter aus. Aus Furcht, Hahn würde wieder den Kopf heben, spannte Mei Ju ihren Ellbogen an, so dass sie Hahns Arm zusammenpresste. »Bitte.«

Anders als die Chous, die stehen geblieben waren, hatten Schatten und Mei Ju nur kurz Halt gemacht, und Hahn war beharrlich weitergegangen. Aus den Augenwinkeln sah Mei Ju plötzlich die schmutzigen, mit Sandalen bekleideten Füße der Männer. »Wir sind gleich an ihnen vorbei.«

Tatsächlich waren die Füße bald nicht mehr zu sehen. »Jetzt sind sie hinter uns.«

»Schaut euch das an!«, bellte Junger Chou. »Diese Schlampen wagen es, die Haare nach Männerart zu tragen! Was für eine Frechheit! Wir sollten ihnen den Zopf abschneiden.«

»Ai«, sagte Mei Ju mit bebender Stimme, während er brüllte. »Daran habe ich nicht gedacht …«

»Achte nicht auf ihn«, zischte Hahn.

»Das sind keine Zöpfe«, rief Alter Chou. »Das sind Fuchsschwänze.«

»Diese Huren sind wirklich schlau wie Füchse«, fiel der junge Chou ein.

Mei Ju zitterte. »Was sollen wir tun?«

»Weitergehen.« Hahn bog zum Fluss ab. »Sie folgen uns nicht.«

Die Chous blieben tatsächlich zurück. Aber ihr Hohngeschrei hatte die Leute aus den Häusern in der Nachbarschaft gelockt, und nicht wenige von ihnen stießen nun in dasselbe Horn.

»Sie wollen sich ersäufen!«

»Das hätten sie gleich tun sollen!«

»Gut gesprochen! Wer hat je gehört, dass Mädchen ihr Schicksal selbst bestimmen?«

»Nur liederliche Gören können so dreist sein!«

»Sie haben mit ihrer Schamlosigkeit Schande über ihre Familien gebracht – was bleibt ihnen da anderes übrig, als sich umzubringen?«

Mei Ju hatte Hahns Entscheidung, lieber nicht den Weg durchs Dorf zu nehmen, für klug gehalten. Aber je länger sie am Flussufer entlanggingen, ohne sich in die Fluten zu stürzen, umso gehässiger wurden die Schmährufe. Da Mei Ju immer noch den Kopf gesenkt hielt, konnte sie ihre Peiniger nicht sehen. Auch ihre hassverzerrten Stimmen erkannte sie nicht. Vielleicht war sie aber auch nur zu ängstlich, um genau hinzuhören.

Schließlich gelangten sie zu den Hausierern. Hahn machte ihren Arm frei und sprang in das nächstbeste Boot. Mei Ju und Schatten folgten, und eine neue Woge von Spottrufen und Schimpftiraden dröhnte ihnen in den Ohren.

Mei Ju, die sehnlichst wünschte, der Erdboden möge ihre Peiniger verschlucken, rieb sich Augen und Ohren.

»Wir kommen, um zu kaufen«, erklärte Hahn mit ruhiger Stimme dem Hausierer, in dessen Boot sie geflüchtet waren. Er hieß Knirps.

»Und um zu verkaufen«, fügte Schatten hinzu und wickelte das Bündel mit den Stickereien aus.

Als sie ihr neuestes Wunderwerk ausbreitete – einen goldenen Wundervogel, der sich in den Nachthimmel erhob –, funkelten Knirps' Augen so hell wie seine beiden Silberzähne.

Nun wandte er sich an die Leute am Ufer, die »Springt endlich!« riefen. »Spring endlich!«, plärrte er. »Das meint ihr doch nicht ernst? Was tue ich nicht alles für meine Kunden? Für den Handel?«

Schäbiger Woo, der Hausierer, der neben Knirps angelegt hatte, kratzte sich die grindige Haut und rief mit weinerlicher theatralischer Stimme: »Ai yah! Zeigt Mitleid mit uns! Ai yah!«

Ein paar Leute kicherten. Andere setzten ihre Spotttiraden fort, und die größten Schreihälse kletterten auf die Boote. Bald waren die kleinen Decks so überfüllt, dass Mei Ju fürchtete, sie selbst, Hahn und Schatten würden tatsächlich gleich ins Wasser gedrängt.

Knirps hob die Arme zum Himmel und dankte den Göttern für den unverhofften Zustrom von Kunden, stellte sich aber gleichzeitig schützend zwischen die drei Jungfern und ihre Peiniger. Schäbiger Woo schloss die rechte Hand um die zur Faust geballte linke und verneigte sich ruckartig vor den Kunden, die seinen schwimmenden Laden betreten hatten, was sehr komisch aussah.

»Wai, und was ist mit mir?«, rief Großmaul, dessen Boot auf der anderen Seite von Schäbiger Woo angelegt hatte. »Auch ich habe Waren zu verkaufen!«

Mehrere Leute, die sich über dem Dollbord von Woos Boot gerade noch halten konnten, retteten sich lachend auf Großmauls Deck.

Großmaul klopfte sich auf den Wanst. »Mein Bauch hier dankt es euch.«

Nach und nach gelang es den drei Hausierern, den Zorn der Menge zu dämpfen und Raum für Kaufverhandlungen zu schaffen. Sie wurden mit Hahn über Kochtöpfe, Reis und andere lebensnotwendige Dinge einig; sie prüften die Stickereien, die Schatten ihnen zeigte, und handelten Vereinbarungen für die künftige Vermarktung der Handarbeiten aus. Die Bedingungen waren jedoch so sehr zum Vorteil der Hausierer, dass Mei Ju sich fragte, wie sie mit den Einnahmen ihre Reisschalen füllen sollten.

# ES GIBT NUR EINEN HIMMEL

Schatten erinnerte sich, dass Diebe schon einmal Fische aus den Weihern außerhalb des Dorfes gestohlen und ganze Maulbeerplantagen abgeerntet hatten. Banditen hatten sogar Alten Blutsaugers ältesten Sohn entführt und ihn erst gegen ein hohes Lösegeld wieder freigelassen. Und wer so töricht war, allein und unbewaffnet eine Reise anzutreten, musste damit rechnen, überfallen zu werden. Aber das Dorf selbst war nie angegriffen worden, und auch wenn es in unmittelbarer Nachbarschaft der Hütte keine Häuser gab, gehörte sie doch zu dem Gebiet, in dem der Nachtwächter seine Runde machte. Dennoch schrak Schatten in den ersten Nächten ihres ehelosen Lebens bei jedem Geräusch hoch, selbst wenn der Gong des Nachtwächters und sein beruhigender Ruf erklangen.

Ebenso erging es Mei Ju. Sie fürchtete, der Nachtwächter würde ein Auge zudrücken, falls Schläger wie der junge Chou sie überfallen sollten. Deshalb bestand sie darauf, nicht nur die Tür, sondern auch das Fenster mit provisorischen Querriegeln – Bambusstöcken aus dem Wäldchen – zu verrammeln und das Hackbeil mit ins Bett zu nehmen.

Hahn aber erklärte, sie stünden unter Guanyins Schutz. Sie schlief Nacht für Nacht tief und fest, ungeachtet der stickigen Hitze, der durch die Feuchtigkeit verzogenen Bettbretter und des quälenden Summens der in der Hütte eingeschlossenen Moskitos. Sie wurde nicht einmal richtig wach, wenn sie nach den Moskitos schlug oder sich die geschwollenen Stichwunden kratzte, wenn sie von Spinnen gebissen oder von den Wanzen gepeinigt wurde, die immer wieder aus den porösen Lehmwänden hervorkrochen, wie sehr die drei auch scheuerten und schrubbten.

Als etwa ein Dutzend Nächte ereignislos verstrichen waren, konnte Hahn Mei Ju überreden, das Fenster unverriegelt zu lassen. Und nach ein paar weiteren Nächten wälzte sich Mei Ju nicht mehr angstvoll auf der Schlafmatte herum, sondern schlummerte genauso friedlich wie Hahn. Nur Schatten fand keinen Schlaf – nicht solange Älterer Bruder wütend auf sie war.

Schon zweimal waren sie einander auf der Straße begegnet, und er hatte sich abgewandt, ohne ihren Gruß zu erwidern. Aber Ältere Schwägerin hatte sich anscheinend von ihrem Schock erholt. Sonst würde sie ja wohl kaum am Flussufer kauern und die Wäsche der Familie waschen.

Wenn Schatten kein Gelübde abgelegt hätte, hätte sie natürlich im Raupenhaus arbeiten können, und Mama würde die Wäsche waschen. War das der Grund, warum Älterer Bruder immer noch wütend war? Wusste er denn nicht, dass sie, Schatten, mit Freuden zu Hause helfen und irgendwie für den der Familie entgangenen Brautpreis aufkommen würde, wenn er und ihre Eltern es nur zulassen würden?

Weil sie nicht selbst mit ihm sprechen konnte, erwog Schatten, ihm einen Brief zu schreiben, verwarf die Idee aber gleich wieder. Sie wollte ihn nicht an ihren früheren Streit erinnern, und wenn der Vater ihren Brief zu Gesicht bekam, dann würden die Eltern sie noch entschiedener verdammen. Und überdies würde auch Älterer Bruder den elterlichen Zorn auf sich ziehen.

Also begann Schatten, an einem *meh dai* für das Baby zu arbeiten, um Älterem Bruder zu zeigen, was sie in tiefstem Herzen empfand. Weil sie tagsüber sticken musste, um ihren Lebensunterhalt zu verdienen, nähte sie den Tragegurt nachts, wenn Hahn und Mei Ju schliefen. Und weil sie kein Geld übrig hatten, um Stoff zu kaufen, schnitt Schatten aus der am wenigsten abgetragenen ihrer drei Jacken und der dazugehörigen Hose ein Viereck für das Mittelteil und vier lange Stoffstreifen für die Bänder des Tragegurts aus.

An die obere Hälfte des Vierecks nähte sie in fünf Stofflagen ein Dreieck, das die fünf Segnungen symbolisierte: Reichtum, ein langes Leben, Frieden, Tugend und Gesundheit. Unmittelbar darunter stickte sie zwei Mandarin-Enten, die für das erhoffte Eheglück ihres Bruders standen. Unter die Enten stickte sie die blauen Wellen eines Sees; zwei rosafarbene Lotosblüten auf einem einzigen Stängel drückten ihre Hoffnung aus, dass sich die Familienharmonie wieder einstellen möge. Und zuletzt nähte Schatten die Tragebänder an, um der Sicherheit des Kindes willen mit dreifach verstärkten Stichen.

Den fertigen Tragegurt legte sie schließlich auf den obersten der Körbe, die sie sich von daheim ausgeliehen hatte. Dann schob sie vorsichtig den Querriegel der Tür nach oben, stahl sich aus der Hütte, huschte durchs Dorf, hob die aneinander geknüpften Körbe über die Hofmauer des Anwesens ihrer Familie und stellte sie behutsam ab.

Da frisch geschlüpfte Seidenraupen praktisch ununterbrochen gefüttert werden müssen, hatte die Schwiegermutter Yun Yun befohlen, zu Beginn jeder neuen Generation das Ehebett mit dem Raupenhaus zu vertauschen. Siebenmal hatte also Yun Yun während der vergangenen Saison, ihre Begeisterung als Gehorsam tarnend, auf dem Boden zwischen den Regalen mit den hungrigen Raupen ihr Lager aufgeschlagen.

Im Raupenhaus musste Yun Yun unaufhörlich Blätter zerkleinern, die Raupen füttern und sauber machen, was sehr anstrengend war. Aber wenigstens verbrachte sie hier friedliche Nächte und wurde nur von den kleinen Geschöpfen beansprucht, die unter ihrer Obhut standen. Und mit pochendem Herzen fand Yun Yun ab und zu Zeit, unter ihre Decke zu schlüpfen und leise zu singen:

Ich warte auf meine Schwester, meine Freundin,
Ich warte auf Glückskind.
Mein Glückskind, deren Körper weich und warm ist,
Deren Atem süß duftet.

Mein Glückskind, die mir ewige Treue schwor,
Die gelobte, mich im Traum zu besuchen.

Und schon bald sog Yun Yun Glückskinds Moschusduft ein, sah, wie sich ihr breiter Mund zu einem Lächeln verzog, das so fröhlich war wie das ihre. Verschwitzt und fiebrig vor Erregung, streckte Yun Yun dann die Arme aus und umschlang Glückskind. Dann öffnete jede ganz langsam, qualvoll langsam die Jackenknöpfe der anderen, so dass der Mond ihre milchig schimmernde Haut küssen konnte. Schließlich legten sie auch die engen Unterhemden ab, so dass ihre Brüste, glatt und lecker wie Mandelcreme, zum Vorschein kamen. Als Nächstes fielen ihre Hosen und enthüllten das flaumige Tor zum verborgenen Schatz. Und endlich lagen sie eng umschlungen da und entdeckten von neuem die Freuden des Einswerdens, die sie im Mädchenhaus genossen hatten.

Natürlich hatte sie Alte Großmutter im Mädchenhaus gelehrt: »Wenn ihr erst einmal verheiratet seid, müsst ihr euren Mann ehren, als wäre er der Himmel selbst. Und ihr dürft nicht vergessen, dass es nur einen Himmel gibt. Wer in diesem vergänglichen Leben mehr als einen Himmel sucht, beschwört Unglück herauf.« Aber Yun Yuns Verlangen nach Glückskind war größer als ihre Angst. Und Glückskind verweigerte sich auch nie, wenn Yun Yun sie rief. Jedenfalls nicht, wenn Yun Yun allein im Raupenhaus lag.

Mit dem Ende der Seidenraupensaison kam jedoch auch das Ende von Yun Yuns verstohlenem Glück. Nun war es ihr nicht mehr möglich, den Nachstellungen des jungen Chou zu entfliehen. Und wenn er in sie eindrang, was er Nacht für Nacht, oft mehr als einmal tat, schrie Yun Yun lautlos:

Du bist der Berghund,
Der mich beißt, wenn ich vorübergehe,
Der meine Haut aufreißt
Der mein Blut trinkt.

Mei Ju konnte sich nicht an den Tag entsinnen, an dem ihre Großmutter die Familie nicht ermahnt hätte: »Großvater wurde in den Ältestenrat der Sippe und des Dorfes berufen, weil er einen aufrechten Charakter besitzt. Deshalb ist es so außerordentlich wichtig, dass ihr euch alle, so jung ihr sein mögt, bei allem, was ihr tut und sagt, in Acht nehmt. Ganz besonders müsst ihr euch hüten, in irgendeiner Weise Schande über unsere Familie zu bringen.« Und im letzten Monat, den Mei Ju zu Hause verbrachte, hatte Großmutter oft noch hinzugefügt: »Enkelkinder, nehmt euch Bak Ju zum Vorbild. Sie hat begriffen: So wie es nur einen Himmel gibt, hat jeder von uns nur eine Familie, und wie der Himmel ist die Familie das Höchste. Die Familie ist wichtiger als der Einzelne. Aus diesem Grund hat sie sich geopfert.«

Damals war Mei Ju klar geworden, dass ihre Großmutter und ihre Eltern, ihre Tanten und Onkel ihr nicht so rasch verzeihen würden, wenn sie ihre eigenen Wünsche über die der Familie stellte. Nicht einen Augenblick hatte aber Mei Ju sich vorstellen können, dass Schattens fröhlicher Bruder und ihre freundlichen Eltern sich mit einem Mal als so unnachgiebig erweisen würden wie Großmutter. Und genauso wenig hatte sie damit gerechnet, dass Hahns Eltern ihre Tochter öffentlich verurteilen würden, weil sie Schande über die Familie gebracht habe.

Was Mei Ju noch mehr überraschte, war, dass Hahn ihre Eltern auch noch verteidigte. »Wie sollten sie sonst Alten Blutsauger beschwichtigen? Oder den Gönner meines Bruders in der Schule davon überzeugen, dass sie keine Schuld an meinem Verhalten tragen und dass Preisgekrönter von den Eltern die richtige Unterweisung erhält?«

»Wenn wir doch beweisen könnten, was in uns steckt«, seufzte Schatten.

»Das haben wir doch schon«, meinte Hahn und wies mit ausladender Geste auf die reinliche Hütte, die frei von Staub, Spinnweben und Abfällen war, die säuberlich gestapelten Stickereien, die zum Verkauf an die Hausierer bereitlagen, das Gemüse, das im Garten vor dem Fenster gedieh.

Mei Ju strahlte vor Stolz über das, was sie zustande gebracht hatten. »Die Leute sehen langsam ein, dass wir etwas können. Und dass wir ein ehrbares Leben führen. Die Klatschmäuler, die noch vor drei Monaten über uns hergezogen sind, verstummen allmählich.«

Schattens Augen wurden feucht. »Nur weil alle darüber reden, dass Yun Yuns Vater und ihr Bruder den weiten Weg von Zwillingshügel auf sich genommen haben, um sie zu holen.« Jetzt liefen ihr die Tränen über die Wangen. »*Unsere* Väter und Brüder erwidern nicht einmal unseren Gruß, wenn sie uns auf der Straße begegnen. Und meine Nichte habe ich noch kein einziges Mal zu Gesicht bekommen.«

»Du weißt doch, dass es zu kalt ist, um mit einem Säugling nach draußen zu gehen«, beschwichtigte sie Mei Ju. »Aber …«

»Aber andere Leute dürfen sich die Kleine *im Haus* ansehen.« Schatten schluchzte nun hemmungslos. »Und sie sagen, sie sei winzig klein und kränklich.«

Das hatte Mei Ju auch gehört. Außerdem gaben die Leute Schatten die Schuld an dem schwächlichen Kind, weil sie ihrer Schwägerin einen Schreck eingejagt hatte. Aber für Mei Ju war das nur Gewäsch. »Die Klatschmäuler lieben die Übertreibung.«

Schniefend wischte sich Schatten mit dem Ärmel die Tränen vom Gesicht. »Verstehst du das denn nicht? Ich dachte, wenn wir Ehelosigkeit geloben, dann könnten wir unsere Familien behalten und damit alles, was in unserem Leben gut und wichtig ist. Stattdessen leben wir wie Ausgestoßene.«

»Nicht ganz. Der Ältestenrat von Kräftige Raupe hätte die Macht, uns aus dem Dorf zu vertreiben, wie sie es mit den Tankas getan haben.« Hahn verbeugte sich vor der Nische, aus der sie einen Altar für Guanyin gemacht hatte. »Aber der Göttin haben wir es zu verdanken, dass uns noch niemand vor den Ältestenrat geschleppt hat. Und auch die Ältesten selbst haben nicht verlangt, dass wir vor dem Rat erscheinen.«

Mei Ju dachte an die Tankas, die, als man sie nicht mehr brauchen konnte, aus der Regenschutzhütte vertrieben worden waren. Auch

Großvaters Konkubine war fortgejagt worden, als man sie nicht mehr brauchen konnte. Warum hatte man ihre Freundinnen und sie bisher geduldet?

Mei Ju verstand aber auch, warum kein einziger Dorfbewohner sich für sie einsetzte. Nach dem vergeblichen Versuch, ihren Onkel davon abzuhalten, seine Tochter zum Sterben nach draußen zu bringen, hatte sie sich nie wieder für einen anderen Menschen eingesetzt, weder daheim noch im Mädchenhaus. Auch hatte sie nie erlebt, dass Schatten offen für jemanden eintrat. Das wagte nur Hahn.

Besonders heftig hatte sie sich widersetzt, als Kaiserin mit Blitz und Donner so übel umgesprungen war. Diese beiden Mädchen, im selben Monat geboren, waren von klein auf unzertrennlich gewesen, und eine war im Haus der anderen ein und aus gegangen, als würden sie zusammengehören. Kaiserin aber befahl, sie sollten getrennt sitzen.

»Warum denn?«, hatte Hahn protestiert.

»Hast du immer noch nicht gelernt, bedingungslos zu gehorchen?«, herrschte Kaiserin sie an.

Hahn hatte sich jedoch nicht einschüchtern lassen, und sie hatte Blitz und Donner vor Kaiserins Boshaftigkeit in Schutz genommen, solange es nötig war.

Als Hahn jedoch mit ihren Studien begann, gab sie es auf, sich um die beiden zu kümmern. »Ich habe immer noch Mitgefühl mit Blitz und Donner, aber ich darf jetzt nichts aufs Spiel setzen, nicht jetzt, da sich mir die einzigartige Gelegenheit bietet, lesen zu lernen«, gestand sie.

War es denkbar, dass auch Hahn, Schatten und sie selbst heimliche Freunde hatten, die auf ihrer Seite standen?, überlegte Mei Ju.

# HOFFNUNG

Fast jeden Tag geschah es, dass Yun Yun einen Mann, der auf dem Fluss angerudert kam oder auf einem Feld arbeitete, für ihren Vater hielt oder dass sie eine Frau, die am Dorfbrunnen Wasser holte, aus einem Haus trat oder in den Tempel ging, mit ihrer Mutter verwechselte. Oder ihr stieg plötzlich der Duft des Tabaks in die Nase, den ihr Großvater rauchte, oder sie hörte ihre Großmutter, die ihr eine zweite Schale Reis aufnötigte, oder einen ihrer Brüder, der aus seinem Schulbuch vorlas, lachte oder sie um eine Geschichte, ein Schlaflied bat. Und einen kurzen Augenblick lang – bis ihr wieder einfiel, dass sie in Kräftige Raupe und nicht in Zwillingshügel war, dass der Weg für einen Besuch viel zu weit war – durchzuckte sie eine jähe Hoffnung.

Als nun Yun Yun auf ein hartnäckiges Pochen die Haustür der Chous öffnete und ihren Vater und ihren jüngsten Bruder vor sich stehen sah, war sie keineswegs sonderlich überrascht. Rasch unterdrückte sie die aufflackernde Hoffnung, zwinkerte heftig und ermahnte sich streng: »Du träumst schon wieder.«

Doch Dritter Bruder stürzte sich mit einem Aufschrei: »Ältere Schwester!« auf Yun Yun, schlang seine kleinen Arme um ihre Hüften und vergrub sein pausbäckiges Gesicht in ihrem Bauch, so dass die blauen Flecken schmerzten, die sie von den Schlägen des jungen Chou am Vorabend davongetragen hatte.

Yun Yun zuckte zusammen. Ihre Vater presste die Kiefer zusammen, die Adern an seinem Hals und seiner Stirn traten hervor und pulsierten heftig. Yun Yun begriff, dass die Brautführerin, die nach der Hochzeit Yun Yuns Geschenke an ihre Familie überbracht hatte, wohl alles erzählt hatte. Ohne auf ihre Schmerzen zu achten, hob Yun Yun Dritten Bruder hoch, drückte ihn an sich und verbarg ihr Gesicht in dem dichten Haarschopf, liebkoste seine runden Backen, seinen Hals und sog seinen zarten Geruch ein. Hinter ihnen fegte die alte Frau Chou herein wie ein eisiger Windstoß.

Yun Yun bekam eine Gänsehaut. Sie blickte auf und stammelte: »Schwiegermutter, mein Vater und Dritter Bruder sind soeben gekommen.«

Ihr Vater verbeugte sich und überreichte Alter Frau Chou einen Korb mit ausgesucht schönen getrockneten roten Datteln. Ihre Stimme wirkte so eisig wie ihr Gesicht, als sie das Geschenk entgegennahm, ihn hereinbat und Yun Yun anwies, Tee einzuschenken.

Während sich ihr Vater und ihre Schwiegermutter auf zwei Sesseln aus Schwarzholz neben dem Familienaltar niederließen, trat Yun Yun – die ihren kleinen Bruder immer noch eng umschlungen hielt – zu dem Tisch unter dem Fenster an der Wand gegenüber. Zögernd lockerte sie ihren Griff, so dass sie ihn auf der Hüfte tragen und nach der Teekanne in dem gefütterten Korb greifen konnte.

Dritter Bruder, der auf ihrer Hüfte saß, hopste auf und ab und krähte immer wieder: »Du kommst heim!«, sobald er nah genug an ihr Ohr herankam. Und bei jedem Hopser drückten seine Knie und seine Füße gegen die vielen Blutergüsse auf ihrem Körper. Doch ihr Herz pochte so wild bei der Aussicht, nach Hause zu kommen, dass sie es kaum bemerkte. Weil sie aber fürchtete, dass er mit seinem Gestrampel die Teekanne umwerfen oder eine Tasse zerbrechen und damit den Zorn ihrer Schwiegermutter heraufbeschwören könnte, setzte Yun Yun ihren kleinen Bruder ab.

»Yun Yun ist daheim«, entgegnete Alte Frau Chou scharf.

»Nein«, heulte Dritter Bruder und rollte, mit Armen und Beinen fuchtelnd, über den Boden, als hätte er einen Tobsuchtsanfall. »Nein.«

Als Yun Yun zum Altar eilte, wo Dritter Bruder hingerollt war, spürte sie die Hand ihres Vaters auf ihrem Arm.

»Dein jüngerer Bruder ist zu klein, um das zu verstehen.«

»Um es zu lernen, ist er keineswegs zu klein«, keifte Alte Frau Chou.

Yun Yun begriff, dass ihre Schwiegermutter meinte, ihr Vater solle Dritten Bruder zurechtweisen. Aber ihr Vater runzelte nur die Stirn und schürzte die Lippen, als wäre er in Gedanken versunken, während Dritter Bruder weiterschrie wie zuvor.

Die alte Frau Chou zog ein finsteres Gesicht. Yun Yun, die nicht recht wusste, ob sie ihre Schwiegermutter besänftigen konnte, wenn sie anstelle ihres Vaters Dritten Bruder tadelte, rieb die Füße aneinander.

»Hör sofort damit auf!«, rief Alte Frau Chou.

Yun Yun erstarrte, und Dritter Bruder brüllte noch lauter.

Hilflos zuckte ihr Vater die Schultern. »Du siehst selbst, warum wir hier sind.«

Wie ein Bittsteller, der einem Richter sein Anliegen vorträgt, fuhr er fort: »Der arme Junge weint ununterbrochen, seit Yun Yun aus dem Haus ist. Aus diesem Grund sind wir hier. Um deine Erlaubnis zu erbitten, dass Yun Yun auf Besuch zu uns nach Zwillingshügel kommt. Ihre Mutter wollte schon vor Monaten, dass ich komme. Ich hätte es auch gern getan.« Er ließ den Blick über das schlichte Mobiliar und Yun Yuns derbe Holzschuhe wandern. »Von der Heiratsvermittlerin wissen wir, dass ihr so wohlhabend seid, dass ihr das ganze Jahr über zurechtkommt, ohne Yun Yun einzuspannen. Aber außer im Spätherbst und im Winter wird bei uns zu Hause jede Arbeitskraft gebraucht, und deshalb konnten wir erst jetzt kommen.«

Bei dieser kaum verhüllten Anklage schnaubte die alte Frau Chou vor Wut. Yun Yun drückte sich gegen den Sessel ihres Vaters und hoffte, ihre Schwiegermutter werde sich nicht rächen, indem sie ihre Erlaubnis zu dem Besuch versagte.

»Wir können Yun Yun nicht entbehren«, stieß Alte Frau Chou hervor.

Dritter Bruder, der verstummt war, während sein Vater sprach, fing an, laut zu schluchzen, und Yun Yun schluckte ihre Tränen hinunter. Traurig schüttelte ihr Vater den Kopf.

Plötzlich schoss Dritter Bruder aus seiner Ecke hervor, warf sich vor der alten Frau Chou nieder und schlug wortlos flehend die Stirn auf den Boden. Ohne auf den kleinen Jungen zu achten, erinnerte Alte Frau Chou Yun Yun daran, dass sie den Tee noch nicht serviert hatte.

Entschuldigungen stammelnd, hastete Yun Yun zum Tisch zurück.

Dritter Bruder aber packte die Beine der alten Chou, schlug seinen Kopf immer wieder auf ihre Füße und heulte: »Ich brauche meine Schwester!«

Alte Frau Chou fuhr hoch, aber da Dritter Bruder ihre Beine nicht losließ, verlor sie das Gleichgewicht und sank auf ihren Sessel zurück.

Neugierige Nachbarn und Passanten – die den Kopf zum Tor hereingestreckt hatten und dann auf der Schwelle verharrt waren, seit Dritter Bruder mit seinem Spektakel angefangen hatte – staunten mit offenen Mündern. Hin und wieder hörte man Kichern oder Laute des Erstaunens und des Mitgefühls für den kleinen Jungen.

Yun Yun, die endlich den Tee eingeschenkt hatte, überlegte, ob es ratsam war, ihn zu servieren, solange ihre Schwiegermutter vor Wut schäumte wie ein Wassertropfen in einem Wok mit heißem Öl. Vielleicht würde sie Yun Yun wegen ihres aufsässigen kleinen Bruders schlagen, sobald sie in Reichweite war.

Ihr Vater drehte sich in seinem Sessel, so dass er die auf der Schwelle versammelten Leute sehen konnte. »Wie ihr seht, sehnt sich der Kleine verzweifelt nach seiner Schwester. Also habe ich darum gebeten, dass Yun Yun uns in Zwillingshügel besuchen darf. Vielleicht habt ihr unser Gespräch mit angehört. Dann wisst ihr also bereits, dass man Yun Yun hier nicht entbehren kann.«

Viele der Neugierigen, die seine Äußerung als Einladung auffassten, drängten herein und versuchten, Alte Frau Chou zu erweichen.

»Hab doch ein Herz!«

»Sogar der Büffel darf im Winter ausruhen.«

»Schau dir den armen Jungen an. Er wird sich noch wehtun!«

Dritten Bruders Gesicht war mittlerweile so rot angelaufen und geschwollen, dass Yun Yun tatsächlich um ihn bangte. Und obwohl sie jetzt erkannte, welche Kriegslist ihr Vater ausgeheckt hatte, und auf Erfolg hoffte, musste sie die Zehen in den Holzschuhen zusammenkrampfen, um nicht zu ihrem Bruder zu laufen und ihn in die Arme zu nehmen.

Immer mehr Menschen strömten herein und bedrängten die alte Frau Chou.

»Hab doch Mitleid mit dem Jungen.«

»Willst du vielleicht sagen, dass deine Schwiegertochter doch kein nutzloser Reisesser ist?«

»Anscheinend weiß der Kleine sie zu schätzen.«

»Und jetzt entdeckt auch die Schwiegermutter ihren Wert.«

Bleich vor Zorn ballte Alte Frau Chou die Fäuste und ließ sie auf die Armlehnen ihres Sessels niedersausen. »Fünf Tage!«

Yun Yuns Vater sprang auf. »Fünf Tage«, bekräftigte er.

Das Boot ihres Vaters war immer noch ein ganzes Stück von Zwillingshügel entfernt, als Yun Yun die Rufe von Erstem und Zweitem Bruder hörte: »Ältere Schwester! Ältere Schwester!«

Yun Yun hatte den Blick auf Dritten Bruder geheftet, der auf ihrem Schoß schlief. Als sie jetzt aufschaute und das Flussufer absuchte, entdeckte sie die beiden Jungen auf einem großen, flachen Felsen, der ins Wasser hineinragte. Nackt bis zur Taille, als wäre es Sommer und nicht ein kühler Herbsttag, schwangen sie ihre Jacken wie Fahnen hin und her, sprangen in die Luft und stießen Freudenschreie aus.

Um Dritten Bruder nicht zu wecken, schwieg Yun Yun, aber sie winkte so begeistert, dass ihr Bruder schließlich doch aufwachte.

Er setzte sich auf und bekannte stolz: »Sie wollten auch gern kommen und dich holen, aber ich kann besser schreien.«

Ihr Vater am Heck lenkte das Boot näher ans Ufer heran. »Lass dir bloß nicht einfallen, noch öfter so ein Theater zu machen.«

Dass ihre Familie gemeinsam einen Plan ausgeheckt hatte, um sie heimzuholen, ging Yun Yun ans Herz. Als sie die Begrüßungsrufe von Erstem und Zweitem Bruder erwiderte, brach ihre Stimme vor Rührung.

»Wir machen ein Wettrennen mit euch!«, rief Erster Bruder und winkte seinem Vater weiterzufahren.

Da sprang Dritter Bruder von Yun Yuns Schoß auf und drängte sie, dem Vater beim Rudern zu helfen. Yun Yun, die sich freute, ihren Gefühlen durch kräftige Ruderschläge Luft machen zu können, stand hastig auf.

»Dritter Bruder«, mahnte der Vater.

»Ich hab's vergessen.« Rasch packte Dritter Bruder Yun Yuns Hand und zog sie wieder hinunter, so dass das Boot heftig schwankte. »Du musst dich ausruhen.«

Er stellte sich breitbeinig hin, um nicht das Gleichgewicht zu verlieren, und schob Yun Yuns Beine zum Schneidersitz zurecht, so dass er es sich wieder auf ihrem Schoß bequem machen konnte. Yun Yun, durch ihre liebe Last zur Unbeweglichkeit verurteilt, legte das Kinn auf den Kopf ihres kleinen Bruders und schloss die Augen.

Die Strahlen der untergehenden Sonne wärmten ihre Lider, und als der goldene Schimmer in das Dunkel ihres Inneren vordrang, dachte Yun Yun an den Tag, als sie mit ihrem Vater zum Himmel aufgeschaut und die Büffel gesucht hatte. Sie erinnerte sich an die Geschichte vom Unglück der Büffel, die er ihr erzählt hatte, und da begriff sie, dass auch ihr Vater versuchte, seinen Fehler wieder gutzumachen, so wie der blinde Erdgott Day Jong Wong und Seh Gung, der Großvater der Gemeinde, ihre Reue und ihre Rechtschaffenheit hatten beweisen wollen.

Bei den seltenen Malen, wenn Edelleute durch Zwillingshügel und Kräftige Raupe kamen, schickten sie ihren Sänften Läufer voraus, die ins Horn bliesen oder Gongs schlugen und bellten: »Macht Platz!« An diese Leute musste Yun Yun jetzt denken, als ihre Brüder dem Boot ihres Vaters vorauseilten und schrien: »Ältere Schwester kommt!« Und tatsächlich behandelte ihre ganze Familie – mit Ausnahme von Drittem Bruder – Yun Yun mit einer Rücksicht, die einem hoch geehrten Gast gebührt hätte und nicht einem vertrauten Familienmitglied.

Zu jeder Mahlzeit gab es Fleisch, und ihre Eltern und Großeltern häuften die besten Stücke in Yun Yuns Schale. Auch ließ ihre Mutter nicht zu, dass Yun Yun beim Kochen oder beim Abwasch half. Wenn sie nur einen Besen oder eine Flickerei zur Hand nahm, riss man ihr die Arbeit aus der Hand, sie wurde genötigt, sich zu setzen und eine Tasse heißen Tee oder einen leckeren Imbiss zu sich zu nehmen. Wurde sie dabei ertappt, wie sie mit Drittem Bruder spielte oder ihm bei einer seiner kleinen Pflichten half, zogen ihre Eltern sie fort und ermahnten ihn streng: »Deine Schwester muss sich ausruhen.«

Immer wieder bat Yun Yun ihre Eltern, wie früher im Haushalt mithelfen zu dürfen.

»Wir haben dich nur fünf Tage lang«, hieß es dann. »Da wollen wir dich gründlich verwöhnen.«

Als sie schließlich einsah, dass ihre Bitten die Eltern verstimmten, gab sie es auf.

Glückskind, die im Nachbarhaus wohnte, besuchte Yun Yun jeden Tag. Yun Yun aber ging nicht zu Glückskind. Und wenn Glückskind kam, wich Yun Yun einem längeren Gespräch aus, indem sie anfing, Dritten Bruder zu bemuttern, Kopfschmerzen vorschützte oder behauptete, sie müsste das Örtchen aufsuchen. Yun Yun, die Glückskind so nahe gewesen war, erschien es unerträglich, sich im Gespräch mit ihr auf leeres Geschwätz zu beschränken. Andererseits aber wollte sie Glückskind – die verlobt war und im Winter heiraten sollte – nicht mit Erzählungen über die Grausamkeit der Chous beunruhigen. Vor allem aber wollte sie Glückskind die Qualen ersparen, die sie selbst durchlitt, wenn sie an die drei Mädchen in Kräftige Raupe dachte. Die hatten etwas zustande gebracht, wovon sie selbst und ihre Freundin nicht einmal zu träumen gewagt hatten: Sie hatten ihr Schicksal selbst in die Hand genommen, sich der Ehe verweigert und Ehelosigkeit auf Lebenszeit gelobt, um zusammenbleiben zu können.

Als Yun Yun in der Hochzeitssänfte nach Kräftige Raupe unterwegs gewesen war, hatte sie sich in ihrem Kummer über die Trennung von allen, die sie liebte, an das tröstliche Versprechen ihrer Mutter geklammert, ihr Ehemann werde genauso sanft, freundlich und liebevoll sein wie ihr Vater. Als sie nun nach dem fünftägigen Besuch auf dem Boot ihres Vaters zu den Chous zurückkehrte, musste sich Yun Yun eingestehen, dass alle Flüsse und Ströme der Welt austrocknen würden, ehe ihr Mann und ihre Schwiegereltern so werden würden, wie es ihre Eltern für sie erhofft hatten. Sie fühlte sich wie eine Ausgestoßene, die nun nach einer kurzen Gnadenfrist ins Exil zurückmusste. Dennoch hegte Yun Yun noch ein wenig Hoffnung auf Glück. Und dieses Glück wuchs in ihrem Bauch heran.

Während sie mit überkreuzten Beinen auf dem Deck saß und die Wärme der Wintersonne genoss, spürte sie schon die süße Last des Babys in ihren Armen, seine Lippen, die erst an ihrer linken Brust saugten, dann an der rechten. Zufrieden gluckste es und lächelte Yun Yun mit seinen feuchten Lippen an. Und Yun Yun, deren bohrender Hunger ebenfalls gestillt war, liebkoste es mit der Nasenspitze, schmiegte die Wange an seine seidige Haut, vergrub ihr Gesicht in seinem festen Bauch und sog seinen ganz besonderen Duft ein …

Ein jäher Windstoß holte Yun Yun aus ihrer Phantasiewelt zurück auf das kalte, harte Deck. Über ihr hatten sich graue Wolken zusammengeballt und verdunkelten die Sonne. Am Ufer rechts von ihr erhoben sich drohend die Eukalyptusbäume, die die Zufahrt zu Kräftige Raupe säumten, und bald war die Luft von ihrem bitteren Duft erfüllt.

Zitternd verbarg Yun Yun das Kinn im hohen Kragen ihres Kittels, kniff die Augen zu und schloss ihr Kind wieder fest in die Arme.

Ein Ehemann sollte seine Frau nicht bedrängen, solange sie ein Kind im Bauch oder an der Brust hat. Als aber Yun Yun dem jungen Chou mitteilte, dass sie guter Hoffnung war, weigerte er sich, auf sein Vergnügen zu verzichten.

Ihren Bauch mit beiden Händen schützend, versuchte Yun Yun ihren Mann umzustimmen. Aber Junger Chou ohrfeigte sie mit wutverzerrtem Gesicht und fiel über sie her.

Verzweifelt versuchte sie ihn wegzustoßen. Er aber riss ihr das Schlafgewand vom Leib und schnauzte sie an: »Wenn du dich deinem Mann verweigerst, ist das ein Zeichen von Unmoral!« Brutal war er schon immer gewesen, aber diesmal war seine Attacke so gewalttätig, dass Yun Yuns Geist aus ihrem Körper floh.

Wie lange ihr Geist fort gewesen war, wusste Yun Yun nicht. Aber wie durch einen Nebel merkte sie, wie der junge Chou sie brutal in die Lippen und die empfindliche Haut an der Innenseite ihrer Oberschenkel kniff, und sie hörte sich selbst wimmernd um Gnade flehen – nicht für sich, sondern für ihren ungeborenen Sohn.

Als Antwort darauf zwang der junge Chou sie grob, sich auf den Bauch zu legen, und fiel dann erneut über sie her.

Unter seinen erbarmungslosen Stößen starb das Kind.

Das erste Neujahrsfest seit ihrem Ehelosigkeitsgelübde stand vor der Tür. Mei Ju blickte ihrem Lieblingstag nicht nur mit der gewohnten Vorfreude entgegen, sondern hoffte auch auf eine Versöhnung mit ihrer Familie.

Gewiss war daheim unter Großmutters Kommando der ganze Haushalt damit beschäftigt, Wände, Ofen und Möbel auf Hochglanz zu bringen. Unter ihrer Aufsicht bereiteten Mama, Zweite und Dritte Tante bestimmt allerhand Leckerbissen zu – gebratene Klöße, mit süßer roter Bohnenpaste gefüllt, verschiedene Arten von Dampfkuchen, knuspriger *gok*, gefüllt mit gemahlenen Erdnüssen, Sesam und Zucker, um damit Verwandte, Freunde und Bekannte zu bewirten, die Neujahrsglückwünsche überbrachten. Schon bei dem Gedanken an den wunderbaren süß-salzigen Geschmack lief Mei Ju das Wasser im Mund zusammen. Aber der Kauf einer warmen Bettdecke für den Winter hatte solch ein großes Loch in ihre Kasse gerissen, dass die Freundinnen an solchen Luxus für sich selbst nicht denken durften. Und mit Besuch war nicht zu rechnen.

»Aber ich möchte meinem kleinen Bruder und meinen Vettern und Cousinen Glücksgeld schenken, wenn ich meine Familie besuche«, sagte Mei Ju.

Schatten zupfte an einem losen Faden am Saum ihrer Hose. »Wenn ich meiner Nichte einen roten Umschlag schenke, wird sich Ältere Schwägerin darüber vermutlich genauso aufregen wie über meinen ehelichen Haarknoten.«

Hahn beugte sich herüber und griff nach dem Faden. »Wir sind zwar nicht verheiratet, aber wir sind auch keine Mädchen mehr. Als ungebundene Frauen haben wir das Recht, wenn nicht sogar die Pflicht, rote Umschläge zu verteilen.«

»Wir könnten stattdessen Dampfkuchen, *goh*, verschenken, um unsere Hoffnung auszudrücken, dass unsere Familien gedeihen, wie der Teig der Kuchen aufgeht«, schlug Schatten vor, die nun an einem weiteren Faden zupfte.

Mei Ju, die gern Schattens Sorgen lindern wollte, stimmte hastig zu: »Großmutter würde das bestimmt gefallen, und für mich käme es nicht so teuer wie das Verteilen von Glücksgeld.«

»Es reicht doch, wenn du in jeden Umschlag eine Kupfermünze steckst«, meinte Hahn. »Lasst uns Glücksgeld *und* Kuchen verschenken.«

Erstaunt deutete Mei Ju auf Schattens ausgefransten Saum, die durchgescheuerten Ellbogen und die unförmigen Jacken, die sie mit Rohseide aus der alten Decke wattiert hatten, um sie wintertauglich zu machen. »Sehen wir vielleicht aus, als könnten wir uns beides leisten?«

»Wenn wir uns großzügig zeigen, obwohl wir in Lumpen herumlaufen, werden unsere Angehörigen sehen, wie hoch wir sie in Ehren halten«, erwiderte Hahn.

»So, dass wir ihre Gunst zurückgewinnen«, murmelte Schatten und stopfte ein loses Stück Seidenwatte in ihren Ärmel zurück.

So wie in jedem anderen Haushalt in Kräftige Raupe hing auch bei ihren Familien ein Papierbild des Küchengotts über dem Herd. Als sich die drei Mädchen in der Regenschutzhütte häuslich einrichteten, hatte auch Mei Ju ein solches Bild über der Kochstelle aufgehängt. Um aber zu vermeiden, dass die Stickereien mit Ruß verschmutzt wurden, schoben sie den kleinen Lehmherd zum Kochen immer nach draußen.

Als es dann an der Zeit war, dass der Küchengott zum Jahresende dem Himmel Bericht erstattete, schmierte ihm Mei Ju Honig um den Mund, damit er nur Gutes sagte, nahm das Bild von der Wand und trug es nach draußen, um es zu verbrennen. Hahn und Schatten folgten mit brennenden Wachskerzen. Im kalten Mondlicht sahen sie beinahe aus wie Geister.

»Schaut.« Schatten deutete auf die dünnen Rauchsäulen über den Häusern von Kräftige Raupe. »Unsere Familien, alle Familien im Dorf machen dasselbe.«

Hahn zündete das Papier an, das Mei Ju ihr hinhielt. Hell leuchtend flammte das Bild des Küchengotts auf, und als es mit einer Spirale rußigen Rauchs zum Himmel aufstieg, atmete Mei Ju den Duft verbrannten Zuckers ein, intensiv und bittersüß wie ihre Gefühle für ihre Familie.

Mei Ju hatte Bak Ju viel zu sehr geschätzt, um ihr die Stellung als Liebling der Familie zu neiden. Aber sie hatte oft das Gefühl gehabt, dass sie von ihren Angehörigen, und auch von ihrer Schwester, zu Unrecht getadelt wurde. In solchen Augenblicken hatte sie sich mit dem Gedanken an Neujahr getröstet.

Während der Festtage durfte sie mit Bak Ju wieder im Bett ihrer Großmutter schlafen. Mei Ju wachte dann immer viel früher auf als der Rest der Familie. Sobald sich ihre Augen an die Dunkelheit gewöhnt hatten, schlüpfte sie unter der dicken Steppdecke hervor und tastete sich zu dem Hocker vor, auf dem Mama jedes Jahr die neuen Kleider für sie bereitlegte. Trotz der vielen Schichten Unterwäsche, die sie im Winter trug, zitterte sie vor Kälte.

Wenn Mei Ju Jacke und Hose anzog, genoss sie das Jucken des ungewaschenen Stoffes, wo er die nackte Haut berührte. Der Geruch des frischen Indigoblau kitzelte in der Nase, so dass sie, um nicht zu kichern oder zu niesen, in tiefen Atemzügen die kalte Luft einsog. Mama machte natürlich alle Kleidungsstücke besonders lang, weil Mei Ju in den vielen Jahren, die der Stoff hielt, ja noch wachsen würde. So musste sie die Ärmel und die Hosenbeine aufkrempeln und sich Taschentücher in die Schuhe stopfen. Sobald diese Vorkehrungen getroffen waren, stand sie ganz still und spürte genüsslich, wie steif und neu sich die Kleider anfühlten. Dann tapste sie in die Küche, entfachte ein Feuer im Herd und setzte Wasser auf, um für Großmutter Tee zu kochen.

Während sie darauf wartete, dass dem Kessel Dampfschwaden entwichen, fuhr sich Mei Ju mit den Fingern durch die Zöpfe, löste sie, kämmte sich die Haare und flocht sie neu. Dann wanderte sie in der kleinen Küche auf und ab, bis sie es nicht länger aushielt und den Tee aufgoss, ganz gleich ob das Wasser nun kochte oder nicht.

Sie rannte beinahe, wenn sie ihn ins Zimmer der Großmutter trug. Dabei rief sie fröhliche Neujahrsglückwünsche für Reichtum, Gesundheit und ein langes Leben und durfte sicher sein, dass Großmutter – obwohl jäh aus dem Schlaf gerissen und mit einer Schale lauwarmen Wassers voller Teeblätter konfrontiert – weder ein finsteres Gesicht machte noch »ungezogenes Kind« rief. Vielmehr lächelte sie und überreichte Mei Ju einen roten Umschlag mit Glücksgeld.

Bak Ju, von Mei Jus Glückwünschen ebenfalls geweckt, erhob sich lautlos und huschte aus dem Zimmer. Dann polterten ihr kleiner

Bruder und die Cousinen und Cousins herein, überschütteten Großmutter mit Glückwünschen, nahmen freudig ihre roten Umschläge entgegen und rannten dann wieder hinaus, um sich zu waschen und anzuziehen.

Mittlerweile kam Bak Ju wieder herein, das Gesicht gewaschen, die Haare hübsch gekämmt, in der Hand eine perfekt aufgebrühte Kanne mit Tee der Eisernen Göttin, Großmutters Lieblingstee. Dann, nachdem sie Großmutter viel Glück im neuen Jahr gewünscht und ihren roten Umschlag erhalten hatte, lachte Bak Ju über Mei Jus hastig und schlampig geflochtene Zöpfe und kämmte sie noch einmal ordentlich.

Nun gab es noch mehr rote Umschläge von ihren Eltern, Onkeln und Tanten einzusammeln, und dann wurden mit den Münzen aus den Umschlägen Glücksspiele gemacht. Außerdem wurden Knallfrösche gezündet, und es gab allerhand Köstlichkeiten zu essen. Aber noch besser als die Leckerbissen, das Glücksgeld und die fröhlichen Spiele war die Gewissheit, dass Mei Ju sich während dieser wunderbaren fünfzehn Tage nicht gegen Tadel von Großmutter, Eltern, Onkeln, Tanten und Schwester zu wappnen brauchte.

Als sie nun Dampfkuchen und Umschläge mit Glücksgeld für die Neujahrsbesuche vorbereitete, vertraute Mei Ju darauf, dass sie und ihre Freundinnen während der Festtage mit keinen Vorwürfen ihrer Angehörigen rechnen müssten. Doch was sie selbst, Schatten und Hahn erhofften, war eine dauerhafte Versöhnung.

In dem Augenblick, als die Familie sich vor dem Altar im Aufenthaltsraum versammelte, um die Opfergaben für die Ahnen darzubringen, betrat Mei Ju das Haus. Wie erwartet lag auf allen Gesichtern das gewohnte Neujahrslächeln.

Als sie aber Mei Ju über die Schwelle schreiten sahen, erstarrte die Miene der Großmutter, des Vaters und der Onkel, ihre Mutter und Tanten machten entsetzte Gesichter, ihr Bruder und ihre Vettern und Cousinen sahen ängstlich drein. Mei Ju, die ihren eigenen Schrecken und ihre Furcht nicht verbergen konnte, wandte sich stammelnd an jedes einzelne Familienmitglied, beginnend mit der Großmutter, und wünschte ihnen ein glückliches neues Jahr.

Der rituelle Dank der Großmutter war knapp, ihr Ton barsch. Mei Jus Eltern, Onkel und Tanten erwiderten ihre Glückwünsche gleichermaßen kalt und streng, ihr Bruder, ihre Vettern und Cousinen zeigten sich etwas freundlicher. Als Mei Ju ihnen das Kuchenpäckchen mit weiteren Glückwünschen reichte, streckte niemand die Hand danach aus. Und als sie versuchte, ihrem Bruder, ihren Vettern und Cousinen Glücksgeld zu geben, wichen sie vor ihr zurück.

»Zündet lieber ein paar Knallfrösche an, um die bösen Geister zu vertreiben«, befahl Großmutter Baba.

Ihre Worte waren nicht misszuverstehen. Mei Ju ließ ihre Geschenke auf dem Tisch zurück und stürmte aus dem Haus. Unmittelbar hinter ihr explodierten die Knallfrösche, und Mei Ju meinte, auch ihr Herz müsste zerspringen.

Am Vorabend von Neujahr hatte Hahn einen Streifen rotes Papier neben der Tür an die Wand geklebt und darauf geschrieben: »Fegt Zwist hinaus, bringt Frieden herein.« Und Mei Ju hatte erstaunt festgestellt, wie schlicht und doch klar der Zweizeiler ihre gemeinsame Hoffnung ausdrückte. Als sie aber nach dem Besuch bei ihrer Familie zur Hütte zurückeilte, erschienen ihr die Worte wie blanker Hohn. Dennoch bekam sie einen Schreck, als sie sah, dass Hahn den Papierstreifen mit einem Messer traktierte.

»Mein Vater hat mir vorgeworfen, ich würde der Kränkung noch eine Beleidigung hinzufügen, indem ich Kuchen nach Hause bringe.« Hahn wiederholte die Schimpftirade ihres Vaters, wobei sie jedes Wort ausspie wie einen schmerzenden Stein. »Dein Bruder hätte aufsteigen und uns mit sich ziehen können. Aber du hast so große Schande über unsere Familie gebracht, dass Preisgekrönter nun der Weg nach oben verbaut ist. Der Älteste der Lou-Sippe, dessen Protektion ihm Schutz vor Altem Blutsauger bot, hat ihn nun beinahe aufgegeben. Preisgekrönter kann froh sein, wenn man ihm erlaubt, weiterhin die Schule zu besuchen.«

Verzweifelt suchte Mei Ju nach Worten des Trostes, jedoch ihre Mühe war vergeblich. Und lange Zeit hörte man in der Hütte nur das Schaben des Messers, mit dem Hahn den Zweizeiler von der Wand abkratzte.

## DURCH DEN FLUSS GETRENNT

Auch Schatten war bei ihrem Neujahrsbesuch von ihrer Familie wie ein unwillkommener Gast behandelt worden. Aber in jener Nacht träumte sie, dass ihre Eltern sie herzlich willkommen hießen. Und als sie bat, ihre kleine Nichte im Arm halten zu dürfen, lächelte Älterer Bruder, und Ältere Schwägerin gab ihr das Kind.

In dem Augenblick, als Schatten das winzige Bündel in die Arme schließen wollte, wurde sie von einem lauten Kreischen geweckt. Schrecklich enttäuscht schlug sie die Augen auf – und sah eine Henne, die sich halsreckend und flügelschlagend aus Hahns Griff zu befreien suchte.

Hahn hielt diese Henne, die sie draußen vor der Tür gefunden hatte, für ein Geschenk, das Guanyin ihnen zur Ermutigung gesandt hatte. Schatten aber glaubte, dass ihr Bruder das Tier gebracht hatte, um seine wahren Gefühle zu zeigen.

Als Schatten Älterem Bruder das nächste Mal auf der Straße begegnete, dankte sie ihm.

»Das war nicht ich«, erwiderte er.

Und so unerbittlich war sein Ton, dass Schatten sich sofort an einen schwülheißen Tag zurückversetzt fühlte, als sie vier Jahre alt gewesen war.

An jenem heißen Sommertag hatte Älterer Bruder sie huckepack zu einem Bach südlich der Reisfelder von Kräftige Raupe geschleppt, um im flachen Wasser Abkühlung zu finden und herumzuplanschen. Lange bevor sie den Bach erreicht hatten, war er schweißgebadet, so dass Schattens Brust und Arme förmlich an seinem Rücken und seinem Hals klebten.

Als sie von seinem Rücken herabgestiegen war, fragte Schatten: »Warum bist du denn nicht zum Fluss gegangen? Das ist doch viel näher.«

»Weil dieser Bach verzaubert ist«, antwortete Älterer Bruder und streifte seine kurze Hose ab.

Er half Schatten, ihre Sachen auszuziehen, nahm sie an der Hand und führte sie ins kühle Wasser. »Siehst du das nicht?«

Das Wasser ringsum glitzerte wie Gold im Sonnenlicht. Unter der Oberfläche schwammen große und kleine, bunte und graubraune Fische vorüber, und manche kamen so nah, dass ihre Schuppenhaut und die stacheligen Flossen und Schwänze ihre Schenkel und die Waden ihres Bruders streiften. Ein Fisch knabberte ein wenig an ihren Fingern, so dass es kitzelte. Weicher Schlamm umschmeichelte ihre Zehen, und selbst als sie die Füße vergnüglich tiefer hineinbohrte, so dass Schlammwolken aufstiegen, war der Bach noch klarer als der Fluss, wo Mama die Wäsche der Familie wusch und die Hausierer mit ihren Booten anlegten. Hübscher war es hier auch, weil das Gras am Ufer nicht zertrampelt war. Und weil nur ihre beiden Stimmen, das Vogelgezwitscher und das leise Schwirren durchsichtiger Libellenflügel zu hören war, herrschte auch mehr Ruhe. Aber verzaubert?

»Das ist ein ganz gewöhnlicher Bach«, entschied Schatten.

»Warte nur, bis ich dir erzählt habe, was sich in alten Zeiten hier zugetragen hat – als die Büffel auf die Erde herabgestiegen waren, aber noch nicht die Fähigkeit zu sprechen verloren hatten. Dann wirst du deine Meinung ändern.«

Schatten, die Geschichten liebte, blickte erwartungsvoll zu ihm auf. Älterer Bruder ließ sich auf einem bemoosten Felsen im seichten Wasser nieder und zog sie auf seinen Schoß.

»In jenen längst vergangenen Tagen pflegten die Töchter des Sonnengottes vom Himmel herabzusteigen, um in diesem Bach zu baden.« Er deutete auf ihre kurzen Hosen, die im Gras lagen, wo sie sie hatten fallen lassen. »Und die sieben Schwestern ließen ihre Kleider am Ufer zurück, genau wie wir.«

Älterer Bruder umschloss ihre rechte Hand mit der seinen und richtete sie auf einen Büffel, der flussaufwärts im Schatten einiger Weiden graste.

»Eines Tages führte ein Kuhhirt seinen Büffel unter diese Bäume, und er war so müde und ihm war so heiß und langweilig, dass er einschlief.«

Älterer Bruder ließ ihre Hand los. »Und was glaubst du wohl, was geschah, während der Kuhhirt sein Nickerchen hielt?«

»Die sieben Schwester kamen zum Baden herunter?«

»Genau! Und als der Kuhhirt aufwachte und sie erblickte, verliebte er sich.«

Schatten bekam große Augen. »In alle sieben?«

Älterer Bruder lachte. »Nur in die Schönste – die Weberin, die aus Wolkenseide den Stoff webte, aus dem die anderen sechs Schwestern Kleider für die Götter nähten und bestickten.

Jedenfalls sagte der Büffel des Kuhhirten, der ins Herz seines Herrn blicken konnte: ›Steh doch nicht herum und begaffe die Weberin. Geh und stiehl ihr Kleid.‹

›Welches ist es denn?‹, fragte der Kuhhirt.

›Das hübscheste natürlich.‹

Der Kuhhirt ging los, zögerte aber. ›Ich weiß nicht, ob ich's tun soll.‹

Ungeduldig scharrte der Büffel im Gras unter seinen Hufen. ›Willst du die Weberin oder nicht?‹

›Oh, ja‹, stöhnte der Kuhhirt sehnsuchtsvoll.

›Dann beeilst du dich besser, sonst verpasst du die Gelegenheit.‹

Schnell wie der Blitz sauste der Kuhhirt los, griff nach dem hübschesten Kleid und eilte zurück zu seinem Büffel. Und als die Weberin ihr Kleid nicht fand, konnte sie nicht mit ihren Schwestern in den Himmel zurückkehren und musste zum Kuhhirten gehen. Nicht nur, um ihr Kleid wiederzubekommen, sondern um ihn zu heiraten, weil er sie nackt gesehen hatte.«

Schatten betrachtete ihren Körper, der so nackt war wie der ihres Bruders, und schlang die Arme um seinen Hals. »So wie wir.«

Behutsam löste er sich aus ihrer Umarmung. »Nein, du Dummerchen. Nicht wie wir. Geschwister dürfen nicht heiraten. Und ob du nackt bist, ist nicht wichtig, solange du klein bist.«

Schatten schmollte. »Aber ich will …«

»Die Geschichte zu Ende hören?« Älterer Bruder schöpfte eine Hand voll Wasser und ließ es ihr über den Kopf laufen.

Das Wasser rann in kühlen Rinnsalen über Schattens Stirn und Nase und Wangen, kitzelte in ihren Ohren und lief ihr kribbelnd über Hals, Brust und Rücken.

»Ja«, kicherte sie.

»Der Kuhhirt und die Weberin lebten sehr glücklich zusammen. Aber die Götter waren erzürnt, denn ohne die Weberin fehlte es ihnen an neuen Kleidern. Und die Schwestern der Weberin konnten nichts ausrichten, weil sie Näherinnen und keine Weberinnen waren.

Nach drei Jahren waren die Kleider der Götter nur noch Lumpen. ›Es reicht!‹, kreischte die Königin des Himmels. ›Kehr zurück an deinen Webstuhl‹, befahl sie der Weberin.

Inzwischen hatten die Weberin und der Kuhhirt zwei Kinder, und sie liebte ihren Mann mehr denn je. Aber sie wagte es nicht, sich der Königin des Himmels zu widersetzen. Also nahm die Weberin unter Tränen Abschied vom Kuhhirten und kehrte mit den Kindern in den Himmel zurück.«

Tränen des Mitgefühls liefen über Schattens Wangen. »Kann ihnen der Büffel denn nicht helfen?«

»Wart ab und hör zu«, ermahnte sie Älterer Bruder und stupste sie mit dem Finger auf die Nasenspitze.

»Die Weberin setzte sich wieder an den Webstuhl, und während sie arbeitete, kümmerten sich die sechs Schwestern abwechselnd um die Kinder, so wie ich für Mama auf dich aufpasse.

Obgleich die Weberin so viel zu tun hatte, empfand sie schreckliche Sehnsucht nach ihrem Mann. Auch der Kuhhirt sehnte sich nach ihr. Am traurigsten von allen aber war der Büffel, der um sie weinte genau wie du.

›Töte mich‹, sprach der Büffel. ›Nimm meine Haut und reite damit zum Himmel hinauf.‹«

»Nein!«, schrie Schatten.

»Das hat der Kuhhirt auch gesagt. Als der Büffel aber nicht lockerließ, gab der Kuhhirt nach.«

Nun wimmerte Schatten: »Nein.«

»Doch.« Älterer Bruder drückte sie tröstend an sich. »Der Kuhhirt tötete seinen Büffel, zog ihm das Fell ab und flog zu seiner Frau im Himmel hinauf.

Doch kurz bevor er zu ihr gelangte, erblickte ihn die Königin des Himmels. Wah, sie war wütend! ›Nie wieder werde ich schäbige Kleider tragen!‹, rief sie, zog eine lange Haarnadel aus ihrer Frisur und fuhr damit quer über den Himmel.

Durch diesen einen Hieb entstand der Silberfluss des Himmels, und der Kuhhirt stand an einem Ufer und die Weberin am anderen. Und die beiden sind noch heute durch den Fluss getrennt – sie können sich zwar sehen, aber nicht berühren.«

»Das ist ungerecht«, schluchzte Schatten.

»Ich bin noch nicht fertig.«

Erleichtert schluckte Schatten ihre Tränen hinunter und schmiegte sich an die Brust ihres Bruders.

»Mann und Frau baten den Jadekaiser um Gnade, und er entschied, dass einmal im Jahr, am siebten Tag des siebten Mondes, alle Krähen und Elstern der Welt zusammenkommen und mit ihren Flügeln und Leibern eine Brücke bauen sollten, so dass die Weberin den Silberfluss überqueren und zum Kuhhirten gelangen kann.«

Schatten wartete darauf, dass ihr Bruder weitererzählte. Als er schwieg, rief sie: »Ist das alles?«

»Das ist alles«, sagte er streng.

Und obwohl sie wieder zu schluchzen anfing, blieb ihr Bruder unerbittlich. »Das, was ist, lässt sich nicht ändern.«

Yun Yun, die um ihr totes Kind trauerte, hatte die Tage bis zum Frühling gezählt, dem Beginn der Seidenraupensaison, dem Augenblick, in dem die erste Generation aus den Eiern schlüpfte. Denn dann würde sie wieder im Raupenhaus schlafen und in Glückskinds tröstlicher Umarmung ausruhen können.

Doch als Yun Yun in ihr behelfsmäßiges Lager auf dem Boden des Raupenhauses kroch und nach Glückskind rief, kam niemand.

Hastig versuchte Yun Yun es noch einmal.

Glückskind, die Sonne ist westwärts gereist
Und hinter den Hügeln verschwunden.
Glückskind, die Vögel sind fortgeflogen
Und sitzen geborgen in ihrem Nest.
Ai, Glückskind, mein Glückskind,
Flieg jetzt zu mir.

Während sie auf den Moschusduft und die wohlige Wärme wartete, die Glückskinds Ankunft ankündigten, drang die kalte Härte des Erdbodens durch Yun Yuns dünne Schlafdecke. Jetzt bemerkte sie auch die knirschenden Kaugeräusche der Raupen und den Gestank ihrer Ausscheidungen.

Sie hatte das Gefühl, als hätte sich der unersättliche Wurm ihres Mannes vertausendfacht und mit ihm seine Angewohnheit, überall Gestank zu verbreiten, denn wo er ging und stand, ließ er absichtlich seine Winde fahren. Da verkroch sich Yun Yun tiefer in ihr Lager, zog die Decke über den Kopf und erstickte jedes Gefühl außer der Trauer um ihr totes Baby und ihrem Verlangen nach Glückskind.

Nacht für Nacht rief Yun Yun nach ihrer Freundin. Aber als Glückskind ausblieb, stolperte Yun Yun immer öfter über Hocker und Eimer, wischte dieselben Stellen und wusch immer wieder dieselben Kleider und Schüsseln.

Dann vergaß sie, die Tür zum Raupenhaus zu schließen. Die Raupen, der kalten Zugluft ausgesetzt, bekamen die Diebeswindkrankheit und wurden ganz rot und so steif, dass sie nicht mehr kriechen konnten. Die wenigen Überlebenden spannen sich in mickrige, farblose Kokons ein.

Alter Chou warf nur einen Blick auf das Exemplar, das Yun Yun ihm zeigte, und brüllte: »Die sind das Abhaspeln nicht wert!«

Er holte einen Maulbeerast aus der Küche und schwang ihn durch die Luft. »Damit will ich dir eine Lehre erteilen, die du so schnell nicht vergisst!«

Instinktiv duckte sich Yun Yun, der Zweig prallte gegen den Familienaltar und zerbarst. Alter Chou schleuderte das Holz fort und schlug mit den bloßen Fäusten auf sie ein.

Yun Yun verlor das Gleichgewicht, strauchelte, fiel, kauerte sich wie eine Kugel zusammen und ließ sich zur Tür rollen. Der junge Chou, der gerade hereinkam, stieß sie mit einem Fußtritt wieder zu seinem Vater hinüber.

Um Gnade bettelnd, wich sie seinem Fuß aus und verkroch sich unter dem Altar. Ihr Mann zerrte sie hervor und hielt sie fest, während sein Vater nach einem Besen griff und mit dem Stiel auf sie einschlug.

Yun Yun verstummte und zog sich in sich selbst zurück.

# Vierter Teil

1838

# BERGKIEFERN

Über den Stickrahmen gebeugt, handhabte Mei Ju die Nadel so geschickt wie die langen Holzstäbchen und die Haspel, die sie zum Abspulen der Seide von den Kokons benutzte. Aber sie verspürte dabei weder das Vergnügen noch den Seelenfrieden, den ihr das Seidenabhaspeln gewöhnlich brachte.

Hahn, die sich den Vorwurf ihres Vaters, sie trage die Schuld an den Schwierigkeiten ihres Bruders, sehr zu Herzen nahm, hatte zwei Wandermönchen einen Strang Gebetsperlen abgekauft. Wie sie ihr versichert hatten, würde sie mit Bodhi-Mantras gegen Unheil dazu beitragen, dass Preisgekrönter die Gunst seines Gönners wiedererlangte. Mei Ju hatte den Eindruck, dass Hahn, wenn sie nicht gerade am Stickrahmen saß oder Hausarbeit verrichtete, unablässig die Holzperlen durch die Finger gleiten ließ und murmelte: »Nam-mo-oh-neh-toh-fu.« Selbst im Schlaf noch zuckten ihre Finger.

Schatten dagegen lag nachts regungslos im Bett. Dennoch hatte sie dunkle Ringe unter den Augen. Sie aß so wenig, dass Jacke und Hose – die beinahe aus den Nähten geplatzt waren, als sie ihr Gelübde abgelegt hatten – nur noch um ihren Körper schlotterten. Mei Ju brauchte nicht zu fragen, warum. Wenn die prahlerischen Rufe, das Brummen und Seufzen von Männern ertönten, die auf dem Weg zu oder von den Feldern an ihrer Hütte vorbeikamen, blickte Schatten erwartungsvoll zur Tür, und wenn die Stimmen verklangen, ohne dass jemand den kurzen Weg zur Hütte einschlug, ließ sie mit einem Stoßseufzer den Kopf hängen.

Mei Ju, die ihre Freundinnen nicht noch mehr bekümmern wollte, sagte nichts, als sie während der Frühjahrsregenfälle merkte, dass das Wasser von den Lehmwänden perlte. Sie schwieg auch darüber, wie klamm das Bettzeug und die Kleider waren, dass es nach Schimmel roch, dass an den Tischbeinen und Hockern das Moos emporkroch oder dass sie mit ihren Holzschuhen auf dem matschigen Boden der Hütte ausglitten. Selbst als ein Teil der Wand unter der Wucht des Wassers nachgab und einstürzte, so dass ein großes Loch klaffte, rief sie nur fröhlich: »Wenn wir den Tisch kippen und vor das Loch schieben, sind wir vor dem Regen ganz gut geschützt, und sobald die Sonne rauskommt, behebe ich den Schaden.«

Schatten aber sank mit aschfahlem Gesicht auf die Knie und tauchte die Hände in den aufgeweichten Lehmhaufen.

Hahn starrte auf das Wasser, das durch das Loch hereinströmte und rund um Schattens Knie und Mei Jus Füße Pfützen bildete. »Aus diesem Grund hat sich der Ältestenrat nicht die Mühe gemacht, uns aus Kräftige Raupe zu verbannen. Sie wussten, das würde der Regen für sie erledigen.«

Mei Ju, die die Verzweiflung ihrer Freundinnen mehr beunruhigte als das Loch in der Wand, rief: »An unserem ersten Tag in der Hütte habt ihr beiden mir gezeigt, wie man Stroh und trockenes Gras in den Lehm mischt, so dass ein haltbarer Putz entsteht. Wir haben fast ein Dutzend Löcher damit geflickt. Das hier ist größer, aber ich werde auch damit fertig.«

Schatten hielt zwei Hände voll Lehm in die Höhe. »Das schaffst du nicht.«

Sie spreizte die Finger, und Mei Ju beobachtete, wie ihr der Schlamm durch die Hände rann und platschend zu Boden fiel. Da erinnerte sie sich, wie ihre Großmutter gesagt hatte: »Dutzende von Hütten wurden für die Tankas errichtet, aber die meisten waren nach ein, zwei großen Stürmen weggewaschen.« Mei Ju wollte sich aber nicht von der düsteren Stimmung ihrer Freundinnen anstecken lassen. Der Regen, der jetzt fiel, sei nicht schlimm, versicherte sie ihnen. Und außerdem habe es seit dem großen Unwetter, bei dem ihre Schwester ertrunken war, keine Stürme mehr gegeben.

»Ich kann das richten«, wiederholte sie. »Alles wird gut.«

Schatten wies mit ihren schlammverschmierten Händen auf das Loch. »Schau dir das an. Nur noch das Bambusgerippe ist übrig. Deshalb ist die Wand eingestürzt. Es ist kein Flechtwerk da, das den Lehm zusammenhält.«

Mei Ju sah das auch. Aber jeden Herbst schnitten die Männer von Kräftige Raupe Maulbeerzweige und breiteten sie zum Trocknen aus, um Zäune fürs Hühnergehege oder Windschutzwände daraus zu flechten. Warum sollte sie das nicht genauso machen und Flechtwerk für die Wände herstellen?

Während sie den Tisch kippte und gegen die Wand schob, erklärte sie ihren Freundinnen, was sie vorhatte.

»Wie soll das gehen?«, fragte Hahn. »Wir haben keine Maulbeerzweige und können uns auch keine besorgen.«

Mei Ju musste zugeben, dass sie Recht hatte. Obwohl es trockene Maulbeerzweige in Hülle und Fülle gab, wurden sie auch als Brennstoff gebraucht. Niemand würde sich öffentlichem Tadel aussetzen, indem er Ausgestoßenen Zweige überließ oder verkaufte.

»Kann unser kluger Hahn nicht Maulbeerzweige für uns herbeizaubern wie damals die Eier?«, fragte Mei Ju hoffnungsvoll.

Hahn schüttelte den Kopf. »Nicht in den Mengen, die wir brauchen.«

»Ach geh«, versuchte ihr Mei Ju gut zuzureden. »So groß ist das Loch auch wieder nicht.«

»Aber die Wand ist groß«, gab Schatten zurück. »Und wir haben vier, die reparaturbedürftig sind. Du kannst nämlich darauf wetten, dass das Maulbeergeflecht rundum verrottet ist.«

Die Erkenntnis traf Mei Ju wie ein Faustschlag. Die noch verbliebenen Tanka-Hütten hatte der Ältestenrat als Regenschutzhütten instand halten lassen. Diesen Winter hatten die Ältesten – die sehr wohl wussten, dass Mei Ju, Hahn und Schatten weder Maulbeerzweige zur Verfügung hatten noch größere Schäden selbst beheben konnten – niemanden geschickt, um die alljährlichen Reparaturen durchzuführen. Und wenn eine Wand schon bei den leichten Regenfällen im

Frühling zusammensackte, würde die Hütte die schweren Regengüsse im Sommer kaum überstehen, selbst wenn es keinen großen Sturm gab.

Mei Ju ließ sich auf die Bettkante sinken und gab zu: »Ihr habt Recht, ich schaffe das nicht. Wir müssen einen Arbeiter kommen lassen.«

Hahn schnalzte ungeduldig mit der Zunge. »Wir verdienen kaum genug, um Reis, Öl und Salzfisch zu kaufen. Könnt ihr euch erinnern, wann wir das letzte Mal Fleisch gegessen haben? Wenn wir also durch ein Wunder jemanden finden, der bereit wäre, für uns zu arbeiten, womit sollten wir ihn bezahlen?«

»Wir könnten noch mehr Stickereien für die Wasserhausierer machen, und sie könnten uns jemanden aus einem anderen Dorf schicken und uns den Lohn und das Geld für das Material vorstrecken ...«

Hahn ließ die Hand durch die Luft sausen. »Nein! Das würde uns von den Hausierern abhängig machen, so wie mein Vater von Altem Blutsauger abhängig ist.«

»Das weiß ich, aber was sollen wir sonst tun?«

»Wir nehmen jungen, dünnen Bambus anstelle der Maulbeerzweige und versuchen, die Wände selbst ...« Mitten im Satz hielt Schatten inne, schlug sich mit der Hand an die Stirn und bekleckerte sich dabei mit Schmutz. »Ai yah! Selbst wenn wir uns immer nur einen kleinen Abschnitt der Wand vornehmen, wie sollen wir unsere Stickereien vor Wasserschaden schützen, wenn es regnet?«

Für Mei Ju war die Antwort ganz einfach. In den Sommermonaten trugen viele Leute Kleider aus schwarzer gummierter Seide, weil sie wasserdicht war, und auch das Innere der Hütte konnte man trocken halten, wenn man Stoffbahnen an den Dachbalken befestigte und das Bambusgerüst in der offenen Wand damit verkleidete. Als sie diese Idee äußern wollte, wurde ihr jedoch klar, dass sie kein Geld hatten, um die gummierte Seide in der benötigten Menge zu kaufen, auch wenn sie billig war.

Mit einer Zuversicht, die nicht von Herzen kam, sagte Mei Ju schließlich: »Wir werden eine Lösung finden, während wir den Bambus schneiden.«

Abgesehen von der Ernte der Maulbeerblätter hatte Schatten bisher nie auf den Feldern gearbeitet. Aber aus der Zeit, als sie sich an die Fersen von Älterem Bruder geheftet hatte, wenn er durchs Dorf streifte, war sie mit der Arbeit draußen genauso vertraut wie mit den häuslichen Pflichten. Und als Mei Ju beim Aufräumen der Hütte eine kaputte Hacke wegwerfen wollte, hatte Schatten sie ihr aus der Hand gerissen und gerufen: »Die können wir gebrauchen, um den Boden für ein Gemüsebeet umzubrechen.« Um dieses Beet hinter der Hütte kümmerte sie sich mit derselben Sorgfalt und Liebe fürs Detail, die sie bei ihrer Stickerei an den Tag legte.

Um Platz zu sparen, wollte Schatten immer abwechselnd eine Reihe Wurzelgemüse neben Pflanzen setzen, die oberirdisch mehr Raum und Luft benötigten. Sie berechnete, wie viele Pflanzen nötig wären, um drei Menschen zu ernähren, sowie den exakten Abstand zwischen den Pflanzen, um Platz, Samen und Arbeit zu sparen. Mit dem Plan in der Hand schritt sie dann den Raum zwischen Hütte und Bambushain im Laufe eines Tages ein Dutzend Mal ab, beobachtete den Stand der Sonne und die Länge und Lage des Schattens auf dem Boden. Schließlich markierte sie eine Fläche von vier mal neun Fuß, auf die schon am frühen Morgen Licht fiel und wo die Sonne nachmittags am längsten schien.

Damit sie an den Händen keine Schwielen bekam, die die Seide aufgerissen und die Stickereien verdorben hätten, schnitt Schatten ihre schlechteste Hose in schmale Streifen, die sie und ihre Freundinnen um Handflächen und Finger wickelten. Und um mit ihren Kräften hauszuhalten, beherzigte sie, was ihr Vater ihrem Bruder gesagt hatte: »Fang in der Mitte des Beets an. Reiß die Wildkräuter mit der Wurzel aus und räume alle kleinen und großen Steine fort, bevor du das harte Erdreich mit der Hacke bearbeitest. Wenn du den Boden Schicht für Schicht umgegraben hast, lass die Brocken in der Sonne trocknen, damit sie besser zerkrümeln.«

Schatten ermüdete jedoch rasch, wenn sie den Rücken über die Hacke beugte. Und auch Mei Ju – deren Großmutter die schweren Arbeiten immer den Männern der Familie zugewiesen hatte – erging es nicht besser. Beide taten sich mit der Zeit ein wenig leichter. Aber keine von beiden erreichte je das Durchhaltevermögen von Hahn, die Alter Blutsauger von klein auf gezwungen hatte, lange Stunden auf dem Feld zu arbeiten.

Im Vergleich mit dem Umhacken von Bambus erschien Mei Ju das Umgraben des Gemüsegartens wie ein Kinderspiel. Und weil sie wusste, dass jede Familie im Dorf mehr als genug Maulbeerzweige übrig hatte, erschien ihr die schweißtreibende Arbeit im Bambushain noch beschwerlicher.

Aber Schatten sagte: »Der Bambus wird uns auf lange Sicht Arbeit ersparen, weil er kräftiger ist als das Holz des Maulbeerbaums und nicht verrottet.«

»Wenigstens eine Arbeit, für die wir unser Hackbeil gebrauchen können«, scherzte Hahn.

Schatten kicherte. »Von jetzt an werde ich mir vorstellen, dass der Bambus in Wirklichkeit ein saftiges Spanferkel ist.«

Verblüfft, aber erleichtert über die gute Laune ihrer Freundinnen, lachte Mei Ju, während sie mit ihrem Beil auf einen Bambus einhieb. »Ich hacke ein Hühnchen klein.«

Jetzt war Hahn an der Reihe. Sie griff nach dem Beil und leckte sich die Lippen. »Und ich nehme Ente.«

Tatsächlich hätten sie ein paar Fleischmahlzeiten gut gebrauchen können, um wieder zu Kräften zu kommen. Mei Ju wünschte sehnlichst, dass eine weitere Henne oder ein schönes Stück Schweinefleisch auf ihrer Schwelle auftauchen würde.

Und es tauchte wirklich etwas auf: ein Ballen schwarzer gummierter Seide. Hahn vermutete, dass sie auch diese Gabe Guanyin zu verdanken hätten. Und wie zuvor bei der Henne schloss sich Mei Ju dieser Meinung an. Während Hahn aber behauptete, Guanyin selbst habe ihnen die Henne und den Stoff gebracht, glaubte Mei Ju, dass die Göttin ihnen wohl einen irdischen Wohltäter geschickt hatte, der ein ebenso gütiges Herz besaß wie sie.

Die Wand rund um das klaffende Loch war so schwach, dass Mei Ju sie durch ein paar kräftige Hiebe mit der kaputten Hacke zum Einsturz brachte. Nicht so leicht war es, den Lehm fortzuschaffen, um dann das Geflecht mit dem Gerüst zu verweben: Sie mussten ihre beiden Körbe Schale für Schale mit dem Matsch füllen und sie dann auf der Lichtung ausleeren.

Gemeinsam sensten sie auf den Hügeln Gras, banden die Schwaden zu Garben, schnürten sie an robuste Bambusstangen und trugen sie zu ihrer Hütte. Dort breiteten sie das Gras zum Trocknen aus. Dann zogen sie die geschnittenen Bambusstämme aus dem Hain, spalteten sie und flochten die schmalen Hölzer durch das Gerüst, das die Wände der Hütte trug.

Als das Flechtwerk fertig war, gingen sie unzählige Male zum Fluss, um Wasser zu holen, das für die Aufbereitung des Lehms benötigt wurde. Das trockene Gras mischten sie in den Lehm, so dass ein Putz entstand, mit dem sie das Flechtwerk in mühsamer Handarbeit bedeckten.

Sie nahmen sich jeweils nur einen Abschnitt der Wand vor, und wenn sie damit fertig waren, widmeten sie sich für ein paar Tage ihren Stickereien, damit sie von der harten Arbeit ausruhen konnten und etwas zu verkaufen hatten. Als eine ganze Wand wiederhergestellt war, musste selbst Hahn zugeben, dass sie völlig erschöpft war.

Sie rieben sich gegenseitig mit Salbe ein, um die Schmerzen zu lindern. Dennoch taten ihnen Arme und Rücken schrecklich weh, sobald sie einen Eimer Wasser oder einen Korb voll Lehm hochhoben oder das Joch schulterten. Dann wurden Nacken und Rücken so steif, dass sie sich kaum noch über den Stickrahmen beugen konnten. Und mit ihren geschwollenen Fingerknöcheln konnten sie auch die Nadel fast nicht mehr halten. Ob sie gingen oder saßen, sie litten ständig unter Muskelkrämpfen in den Beinen. Mei Ju hatte den Eindruck, dass sie sich wie Siebzigjährige bewegten und nicht wie Mädchen von siebzehn, achtzehn Jahren.

Dennoch war Mei Ju sicher, dass sie und ihre Freundinnen durchhalten würden, bis alle vier Wände neu aufgebaut waren. Ihre einzige Sorge war, ob dieser Erfolg ausreichen würde, um die Gunst ihrer Familien zurückzugewinnen und ihnen einen Platz in Kräftige Raupe zu sichern, so dass sie ihre Arbeit als Seidenspinnerin wieder aufnehmen konnte.

Yun Yuns Schwiegermutter behauptete, die Familie müsse die Verluste ausgleichen, die sie verursacht habe. Sie strich Yun Yun die Mahlzeiten und gestand ihr nur Wassergrütze zu, gekocht aus den Überbleibseln im Reistopf.

Schlank war Yun Yun schon immer gewesen, aber nun wurde sie dünn wie ein Strich. Sie bekam dunkle Ringe unter den Augen, und beim Kämmen gingen ihr büschelweise die Haare aus.

Im Dorf setzte sich niemand für sie ein. Nicht einmal jene, die sich, angelockt vom Klagegeschrei ihres kleinen Bruders, vor der Tür der Chous versammelt hatten, dann in den Gemeinschaftsraum geströmt waren und Alte Frau Chou gebeten hatten, Erbarmen mit dem Jungen zu haben und Yun Yun auf Besuch nach Hause zu lassen.

Aber immer wieder hörte sie jemanden murmeln: »Es sind Leute wie die Chous, die den Mädchen Angst vor der Ehe einjagen.«

Seit dem Tag, an dem Schatten, Mei Ju und Hahn ihr Gelübde abgelegt hatten, hatten die Chous lauthals ihr Missfallen über die Jungfern kundgetan. Und noch eines fiel Yun Yun auf: Jedes Mal, wenn sich das Gerede gegen die Frauen allmählich legte, rührten ihre Schwiegereltern und ihr Mann es wieder auf, so wie sie die Eimer mit den Exkrementen aufrührte, bevor sie die Felder damit düngte. Sie sah ihre Schwiegereltern auch häufig unter den Männern und Frauen, die sich um die Lehmhütte versammelten und die drei Freundinnen bei den Reparaturarbeiten verhöhnten.

»Das geht sowieso schief, ihr könnt euch die Mühe sparen!«

»Stimmt, gebt auf!«

»Lasst es doch lieber gleich bleiben!«

Und auch als die Reparaturen abgeschlossen waren, hörten die Spötteleien nicht auf.

»Wartet nur ab. Ein paar schwere Regenfälle und die Wände sind fortgespült.«

»Sie stürzen beim ersten großen Sturm ein.«

»Ach, ein kleiner Sturm reicht auch schon.«

Die Hütte aber überdauerte die ersten Unwetter des Sommers. Und als Yun Yun sah, dass die Jungfern Kleider aus schwarzer gummierter Seide trugen, dachte sie an die Bergkiefern, die sich mit ihren Wurzeln an den Felsboden klammern und bitterer Kälte und Stürmen trotzen.

# ZU NICHTS ZU GEBRAUCHEN

Yun Yuns Vater hatte ihr vor langer Zeit erklärt: »Jede Pflanze hat ihre eigene Wesensart und bedarf bestimmter Dinge. Genau wie ein Mensch. Und wie wir denken auch die Pflanzen an die nächste Generation.«

»Woher weißt du das?«, hatte sie gefragt.

Zur Antwort hatte er ihr eine Broccoli- und zwei Bak-Choy-Pflanzen gezeigt, die ums Überleben kämpften, obwohl sie aus verstreuten Samen neben dem Feld aufgegangen waren und deshalb weder regelmäßig gegossen noch gedüngt wurden.

»Schau, wie klein sie geblieben sind. Trotzdem haben sie schon kleine gelbe Blüten. Warum? Weil die Pflanzen leiden, sie wissen, dass sie absterben, also bringen sie schleunigst Samen hervor, obwohl sie noch jung und schwach sind.«

Die verkümmerten Broccoli- und Bak-Choy-Pflanzen hatten tatsächlich viel früher Samen hervorgebracht als das sorgfältig gehegte Gemüse auf dem Feld. Und Yun Yun, die nach Zuneigung hungerte und von den mageren Rationen ihrer Schwiegermutter geschwächt war, wurde vom Wunsch nach einem Kind verzehrt. Zugleich fürchtete sie, dass ihr Mann, solange er jung und gesund war, seine Verpflichtung missachten würde, Nachkommen für seine Eltern in die Welt zu setzen. Ihm war sein Vergnügen wichtiger, ob Yun Yun nun schwanger war oder nicht.

Sie erwog, ihre Schwiegermutter um Hilfe zu bitten, denn Alte Frau Chou hatte erklärt, Yun Yun sei zu nichts zu gebrauchen, weil sie ihr noch keinen Enkel geboren hatte. Wenn Yun Yun ihr den Grund sagte, würde der junge Chou jedoch gewiss alles leugnen, und wem würde Alte Frau Chou dann wohl glauben? Also verkaufte Yun Yun einen goldenen Ring, eines der wenigen Schmuckstücke, die sie zur Hochzeit erhalten hatte. Und sobald sie merkte, dass sie wieder ein Kind erwartete, gab sie ihrem Mann das nötige Geld, um ein Freudenhaus aufzusuchen. Aber er zwang sie trotzdem, ihm im Bett zu Willen zu sein, und tötete das zweite Baby ebenso wie das erste. Mit dem Geld bezahlte er die Pacht für eine weitere Maulbeerplantage, sodass sie noch mehr Arbeit hatte. Und seine Genugtuung, weil er sie getäuscht hatte, war ebenso niederträchtig wie seine Angriffe auf ihren Körper.

Yun Yun begriff jetzt, dass es ihrem Mann nicht um sein Vergnügen ging: Er wollte sie leiden sehen. Wenn sie aber das Leben in ihrem Bauch nicht vor ihrem Mann schützen konnte, dann würde sie nie ein Kind gebären. Und wenn sie nicht wenigstens ein Kind hatte, das sie lieben konnte und das ihr hartes Leben erträglicher machte, dann wusste sie nicht, wie sie das alles überstehen sollte.

Natürlich konnte sie ihrem Leiden ein Ende setzen und zugleich zeigen, wer daran schuld war, indem sie sich einfach die rote Hochzeitsschärpe ihres Mannes um den Hals knüpfte und sich am Bettpfosten erhängte. Niemand würde eine so niederschmetternde Anklage in Zweifel ziehen. Eine gerechte Rache war ihr dann sicher. Aber ihr Selbstmord wäre auch eine Anklage gegen ihren Vater, der dieser Heirat zugestimmt hatte. Und Yun Yun wollte mit einer solchen Tat die Last der Reue, die ihre Eltern bereits bedrückte, nicht noch schwerer machen.

Vor einem Jahr, als Mei Ju gelernt hatte, Unkraut zu jäten, dröhnten ihr stets, wenn sie sich langsam und unbeholfen durch das Blattwerk von Süßkartoffeln, Rüben und Erdnüssen vorarbeitete, die Worte ihrer Großmutter in den Ohren: »Du bist wirklich zu nichts zu gebrauchen.« Jetzt war Großmutter verstummt. Nicht etwa weil Mei Jus Finger das Unkraut nun mit geübtem Griff aus dem warmen, feuchten Boden rupften, sondern weil Großmutter von anderen Stimmen übertönt wurde.

»Welches Recht haben diese drei Neunmalklugen, würdiges Schwarz zu tragen?«

»Sie werden schon noch merken, dass es mehr braucht als schwarze Seidenkleider, um einen Menschen alt und weise zu machen.«

»Diese Jungfern sind doch gar nicht in der Lage, etwas zu lernen!«

»Sieht ganz so aus, als würde Hahns Bruder auch nichts zustande bringen.«

»Der Möchte-gern-Preisgekrönte?«

»Ja, der. Er wird auf den Feldern schuften, noch bevor der Sommer vorbei ist.«

Dass Klatsch hartnäckig und unausrottbar war wie Unkraut, hatte Mei Ju schon als Kind begriffen. Sie hatte auch bereits damit gerechnet, dass man sich die Mäuler darüber zerreißen würde, wenn sie sich Kleider aus schwarzer gummierter Seide nähten. Aber ihre alten Jacken und Hosen waren nur noch Lumpen, für Baumwollstoff war kein Geld da, und für die gummierte Seide hatten sie keine andere Verwendung mehr. Allerdings hatte Mei Ju nicht erwartet, dass die bösen Zungen diesmal ihre Gehässigkeiten gegen Schatten, Hahn und sie selbst auch auf Preisgekrönten ausdehnen würden.

Natürlich wusste sie seit Hahns Neujahrsbesuch bei ihrer Familie, dass Preisgekrönter ihretwegen bei seinem Gönner in Ungnade gefallen war. Als einer der Ältesten der Lou-Sippe Interesse an Preisgekröntem zeigte, hatten die Leute stets eingeräumt, dass der Junge seinen Namen zu Recht trage. Ja, seine Klugheit war zum Gespräch des ganzen Dorfes geworden.

»Schaut, was wir für flache Schädel haben. Die Stirn von Preisgekröntem wölbt sich nach vorn vor lauter Klugheit.«

»Der Junge lernt so leicht, wie andere spucken.«

»Hört, was ich sage. Sobald er alt genug ist für die Bezirksprüfungen, wird er der Lou-Sippe Ehre machen.«

»Dem ganzen Dorf wird er Ehre machen.«

Deshalb hatte Mei Ju geglaubt, die Leute würden zu Preisgekröntem halten, selbst wenn er die Gunst seines Gönners verlor. Außerdem dachte sie, die Meinung der Dorfbewohner würde Preisgekrönten vor Altem Blutsauger schützen. Jetzt war sie sich nicht mehr so sicher. Und offensichtlich hatte auch Hahn ihre Zweifel. Als sie abends nach ihren Gebetsperlen griff, hatte sie gemurmelt: »Wenn mein Bruder aus der Schule der Sippe verstoßen wird, werde ich mir das nie verzeihen.«

Das verstand Mei Ju nur zu gut: Auch sie würde sich in alle Ewigkeit Vorwürfe machen, weil sie glaubte, am Tod ihrer Schwester nicht unschuldig zu sein.

Yun Yun fühlte sich so tot wie das Reisig, das sie auf Befehl ihrer Schwiegermutter in den Hügeln sammeln sollte. Aber weil sie nicht auf Erbarmen hoffen durfte, machte Yun Yun gar nicht erst den Versuch, sie umzustimmen. Stattdessen setzte sie ihren breitkrempigen Strohhut auf, hängte je einen Korb an die beiden Enden der Tragestange, schulterte sie und machte sich auf den Weg zu den unbebauten Hängen jenseits der Felder von Kräftige Raupe.

Noch bevor Yun Yun die Dorfgrenze erreichte, war sie außer Atem. Außerdem scheuerte die Tragestange ihre knochigen Schultern wund, und die Morgensonne brannte durch den Hut hindurch auf ihren Kopf. Aber mit leeren Körben zu ihrer Schwiegermutter zurückzukehren war unmöglich. Also taumelte Yun Yun weiter, zwang sich, den rechten Fuß zu heben und wieder abzusetzen, dann den linken, dann den rechten …

Als sie die Straße zwischen dem Dorf und den Feldern erreichte, rann ihr der Schweiß aus allen Poren, durchtränkte ihre Jacke und Hose, so dass der feuchte Stoff an ihren Armen und Beinen klebte und zerrte, als ginge sie in Ketten. Dennoch setzte Yun Yun mühsam einen Fuß vor den anderen. Dabei wirbelte Staub auf, der an ihren verschwitzten Füßen kleben blieb, in ihren Augen brannte und ihr in Nase und Hals drang.

Jeder Schritt kostete mehr Kraft als der vorige. Bald pochte ihr Herz so wild, dass sie fürchtete, es werde zerspringen. Dann verfinsterten sich die Felder in der Ferne, der Bambushain, ja sogar die Straße, auf der sie ging. Und doch spürte sie keine Kühlung durch Wolken, die sich vor die weiße Hitze der Sonne geschoben hätten.

Verwirrt blieb Yun Yun stehen, bückte sich unsicher, um die Tragestange zu einer kurzen Ruhepause abzusetzen, taumelte, kam von der Straße ab und stürzte, gefolgt von der klappernden Tragestange, in einen flachen Graben. Die Körbe flogen hinterher.

Während all das geschah, gab Yun Yun keinen Laut von sich. Zuerst weil sie zu verblüfft war, dann weil ihr Geist aus ihrem Körper geflohen war.

Mei Ju, die das Gemüsebeet hinter der Hütte jätete, hörte, wie kleine Steine und Erde scheuerten, wie Zweige krachend brachen. Gebannt von den Stimmen in ihrem Kopf, schaute sie nicht einmal auf. Nach getaner Arbeit warf sie das ausgerissene Unkraut auf den Haufen mit Holzasche, Laub und Gemüseabfällen am anderen Ende der Lichtung. Sofort flatterte laut brummend ein Schwarm Fliegen und Mücken auf, und Mei Ju machte einen Satz rückwärts, um ihnen auszuweichen. Da sah sie im flachen Graben zwischen Straße und Bambushain etwas Blaues aufblitzen. Eine Sinnestäuschung?

Auf Zehenspitzen stehend, reckte sie den Hals. Das wilde Geißblatt und das hohe Gras im Graben behinderten die Sicht. Aber zwischen den verschiedenen Grünschattierungen und den weißen Flecken leuchtete eindeutig etwas Blaues hervor. Das Blau eines Enteneis.

Eine Krähe auf dem Dach der Hütte krächzte, und durchs Fenster drangen Hahns beharrlicher Singsang »Nam-mo-oh-neh-toh-fu« und das Scheppern des Wok. Mei Ju kicherte. Was wäre es für ein Spaß, Hahn und Schatten mit Enteneiern zum Morgenreis zu überraschen! Laut auflachend trat sie aus der Lichtung ins knietiefe Gras.

Der Graben war etwa zwanzig oder dreißig Fuß entfernt, und auf halbem Weg erkannte Mei Ju, dass sie blauen Stoff und keine Eier erspäht hatte. Und weil niemand in Kräftige Raupe auf die Idee gekommen wäre, abgetragene Kleidung wegzuwerfen, die ja immer noch als Lumpen taugte, stand fest, dass die enteneiblaue Jacke und Hose, die sie dort sah, irgendjemanden bekleideten. Jemanden, der im Graben kauerte oder völlig reglos dalag. Abrupt blieb sie stehen und erwog, ob sie weitergehen sollte.

Weder ein spielendes Kind noch ein Verbrecher würde ein so schlechtes Versteck wählen, überlegte Mei Ju. Also war der Mensch im Graben vermutlich verletzt. Sollte sie sich die Zeit nehmen und zur Hütte zurückgehen, um Hahn und Schatten zu holen? Oder sollte sie lieber um Hilfe rufen? Ai, und wenn man ihr die Schuld an dem Unfall gab, der sich anscheinend zugetragen hatte? Der Teil der Straße, den sie überblickte, war jedenfalls menschenleer. Bestimmt waren schon alle Leute zum Morgenreis nach Hause gegangen. Wenn sie später auf die Felder zurückkehrten, würde bestimmt auch ein anderer das Blau bemerken und stehen bleiben. Oder es nicht weiter beachten, was auch sie am liebsten getan hätte. Oder feststellen, dass jede Hilfe zu spät kam. Vielleicht war es ja bereits zu spät.

Ratlos ließ sich Mei Ju auf einen Felsen neben ihr sinken, sprang aber sofort wieder auf, weil er so heiß war – und weil sie sich an all die Gelegenheiten erinnerte, bei denen sie es versäumt hatte, anderen zu helfen. Hastig kämpfte sie sich weiter durch das hohe Gras und durch das dichte Gewirr ihrer Unsicherheiten und Ängste.

Als sie zu dem Graben gelangte, erkannte Mei Ju Yun Yun, obwohl ihr Hut verrutscht war und ihr Gesicht halb bedeckte. Beim Anblick der leeren Körbe und der Tragestange vermutete Mei Ju, dass Yun Yun zu den Feldern unterwegs gewesen war.

Der Hang zwischen Straße und Graben war nicht besonders steil oder hoch, aber er war mit scharfkantigen Steinen übersät. Yun Yuns eine Wange war aufgeschürft, ihre Hände waren mit kleinen Wunden bedeckt, und ein Hosenbein war vom Knie bis zum Saum aufgeschlitzt. Die bloße Haut war voller Blut. Blut und Fliegen.

Auch Ameisen und anderes Getier krabbelten auf Yun Yuns Körper herum. Aber nicht einmal ihr Augenlid zuckte. Kein Finger regte sich. Noch beunruhigender war, dass sich Yun Yuns Brust unter Mei Jus starrem Blick kein bisschen hob und senkte.

Mei Ju, die zögerte, zu einer Toten hinabzuklettern, rief mit piepsiger Stimme: »Yun Yun!« Yun Yun rührte sich nicht. Aber Mei Ju hatte ihre Worte ja selbst kaum gehört.

Sie holte tief Luft und versuchte ihrer Kehle einen lauteren Ruf abzuringen, doch es ging nicht. Immer wieder probierte sie es, aber vergebens. Schließlich ließ sie sich ins Gras sinken und kroch vorsichtig in den Graben hinunter.

In den letzten Lebensmonaten ihres Großvaters hatte Mei Jus Mutter erzählt, sie habe seine Lebensgeister mit Weißblütenöl wieder geweckt. Dessen eingedenk pflückte sie eine Hand voll von dem duftenden Geißblatt, zerrieb die Blüten zwischen den Fingern, um die Wirkung zu verstärken, kauerte zitternd neben Yun Yun nieder und hielt ihr die Blüten unter die Nase.

Wie aus weiter Ferne nahm Yun Yun Glückskinds Moschusduft wahr.

»Glückskind?«, hauchte sie.

»Mei Ju.«

Mei Ju, die Jungfer? Yun Yun schlug die Augen auf und blinzelte, vom Lichtkranz geblendet, der einen Hut und ein Gesicht, Mei Jus Gesicht, umgab.

»Du bist gestürzt.«

Jäh kehrten Yun Yuns Erinnerungen zurück und mit ihnen stechende Schmerzen und überwältigende Angst wegen ihrer leeren Körbe.

»Ich muss gehen.«

Unter Mei Jus Protest und von ihr gestützt, kämpfte sich Yun Yun den Abhang hinauf. Die Lippen hielt sie fest zusammengepresst, obwohl sie bei der kleinsten Bewegung, der zartesten Berührung am liebsten laut aufgeschrien hätte.

Wenigstens hatte die Wunde am Bein aufgehört zu bluten, sagte sich Yun Yun. Wenigstens war nichts gebrochen. Aber ihr ganzer Körper schmerzte. Noch schlimmer als ihre Wunden und die Erschöpfung, die zu ihrem Sturz geführt hatte, war die Angst, jemand könnte sie mit Mei Ju sehen.

Als sie schließlich oben angelangt waren, zwang sich Yun Yun, ohne Hilfe zu stehen, und keuchte: »Ich danke dir, jetzt kann ich allein weiter.«

Doch sie konnte ein Stöhnen nicht unterdrücken. Mei Ju, die die Tragestange aus dem Graben geholt hatte, ließ sie wieder fallen.

»Ich will deinen Schwiegervater und deinen Mann bitten, dich mit einer Sänfte nach Hause zu bringen«, drängte sie.

»Nein.«

Durch ihre Angst klang Yun Yuns Ton barscher als beabsichtigt, und Mei Ju zuckte zusammen.

Reue ergriff Yun Yun, und sie versuchte nun gar nicht mehr, sich zu verstellen. »Du bist sehr freundlich. Aber ich werde nur bestraft, wenn ich mit dir zusammen bin – und wenn ich das Reisig, das ich sammeln sollte, nicht nach Hause bringe. Außerdem werden sie mich schelten, weil ich so lange brauche. Wahrscheinlich auch, weil ich gestürzt bin.«

»Keine Sorge.« Mei Ju deutete auf die Sonne, die hoch am Himmel stand, und den dunklen Rauch, der aus den Häusern im Dorf und der Hütte der Freundinnen aufstieg. »Vor neugierigen Blicken bleiben wir verschont, bis der Morgenreis vorbei ist. Und wir haben genügend Reisig. Es reicht, um deine beiden Körbe zu füllen.«

Sie lächelte einladend. »Also komm in unsere Hütte, wasch dich, iss etwas, und ruh dich gründlich aus.«

Als Yun Yun Mei Jus Worte hörte, erinnerte sie sich, wie Schattens Mutter sie damals im Regen gedrängt hatte, in der Hütte Zuflucht zu suchen. Auch sie hatte behauptet, es gebe keinen Grund zur Sorge, und als Yun Yun die Einladung annahm, hatte sie sich nur Prügel eingehandelt.

Doch Yun Yun verließen die Kräfte, ihre Knie drohten nachzugeben. Und die Aussicht, sich zu waschen, etwas zu essen und auszuruhen, war nur allzu verlockend, mochte die Gefahr auch noch so groß sein. Yun Yun erwiderte Mei Jus Lächeln und murmelte ein inniges »Danke«.

Mei Ju bestand darauf, Stange und Körbe später zu holen, damit sie Yun Yun auf dem kurzen Weg zur Hütte begleiten konnte. Und Yun Yun, schwer auf sie gestützt, erkannte, wie klug Mei Ju und wie dumm ihre Behauptung gewesen war, sie könne ohne Hilfe laufen. Und sie nahm dankbar zur Kenntnis, dass Mei Ju sie durch unablässiges Geplauder von ihrem Schmerz abzulenken versuchte. Schatten und Hahn zeigten sich nicht weniger freundlich. Sie unterdrückten ihr Erstaunen, hießen Yun Yun herzlich willkommen und stellten sogleich eine Schüssel Wasser zum Waschen und sogar frische Kleider bereit, die sie vorübergehend anziehen konnte.

Die Hütte selbst hatte sich vollkommen verändert, seit Yun Yun sie zum letzten Mal gesehen hatte. Sie war zwar noch klein, kärglich eingerichtet und dunkel, aber nun herrschte makellose Sauberkeit und Ordnung. Stränge von farbenprächtigem Seidengarn, Schals, Gewänder und leuchtend gefärbte Seidenstoffe verliehen dem einfachen Raum Glanz. Die Luft war erfüllt vom Duft der Sandelholzräucherkerze, die vor der Göttin Guanyin brannte, und dem intensiven Geruch nach Essig, Knoblauch und Ingwer, der den Schälchen mit eingelegtem Kohl, Salzfisch, langen Bohnen und Erbsenschoten auf dem Tisch entströmte.

Yun Yun, der das Wasser im Mund zusammenlief, setzte sich voller Vorfreude auf den Hocker, den Schatten für sie bereitstellte, und heftete den Blick auf Hahn, die den Deckel des Reistopfs abnahm und das Essen austeilte.

Wie Yun Yun bald bemerkte, schöpfte sie nicht aus dem Vollen und füllte die Schalen nicht bis zum Rand, weil der Reis sonst nicht für vier gereicht hätte.

Verlegen stammelte Yun Yun: »Ich habe keinen Hunger.«

Mei Ju versuchte gar nicht erst den Eindruck zu erwecken, als herrsche Überfluss, und sprach aus, was Yun Yun bereits beobachtet hatte: »Wir haben nicht viel. Aber Hahn hat von unseren Schalen ein paar Löffel voll übrig behalten, um eine für dich zu füllen. So haben wir alle zu essen.«

Yun Yuns Magen knurrte vernehmbar.

Mei Ju lächelte. »Also ist das abgemacht.«

Yun Yuns Sorge um die Mägen der Freundinnen wetteiferte mit ihrem eigenen quälenden Hunger.

»Jedenfalls haben wir größeres Verlangen nach Besuch als nach Reis«, ermunterte Schatten Yun Yun.

Mit einem dankbaren Seufzer ergriff Yun Yun die Schale, die Hahn ihr reichte. Mei Ju nahm mit ihren Stäbchen Erbsenschoten und legte sie in Yun Yuns Schale. Schatten fügte etwas Salzfisch hinzu, Hahn ein paar Bohnen.

»*Sik faan*, esst Reis!«, riefen sie im Chor.

Yun Yun erwiderte die freundliche Aufforderung und fiel über das Essen her. Als auch die drei Freundinnen nach ihren Schalen griffen, erinnerte Schatten Yun Yun daran, dass sie früher Nachbarinnen gewesen waren.

»Wahrscheinlich erkennst du mich gar nicht mehr.« Zum Scherz kniff sich Schatten in ihre einst runden Wangen. »Schau, ich hab gar nichts mehr auf den Knochen.«

Yun Yun errötete und legte schuldbewusst die Stäbchen beiseite.

»Nein, nein«, rief Schatten. »Hör nicht auf zu essen.«

»Sie will nur damit prahlen, wie hart sie arbeitet«, scherzte Mei Ju.

Schatten kicherte. »Du kannst von Glück reden, dass du nicht bei unseren ersten Mahlzeiten zu Gast warst.«

Mei Ju lachte. »Keine von uns hatte je auf einem tragbaren Lehmherd gekocht, und unser Feuer war entweder zu groß oder zu schwach.«

»Ein paar Mal hätten wir fast das Dach in Brand gesteckt«, sagte Hahn. »Und lange bevor das Essen fertig war, waren wir von oben bis unten mit Ruß bedeckt. Jetzt weißt du, warum wir draußen kochen.«

Angesichts der guten Laune, der Großzügigkeit und Freundlichkeit, die sie hier erlebte, fühlte sich Yun Yun wie früher als kleines Mädchen im Kreis ihrer Familie, frei von Angst und unbeschwert. Und diese Freiheit genoss sie noch mehr als den Gaumenkitzel der Gerichte, die warm und tröstlich ihren Magen füllten. Am liebsten wäre sie nie wieder fortgegangen.

Um Yun Yun vor Klatschmäulern zu schützen, postierten sich Mei Ju und Schatten an den beiden Straßenbiegungen und gaben von dort aus Hahn Zeichen. Von ihrem Posten aus sah Mei Ju, wie Hahn im Eingang der Hütte darauf wartete, dass ihr beide bedeuteten, die Luft sei rein, um dann Yun Yun ziehen zu lassen. Als sie aber beobachtete, wie Yun Yun unter ihrer Reisiglast wankte, erkannte Mei Ju, dass sie Yun Yun keineswegs vor Gefahren schützen konnten. Im Grund ihres Herzens hatte Mei Ju das Gefühl, dass sie, indem sie Yun Yun wieder zu den Chous schickten, nichts anderes taten als Zweiter Onkel, der Älteste Cousine zum Sterben aus dem Haus getragen hatte.

Lange Zeit war Mei Ju so bedrückt, dass sie sich nicht vom Fleck rührte. Als sie schließlich in die Hütte zurückkehrte, hatte sich Schatten bereits über den Stickrahmen gebeugt, und Hahn ließ die Gebetsperlen durch die Finger gleiten und murmelte: »Nam-mo-oh-neh-toh-fu.«

An ihren eigenen Kummer als Ausgestoßene erinnert, schloss Mei Ju die Augen und atmete tief durch. Wie Balsam füllte der Duft der Räucherkerze, die vor dem Altar der Göttin brannte, ihre Lungen, und Mei Ju dachte an den Trost, der ihnen zuteil wurde, als sie am Tag ihres Gelübdes gemeinsam Guanyins Lied sangen.

Sie trommelte mit den Fingerknöcheln auf die Tischplatte und gab den Rhythmus vor. Schatten blickte von ihrer Stickerei auf, Hahn von ihren Gebetsperlen; und Mei Ju, erfreut, dass ihre Freundinnen sie gleich verstanden, nickte Hahn zu, sie solle mit dem Lied beginnen.

Hahn lächelte ihr zu und sang. Aber keineswegs den Anfang des Liedes, wie Mei Ju erwartet hatte, sondern die letzten Zeilen:

Geschmückt bin ich mit Jade und Opalen,
Die Mondperle krönt mich.
Sie, die mir treu nachfolgt,
Gewinnt unendlich viel;
Sie, die mutig verzichtet,
Gelangt ans höchste Ziel.

Verwirrt stimmten weder Mei Ju noch Schatten ein, und Hahn sang das Lied allein zu Ende.

»Wir haben nichts, worauf wir noch verzichten könnten«, rief Schatten dann. »Nichts.«

»Doch«, erwiderte Hahn äußerst erregt. »Wir haben uns selbst.«

»Uns selbst?«, fragte Mei Ju verständnislos.

»Ja, wir können uns selbst dem göttlichen Buddha überantworten, indem wir Nonnen werden.«

Sprachlos vor Erstaunen, fragte sich Mei Ju, ob sie recht gehört hatte.

»Wovon redest du?«, sprudelte Schatten hervor.

»Als wir uns entschlossen, unsere Haare hochzukämmen, haben wir nur an uns selbst gedacht. Jetzt begreife ich dank meiner Gebete, warum wir Ausgestoßene sind und warum mein Bruder die Gunst seines Gönners verloren hat. Aber es ist noch nicht zu spät, um den Weg einzuschlagen, den wir von Anfang an hätten wählen sollen. Dadurch wird alles Verlorene zurückgewonnen.«

»Du meinst, ins Kloster gehen.«

Entsetzt über Hahns Vorschlag, hoffte Mei Ju, dass Schattens heftige Antwort auf ihre Freundin so heilsam wirkte wie eine Ohrfeige bei einem hysterischen Anfall.

Aber Hahn strahlte. »Ja.« Schlimmer noch, sie erklärte, sie habe bereits ein Kloster ausgewählt, ein großes Nonnenkloster in dem Marktflecken flussabwärts. Und dann berichtete sie, was sie durch die Wandermönche von der Halle der Zehntausend Gnaden erfahren hatte.

»Natürlich war keiner der Mönche je innerhalb der Mauern von Zehntausend Gnaden. Männer haben dort keinen Zutritt. Aber das Kloster hat offenbar einen guten Ruf, der weit über seine Tore hinausgedrungen ist. Die besten Familien der Stadt rufen die Nonnen von Zehntausend Gnaden zu sich, um am Totenbett weiblicher Angehöriger zu singen und schlechte Einflüsse in den Straßen rund um ihre Häuser zu bannen. Viele Besucherinnen, Bittstellerinnen und Pilgerinnen können bezeugen, wie weitläufig das Gelände ist und wie schön die Gebäude sind.

Im Hauptgebäude findet man eine gewaltige Statue des göttlichen Buddha sowie kleinere Standbilder von Guanyin und anderen geringeren Gottheiten. Außerdem gibt es vier oder fünf kleinere Häuser, in denen die Nonnen schlafen, nähen und spinnen. Ich konnte natürlich nicht offen fragen, aber es hörte sich so an, als ob einige der Nonnen lesen und schreiben können. Und ich glaube und hoffe, dass sie ihre Zeit damit verbringen, die Sutras zu studieren.«

Keiner der Vorzüge, die Hahn aufzählte, besaß für Mei Ju auch nur die allergeringste Anziehungskraft. Hahn aber schien überglücklich, während sie auf und ab schritt und freudig erregt die Tugenden von Zehntausend Gnaden pries. Auch Schatten, die Hahn stumm ansah, unternahm keinen weiteren Versuch, die Begeisterung ihrer Freundin zu dämpfen. Hatte sie sich womöglich durch Hahns Feuereifer bestricken lassen?

Bei dem Gedanken, dass ihre beiden Freundinnen sie im Stich lassen könnten, packte Mei Ju die kalte Angst. Sie biss die Zähne zusammen, um nicht laut aufzuschreien, während Hahn mit ihrer Predigt fortfuhr.

»Auf jeden Fall steht dem Kloster eine Äbtissin vor, deren Frömmigkeit über jeden Zweifel erhaben ist. Aber sie führt kein starres Regiment. Natürlich müssen alle Nonnen dreimal täglich vor dem Buddha liturgische Gesänge singen. Aber sie können auch, so oft sie wollen, zu der Göttin der Barmherzigkeit oder einer anderen Gottheit beten. Die Nonnen gehen abwechselnd aus und erbetteln Reis, Obst und Gemüse …«

»Du hast doch gesagt, du hättest in deinem Leben schon genug gebettelt«, fuhr Mei Ju dazwischen, die nicht länger schweigen konnte.

»Darum geht es mir ja gerade. Ich war zu stolz.« Hahn nahm den langen dicken Zopf, der ihr auf dem Rücken baumelte, und hielt ihn mit beiden Händen in die Höhe wie eine Opfergabe. »Als wir das Ehelosigkeitsgelübde ablegten, weigerten wir uns, unsere Haare abzuschneiden und zu betteln. Wir sind alle drei zu stolz. Wir müssen es wie Guanyin machen und nicht nur unser Haar, sondern unser Leben opfern. Nur dann werden wir wahre Freiheit erlangen. Versteht ihr das?«

Mei Ju sah Schatten an und wartete unruhig auf ihre Antwort.

»Nein, ich nicht.«

Mei Ju war grenzenlos erleichtert. Aber aus Hahns Gesicht schwand die Freude, und ihre Blässe erinnerte Mei Ju an Großvaters Konkubine, als sie ganz allein aus dem Dorf hinausgewandert war.

»Ich gehe mit dir«, platzte Mei Ju heraus.

Schatten stockte der Atem. Hahn ergriff Mei Jus Hand.

»Kannst du Schatten helfen, das Licht zu sehen?«

»Nein«, erwiderte Mei Ju. Sie war zerknirscht, weil sie ihre Freundinnen irregeführt hatte. »Ich wollte nur sagen, dass ich dir auf der Reise Gesellschaft leiste.«

Hahn ließ Mei Jus Hand los, neigte den Kopf und ließ ihre Gebetsperlen durch die Finger gleiten. »Das ist nicht nötig. Guanyin wird mich begleiten.«

Mei Ju, die überlegte, was sie sagen oder tun konnte, um ihren Fehler wieder gutzumachen, biss sich auf die Lippen und zupfte an ihrem Kragen und den Knöpfen ihrer Jacke herum. Plötzlich schob Schatten den Stickrahmen beiseite, erhob sich, ging zum Altar und drückte im Vorübergehen Mei Jus Ellbogen.

Dankbar für die tröstliche Geste beobachtete Mei Ju, wie Schatten ihre letzten Einnahmen hinter der Statue der Göttin hervorholte und den Beutel in Hahns Richtung schwenkte, die über ihre Perlen geneigt dasaß. Die Münzen klingelten wie Tempelglocken, und als Schatten fragend die Brauen hochzog, nickte Mei Ju mit Nachdruck.

Schatten hielt Hahn den Beutel hin. »Nimm das als Abschiedsgeschenk.«

Hahn blickte auf, starrte den Beutel an und faltete beide Hände um die Gebetsperlen.

»Nimm wenigstens deinen Anteil«, drängte Schatten.

Hahns Finger krampften sich um ihre Perlen. »Ich brauche kein Geld.«

»Und was ist mit deiner Reise?«, gab Mei Ju zu bedenken.

»Nonnen betteln, vergiss das nicht! Hnnnh, wenn ich bedenke, was die Hausierer an unserer Arbeit verdienen, muss ich eigentlich gar nicht betteln. Einen von ihnen werde ich schon überreden, mich mitzunehmen.«

»Dann gib das Geld deinen Eltern und deinem Bruder«, beharrte Schatten.

»Ich besuche sie nicht mehr vor meiner Abreise. Es würde sie nur aufregen. Sobald ich Nonne geworden bin, wird Preisgekrönter ohnehin die Gunst seines Gönners wiedererlangen, und die Zukunft meiner Familie wird gesichert sein. Also brauchen sie die paar Münzen nicht. Aber ihr werdet sie brauchen.«

# ELSTERN SCHREIEN UND KRÄCHZEN

Mei Ju erwachte gewöhnlich vom Gezwitscher der Vögel, dem intensiven Duft nach Sandelholz, der den Gestank des Honigeimers überdeckte, dem Klicken von Hahns Gebetsperlen und ihrem leisen, stetigen Singsang »Nam-mo-oh-neh-toh-fu«.

Manchmal wachte Mei Ju aber auch vom leisen Rascheln und Ruckeln der Schlafmatte auf, wenn Hahn die Beine über die Bettkante schwang und mit den Füßen nach ihren Holzschuhen tastete. Da Mei Ju wusste, dass Hahn das Alleinsein am Morgen genoss, schlug sie nie die Augen auf und sagte kein Wort, sondern blieb still neben Schatten liegen, die immer als Letzte aufstand und noch tief und fest schlummerte.

Die Henne kannte solche Rücksicht nicht. Da sie sicherheitshalber die Nacht in einem Käfig in der Hütte verbrachte, begann sie zu gackern und gegen die Bambusstäbe zu picken, sobald Hahns Holzschuhe über den harten Lehmboden klapperten.

»Schsch, sei still jetzt«, bat Hahn und beschleunigte ihren Schritt.

Bald hörte Mei Ju, wie der Käfig geöffnet wurde, wie die Krallen der Henne scharrten, als sie heraushüpfte, wie Hahn behutsam die Querstange anhob und den Schnappriegel öffnete. Schließlich quietschte die Tür, die sacht aufgestoßen wurde, beide traten ins Freie und gingen zum Gemüsebeet.

Wie Hahn berichtete, folgte ihr die Henne auf dem Fuß, wenn sie mit der Schöpfkelle voller Sorgfalt Wasser unter jede einzelne Pflanze goss. »Ich sage euch, unsere Henne ist so barmherzig wie die Göttin, die sie uns geschenkt hat. Sie frisst nur die Käfer, die das kalte Wasser erschreckt und die ohnehin kränkeln und sterben würden.«

Als Mei Ju nun beobachtete, wie Schatten den kleinen Münzbeutel, den Hahn abgelehnt hatte, wieder in sein Versteck hinter Guanyin zurücklegte, erinnerte sich Mei Ju an die vielen Male, als die Henne vor ihren Augen völlig gesunden Insekten und Würmern nachgestellt und sie aufgepickt hatte. Und sie hoffte, dass Hahn sich bei ihrem Entschluss, sich den Kopf zu scheren und Nonne zu werden, nicht ebenfalls etwas vormachte. Gewiss würde sich Hahn nicht von ihrem Weg abbringen lassen, und so versuchte Mei Ju es gar nicht erst, sondern begann den Abendreis vorzubereiten. Und auch Schatten und Hahn sprachen weder über Zehntausend Gnaden noch über irgendetwas anderes. Nicht vor dem Essen. Nicht während des Essens. Und auch nicht, als sie sich wieder an ihre Stickerei setzten.

Um diesem unbehaglichen Schweigen zu entrinnen, ging Mei Ju früh zu Bett. Schatten und Hahn folgten bald, zweifellos aus demselben Grund. Und Mei Ju, die zwischen ihren Freundinnen lag, spürte, dass sie sich, ebenso aufgewühlt wie sie selbst, hin und her warfen und vergeblich Schlaf suchten.

Wie sollte es auch anders sein? Zwar fuhren nicht selten Männer zum Markt, um Kokons oder Seidengarn zu verkaufen, aber Mei Ju kannte keine Frau, die je dort gewesen war. Als kleines Mädchen hatte sie gebannt den Erzählungen ihres Großvaters, Vaters oder ihrer beiden Onkel gelauscht, die von erstaunlichen Dingen berichteten: von Jongleuren und dressierten Affen, die auf den Straßen Kunststücke zeigten; von prachtvoll geschmückten Tempeln; von Läden, zum Bersten gefüllt mit Stoffballen, Möbeln, Töpferwaren, Matten, Kleidern und Zierrat in allen erdenklichen Farben, Formen und Größen. Als sie aber um Erlaubnis bat, Baba zum Markt zu begleiten, hatte Großmutter barsch entgegnet: »Anständige Mädchen und anständige Frauen bleiben zu Hause.«

Nun würde Hahn die Reise antreten. Allein. Um sich dem göttlichen Buddha als Opfer darzubieten, damit ihr Bruder und ihre Familie gerettet wurden. Worin bestand der Unterschied zu einem Selbstopfer in der Ehe? Oder zu der Tat Bak Jus, die sich dem Flussdrachen geopfert hatte?

Irgendwann, bevor der Morgen anbrach, fiel Mei Ju schließlich in unruhige Träume – aus denen sie durch Vogelgezwitscher und Schattens gleichmäßigen Atem geweckt wurde. Undeutlich spürte sie heiße Sonnenstrahlen auf ihren Fußsohlen und bemerkte, dass die vom Gestank des Hühnermists und ihrer eigenen Ausscheidungen geschwängerte Luft schwer und feucht war. Von der Frische des Morgens war nichts zu spüren, und Mei Ju vermisste den Duft des Sandelholzrauchs. Als sie sich den Schlaf aus den Augen rieb, blinzelte sie in goldenes Licht, das durchs Fenster hereinströmte, weil wegen der sommerlichen Hitze die Fensterläden offen standen. Warum war dann Hahn noch nicht vom Wässern des Beetes zurück? Und wenn sie noch damit beschäftigt war, warum hörte man dann nicht das Klappern von Schöpfkelle und Eimer?

Verschlafen stützte sich Mei Ju auf die Ellbogen und ließ den Blick durch die Hütte schweifen. Der Hühnerkäfig war leer. Vor der Göttin brannte keine frische Räucherkerze. Der Querriegel der Tür lehnte an der Wand. Daneben standen die beiden Wassereimer und das Schulterjoch. Auf dem Tisch lag das rote Lackkästchen, in dem Hahn Tuschestift, Tuschestein, Pinsel und Papier aufbewahrte.

Natürlich! Darum hatte Hahn noch nicht das Beet gewässert, darum hatte sie Guanyins Altar noch nicht gesäubert und noch nicht gebetet. Sie hatte sich mit Kalligraphie beschäftigt, um innerlich zur Ruhe zu kommen. Oder sie hatte zum Gedenken an ihre Entscheidung einen Zweizeiler gedichtet. Oder sich wie Preisgekrönter an einem Aufsatz versucht.

Die Neugier verscheuchte die Schläfrigkeit, Mei Ju sprang aus dem Bett und lief barfuß, um nachzusehen – hielt aber jäh inne und fragte sich, wo Hahn wohl stecken mochte. Ängstlich überlegte sie nun, was Hahn geschrieben haben mochte, und trat erst einmal den Rückzug an, um in ihre Holzschuhe zu schlüpfen. Dann näherte sie sich mit langsamen Schritten wieder dem Tisch.

Aber die Hütte war zu klein, um die Sache lange hinauszuzögern, und schließlich sah und las Mei Ju Hahns Brief, in dem sie erklärte, sie wolle Kräftige Raupe verlassen, solange das Dorf noch schlief:

»So kann ich uns den Kummer eines langen Abschieds ersparen und dafür sorgen, dass meine Abreise kaum bemerkt wird.«

Unsicheren Schritts trat Mei Ju an den kleinen Altar, leerte die kalte Asche aus dem Weihrauchgefäß und entzündete neues Räucherwerk. Als der wohlriechende Rauch aufstieg und die Göttin umhüllte, betete Mei Ju um sanfte Winde, die Hahn zu Zehntausend Gnaden und zu dem Frieden tragen sollten, den sie suchte.

Als Yun Yun die Hütte der Jungfern verließ, hatte Hahn sie ermahnt, vorsichtig zu gehen, und Mei Ju und Schatten hatten sie ermuntert: »Du bist uns immer willkommen.« – »Komm bald wieder.« Dass ihr Besuch unbemerkt blieb, erschien Yun Yun jedoch als seltenes Geschenk des Glücks, und noch einmal wollte sie das Schicksal nicht versuchen.

Aber Yun Yun dachte oft an die gemeinsam verbrachte Zeit. Und wenn sie sich an die kleinen und großen Freundlichkeiten der Freundinnen erinnerte, sang sie lautlos:

Ihr habt mich mit eurer Fürsorge gewickelt,
Ihr habt mich mit eurem Wohlwollen gesäugt.
Wahres Mitgefühl ist mehr wert als Gold,
Des euren werde ich ewig gedenken.

Die Jungfern verließen die Hütte nicht immer gemeinsam. Und so bemerkte Yun Yun ebenso wenig wie die übrigen Dorfbewohner, dass Hahn fort war. Sie erfuhren es erst, als der Hausierer Knirps wieder in Kräftige Raupe anlegte.

Die Hausierer lockten ihre Kunden häufig mit Nachrichten aus anderen Dörfern, dem Marktflecken und manchmal sogar aus der Provinzhauptstadt an. Knirps – dessen Silberzähne funkelten, während seine buschigen Augenbrauen hüpften – verkündete, er habe Neuigkeiten über jemanden, der aus Kräftige Raupe stamme. Fast einen ganzen Tag lang ließ er vor einer wachsenden Kundenschar Andeutungen fallen, bis er endlich verriet, dass er Hahn zur Halle der Zehntausend Gnaden gebracht hatte, einem großen Nonnenkloster im Marktflecken flussabwärts.

Yun Yun, die unablässig auf den Feldern und im Raupenhaus der Chous arbeitete, hörte es nicht aus seinem Mund, sondern von ihren Schwiegereltern und ihrem Mann, die Knirps' Worte, seine Pausen, sein Mienenspiel und seine Gesten in allen Einzelheiten durchhechelten. Tatsächlich verhielt sich das ganze Dorf ähnlich, und Yun Yun hörte das Gerede über Hahn noch lange, nachdem Knirps weitergezogen war.

»Schade, dass sie sich nicht von Anfang an den Kopf geschoren hat, bevor sie Schande über ihre Familie gebracht und die Zukunft ihres Bruders zerstört hat.«

»Vielleicht hat sie aus Scham darüber den rechten Weg eingeschlagen.«

»Kann sein. Aber andererseits, wer weiß, ob sie tatsächlich auf dem rechten Weg ist.«

»Was meinst du damit?«

»Woher willst du wissen, ob sie anstatt im Kloster nicht in einem Freudenhaus gelandet ist?«

»Hnnnh, da könntest du Recht haben.«

»Dieser Knirps behauptet, er habe ihr kein Fährgeld abverlangt. Vielleicht nicht in bar. Aber würdest du darauf wetten, dass er die Finger von ihr gelassen hat?«

»An diesem Huhn ist aber nicht viel dran!«

»Macht nichts, er kann sich immer noch auf die Dicke freuen.«

»Sie ist nicht mehr dick.«

»Stimmt. Knirps kann nur hoffen, dass sie bald das jungfräuliche Leben aufgibt.«

»Das wird sie. Und die andere auch.«

»Nein!«, wollte Yun Yun schreien. »Nein!«

Aber sie wagte es nicht. Stattdessen klagte sie lautlos:

Hütet euch, Schwestern,
Elstern schreien und krächzen vor eurer Tür.

Verschließt eure Ohren, Schwestern,
Schwestern, bleibt stark.

Mei Ju fiel auf, dass Schatten nach wie vor Reis für drei kochte. Im Bett lagen beide auf ihrem gewohnten Platz. Nicht einmal im Schlaf streckten sie die Glieder über die gewohnten Grenzen aus. Und Mei Ju lauschte, wenn sie erwachte, jedes Mal auf Hahns morgendliche Verrichtungen, bis ihr wieder einfiel, dass ihre Freundin fort war.

Aufs Neue betrübt, sprang Mei Ju dann aus dem Bett und beschäftigte sich mit Hausarbeiten. Aber die ersten Pflichten des Tages waren Hahn zugefallen, und Mei Ju, die sie schmerzlich vermisste, beeilte sich, diese Arbeiten hinter sich zu bringen, um sich ihren eigenen Aufgaben zu widmen. Denn bei den vertrauten Handgriffen konnte sie eine Zeit lang so tun, als hätte sich nichts verändert, als wüte nicht boshafter Klatsch im Dorf wie eine Feuersbrunst.

Jedes Mal, wenn sie ihre Hütte verließen, stellte Mei Ju fest, dass das Gerede immer hemmungsloser und verleumderischer wurde, und sie fürchtete, dass Preisgekrönter nun mehr denn je Gefahr lief, seinen Platz an der Schule der Lou-Sippe zu verlieren. Zu Schatten sagte sie: »Hahns Eltern jedenfalls denken so. Ich habe gerade gehört, dass sie ihr vorwerfen, sie habe ihre Reisschale für immer zerschlagen.«

»Ich auch.« Seufzend knüpfte Schatten das Bündel mit neuen Aufträgen auf, das sie abgeholt hatten. »Wäre ich doch nur schneller gewesen oder wäre Hahn nicht gegangen, bevor ich mit der Idee erwachte! Dann hätten wir gemeinsam einen Brief an den Gönner von Preisgekröntem aufsetzen können, in dem wir erklären, warum sie sich entschlossen hat, Nonne zu werden. Sie hätte ihn vom Marktflecken aus abschicken können, so dass die Leute denken, sie hätte einen Schreiber beauftragt. Besser noch, sie hätte ihre Äbtissin bitten können, ein paar Worte hinzuzufügen. Dann hätte der Gönner von Preisgekröntem Hahns Eltern wegen der guten Unterweisung gepriesen, die Klatschmäuler hätten ihre Zunge gehütet, und der Platz von Preisgekröntem in der Schule und die Zukunft der Familie wären nie in Gefahr geraten.«

»Hahn ist klug und vorausblickend. Wahrscheinlich kommt sie selbst auf die Idee, sobald sie sich an ihr neues Leben in Zehntausend Gnaden gewöhnt hat«, meinte Mei Ju hoffnungsvoll.

»Ein Brief könnte Preisgekröntem helfen. Aber das Gerede ist so giftig geworden, dass die Leute nur noch das Schlechteste von uns denken wollen.«

# EIN WUNDER

Mei Ju stand morgens nun als Erste auf, und während sie den Querriegel anhob, tanzte ihr die Henne um die Füße. In dem Augenblick, da die Tür ächzend einen Spalt breit aufging, drängte sie glücklich gackernd ins Freie, dann öffnete sich die Tür ganz, und Mei Ju folgte ihr.

In diesem Moment schlug etwas gegen ihren Kopf, ihre Schultern, ihre Füße. Zwar waren es leichte Schläge, aber sie kamen so überraschend, dass Mei Ju einen durchdringenden Schrei ausstieß und einen Satz rückwärts machte. Die Henne flatterte auf und gackerte wütend. War sie auch getroffen worden?

Schatten sprang aus dem Bett und eilte Mei Ju zu Hilfe: »Was ist?«, rief sie. »Bist du verletzt?«

Mit wild pochendem Herzen und einem Stechen im Magen schlug Mei Ju die Tür zu und bückte sich nach dem Querriegel, ließ ihn aber in ihrer Hast fallen.

Mit einer flinken Bewegung griff Schatten nach dem Riegel, schob ihn vor die Tür und rückte einen Hocker für Mei Ju zurecht. »Hier, setz dich.«

Von Schatten gestützt, sank Mei Ju auf den Hocker. Voller Angst fragte sie sich, ob der Riegel zur Abwehr des Angreifers ausreichte, ob es mehr als einer war, warum die Henne nicht mehr gackerte. Durch diesen Wirrwarr von Gedanken und Ängsten spürte sie, wie Schattens Hände mit breiten, besänftigenden Bewegungen über ihren Rücken strichen. Allmählich beruhigte sie sich unter Schattens Berührungen, bis sie schließlich die Sprache wiederfand.

»Etwas hat mich geschlagen – vielleicht auch unsere Henne.«

»Hast du jemanden gesehen?«

»Nein. Ich habe auf die Henne geschaut, damit ich nicht über sie stolpere.«

Schatten ging um Mei Ju herum zur Tür und legte das Ohr an die rauen Holzbretter.

»Ich kann nichts hören. Aber das heißt nicht, dass nicht doch jemand draußen ist.«

Als Schatten sich wieder zu Mei Ju umdrehte, hielt sie inne und fasste sich mit beiden Händen an den Kopf.

»Ai!«

Beunruhigt erhob sich Mei Ju.

»Schau!« Kichernd deutete Schatten auf die Wand gegenüber der Tür.

Völlig verwirrt wirbelte Mei Ju herum. Beim Anblick der offenen Fensterläden wurde sie blutrot wie die Streifen am Morgenhimmel. Was für eine Närrin war sie doch, dass sie geglaubt hatte, hinter der verriegelten Tür seien sie sicher! Oder dass jemand sie angriffe, wo doch jeder Übeltäter durchs Fenster hätte einsteigen können, während sie und Schatten schliefen!

»Aber ich wurde tatsächlich geschlagen.« Mei Ju tippte sich links an den Kopf, die Schulter, den Fuß. »Da und da und da.«

Schatten beruhigte sie. »Alle haben vorhergesagt, dass unsere Reparaturen nicht standhalten. Vielleicht ist ein Teil vom Dach auf dich herabgestürzt.«

Schatten und Mei Ju drehten sich gleichzeitig um ihre Achse und inspizierten das Dach über ihren Köpfen.

»Sieht ganz gut aus, aber wir sollten es uns lieber von draußen ansehen«, meinte Schatten.

Die Vernunft sagte Mei Ju, dass hinter der Tür niemand lauerte. Dennoch krampfte sich ihr der Magen zusammen, als Schatten den Querriegel hob und die Tür öffnete.

Mei Ju, die ängstlich durch halb geschlossene Augen spähte, sah niemanden. Doch der Weg war mit kurzen, schlanken, rotbraunen Stäben übersät, die nicht aussahen, als würden sie zum Dach gehören. Mei Ju hielt die Luft an. Knallfrösche? Nein, anders als Knallfrösche waren die Stäbe paarweise mit Schnüren zusammengebunden. Außerdem pickte die Henne vergnügt bald an dem einen, bald an einem anderen der Dinger.

»Würstchen?« Schatten hob rasch ein Paar auf. »Das sind Würstchen! *Lap cheung*, geräucherte Würstchen.«

»Weg mit dir!«, rief Schatten und setzte der Henne nach, die gackernd und flügelschlagend floh und eine Spur Daunen und Federn hinter sich ließ.

Mei Ju hätte Schatten gern geholfen, die Würstchen aufzusammeln. Aber von einer ehrfurchtsvollen Scheu ergriffen, blieb sie auf ihrem Hocker sitzen. Vielleicht hatte Hahn ja doch Recht gehabt, als sie behauptete, ihre Henne und die schwarze gummierte Seide seien direkt vom Himmel herabgekommen?

Schatten, beide Hände voller Würstchen, die fröhlich hin und her schwangen, kehrte in die Hütte zurück. »Anscheinend hat sie jemand über die Tür gehängt, damit sich keine Tiere daran vergreifen.«

Sie breitete die Würstchen auf dem Tisch aus. »Und du hast sie heruntergeworfen, als du die Tür geöffnet hast.«

»Ja«, murmelte Mei Ju.

Dennoch erschien ihnen diese Gabe wie ein Wunder.

Im vorigen Sommer hatte Yun Yun die Hocker für ihren Mann und ihre Schwiegereltern auf einmal auf die Straße hinausgetragen. Mittlerweile war sie so schwach, dass sie dreimal gehen musste. Wenn sie in die Küche zurückkam, um das Essen zu holen, das sie gekocht hatte, war sie so außer Atem, als hätte sie das ganze Dorf durchquert.

Der würzige Duft erfüllte Yun Yuns Nase und Lunge, und ihr Magen krampfte sich vor Verlangen zusammen. Wenn ihre Schwiegermutter nicht die Angewohnheit gehabt hätte, jeden Gemüsestängel, jedes Maß Reis und jedes Stück Fleisch abzuzählen, hätte Yun Yun sich gewiss ein paar Bissen in den Mund geschoben, während sie drei große Schalen mit dampfendem Reis, Senfkraut und *ju yuk beng*, gebackenem Schweinefleisch, füllte. Da dies nicht möglich war, tat sie so, als würde sie essen, indem sie auf der Zunge und der Innenseite ihrer Wange herumkaute.

Seit dem frühen Nachmittag war die Luft im Haus dick und schwer wie Baumwollwatte. Und während Yun Yun ihren Schwiegereltern und ihrem Mann den Abendreis servierte, strömten auch andere Familien aus den Häusern, um auf der Straße zu essen und dann noch ein wenig zu verweilen, zu tratschen, zu rauchen und sich mit Palmwedelfächern Kühlung zu verschaffen, bis die Müdigkeit sie in ihre Betten trieb.

In Zwillingshügel hatte Yun Yun diese Sommerabende genossen, wenn sich die ganze Straße wie eine große Familie traf. Glückskind hatte sie dann immer an der Hand nehmen und ins Mädchenhaus schleppen müssen. Um nicht der Schamlosigkeit bezichtigt zu werden, hielt Yun Yun den Kopf stets gesenkt. Und wenn Frauen und Kinder aus der Nachbarschaft sie grüßten, antwortete sie nur mit einem leichten Nicken und einem unverständlichen Murmeln.

Daher war sie jetzt erleichtert, als sie die letzte peinigende Schale voll Reis, Gemüse und Fleisch aufgetragen hatte und sich ins Raupenhaus zurückziehen konnte, um Maulbeerblätter für die Raupen zu zerkleinern und ein paar der harten, bitteren Blätter für sich zu stibitzen.

Das einzige kleine Fenster, hoch oben an der hinteren Wand, musste zum Lüften geöffnet bleiben, und während ihr Hackmesser niedersauste, die Raupen knirschend fraßen und sie selbst entschlossen kaute, hörte Yun Yun – die auf die herrische Stimme ihrer Schwiegermutter lauschte – das leise Klappern von Stäbchen und Schalen und Fetzen von heiterem Geplauder. Jedes Mal, wenn Alte Frau Chou rief, ließ Yun Yun alles stehen und liegen, zwang sich, den bitteren, rauen Blattbrei hinunterzuschlucken, und eilte, so rasch sie konnte, hinaus, um Schalen aufzufüllen, Tee, Pfeife, Fächer zu reichen. Und so häufig waren die Störungen und so zäh die Blätter, dass es Yun Yun nie gelang, mehr als ein halbes Dutzend zu entwenden. Ihr schmerzender Bauch rumorte und verkrampfte sich unentwegt. Als schließlich die Raupen gefüttert waren, ging sie, mit der widerwilligen Erlaubnis ihrer Schwiegermutter, in die Küche, um ihren ärgsten Hunger mit den mageren Überbleibseln zu stillen.

Yun Yun goss eine Schale Wasser in den Reistopf und kratzte den Boden, so gut es ging, ab. Da sie für sich selbst kein Feuer im Herd entfachen durfte und ohnehin zu müde und zu hungrig war, um sich noch länger zurückzuhalten, stürzte sie hastig das lauwarme Wasser mit den paar Reiskörnern hinunter. Aber sie zwang sich, den Rest der Mahlzeit in die Länge zu ziehen. Sie fuhr mit jedem einzelnen der drei Stängel Senfkraut durch die Tupfer erstarrten Fetts, die von dem gebackenen Schweinefleisch übrig geblieben waren, biss dann immer nur einen winzigen Happen ab und kaute langsam.

Wie so oft, wenn sie aß, dachte Yun Yun an den Rat ihres Vaters: »Eine Pflanze muss bei richtiger Pflege vor der Blüte und nachdem die Frucht gereift ist, gedüngt werden.« Gewiss benötigte eine Frau nicht weniger. War das der Grund, warum kein Kind in ihr wuchs, obwohl ihr Mann immer wieder über sie herfiel? Aber was sollte sie tun?

Die Jungfern hatten großzügig getrocknete Erdnüsse aus ihrem Gemüsegarten unter dem Reisig versteckt, das sie ihr mitgegeben hatten. Aber Alte Frau Chou war in die Küche gekommen, als Yun Yun die Körbe auslud, und hatte die Erdnüsse mit der Behauptung an sich genommen, sie stammten aus den Vorräten der Familie. Yun Yun durfte nicht zugeben, dass sie bei den Jungfern gewesen war. Außerdem hätte ihr Widerspruch nur Prügel eingebracht. Also hatte Yun Yun geschwiegen. Auch unternahm sie keinen Versuch, sich von ihren kleinen Ersparnissen Nahrungsmittel zu kaufen, weil sie wohl ebenso wenig in ihren Magen gelangt wären wie die Erdnüsse der drei Freundinnen.

Als sie das letzte bisschen Gemüse verzehrt hatte, leckte Yun Yun den Wok aus, in dem sie gekocht hatte. Ebenso verfuhr sie mit den Schalen ihrer Schwiegereltern und ihres Mannes. Anschließend trug sie das Geschirr zum Spülen in den Hof. Jenseits der Mauer lernten die Bewohnerinnen des Mädchenhauses ein Klagelied. Witwe Lou sang jede Zeile einzeln vor, und die Mädchen wiederholten sie. Yun

Yun ließ sich auf den Hocker vor dem Spüleimer nieder und stimmte lautlos mit ein.

Mit müden Augen halte ich Ausschau,
Aber meine Lieben kommen nicht.
Mit sehnsüchtigem Ohr lausche ich,
Aber ich höre ihre Schritte nicht.
Nein, niemals sehen wir uns wieder.

Die zittrige Stimme der alten Witwe und Yun Yuns Sehnsucht nach ihrer Familie und Glückskind in Zwillingshügel verstärkten noch die Wirkung der gefühlvollen Worte. Nach nur fünf Zeilen brach Yun Yun in herzzerreißendes Schluchzen aus, das Witwe Lou, die Mädchen, einfach alles übertönte – nur ihr Elend nicht.

Wie lange sie weinte, wusste Yun Yun nicht. Aber als sie sich so weit erholt hatte, dass sie mit dem Abwasch weitermachen konnte, war der Gesang vorbei, und Witwe Lou erzählte den Mädchen eine Geschichte:

»Es war einmal eine fromme Ehefrau, die ihren Gemahl um Erlaubnis bat, in ein Kloster eintreten zu dürfen. Er lehnte es ab. Also fragte sie ihre Schwiegereltern. Aber auch sie schlugen ihre Bitte ab.

Daraufhin verweigerte sich die Frau ihrem Mann im Bett. Auch hörte sie auf, den Ahnen der Familie Opfer darzubringen, und erklärte: ›Ich diene niemandem außer dem göttlichen Buddha.‹

Der Mann und die Schwiegereltern scheuten die Mühe und die Kosten, eine andere Frau zu freien. Also schlugen sie die Frau, um sie zum Nachgeben zu zwingen. Aber die fromme Frau ließ sich nicht beirren. ›Ich diene niemandem außer dem göttlichen Buddha.‹

Wütend fielen Mann und Schwiegereltern gemeinsam über sie her. Aber bevor sie die fromme Frau auch nur anrühren konnten, versetzte sie der göttliche Buddha durch Zauberhand in ein Bergkloster.

Selbst dann zeigten der Mann, die Schwiegermutter und der Schwiegervater keine Reue. Erst viele Jahre später erkannten sie ihre

Schlechtigkeit und suchten das Bergkloster auf, um Vergebung zu erlangen.«

»Schwiegertochter!«

Die hohe, zornige Stimme verriet Yun Yun, dass ihre Schwiegermutter nicht zum ersten Mal nach ihr rief. Yun Yun hatte Witwe Lous Geschichte so gebannt gelauscht, dass sie den Ruf überhört hatte.

»Ich komme«, antwortete sie und ließ den Deckel, den sie spülte, platschend ins Wasser fallen.

»So, so, du kommst?«, keifte Alte Frau Chou, die in der Küchentür stand.

»Es tut mir Leid. Ich ...«

Alte Frau Chou schnitt ihr mit einer klatschenden Ohrfeige das Wort ab. »Es tut dir Leid, hah! Störrisch bist du, wolltest du wohl sagen? Und langsam! Und dumm! Zu dumm zum Lernen!«

Sie trat nach Yun Yun, so dass sie von dem niedrigen Hocker fiel.

»Geh sofort hinein, fülle drei Schalen mit Mandelcreme und bring sie nach draußen!«

Yun Yun rappelte sich vom Boden auf. Da spürte sie, wie sich die rasiermesserscharfen Fingernägel der alten Frau Chou in ihr rechtes Ohr bohrten und ihren Kopf zurückrissen. Der heiße Atem ihrer Schwiegermutter streifte ihre Wange.

»Sofort!«, kreischte Alte Frau Chou in Yun Yuns Ohr. »Nicht morgen! Sofort!«

Yun Yun verlor das Gleichgewicht und wäre beinahe wieder gestürzt, konnte sich aber mit einer Hand am Eimer, mit der anderen an dem umgestürzten Hocker festhalten, und sie fand gerade genug Halt, dass sie sich auf den Beinen halten und in die Küche stolpern konnte.

Während Yun Yun die Mandelcreme auftrug, hörte sie, wie Alte Frau Chou erklärte, Hahn habe, als sie sich den Kopf kahl schor und Nonne wurde, ihr früheres Gelübde, bei dem sie ihr Haar aufsteckte, gebrochen. Aber Yun Yun fand, wenn die fromme Ehefrau in Witwe Lous Geschichte Lob verdiente, weil sie Nonne geworden war, dann gebührte das auch einer frommen Jungfer wie Hahn. Und als Yun Yun in den Hof zurückkehrte, um das Geschirr fertig zu spülen, machte sie Hahn trotzig zur Heldin von Witwe Lous Geschichte.

In Yun Yuns Geschichte von der frommen Jungfer bewirkte Hahn selbst ein Wunder – so wie sie im wirklichen Leben Knirps überredet hatte, sie zum Kloster zu bringen. Aber Hahns Eltern und ihr jüngerer Bruder waren nicht die Einzigen, die am Ende Vergebung erflehten: Die Neinsager von Kräftige Raupe wurden ebenfalls im Kloster vorstellig – alle, mit Ausnahme der Chous.

»Nicht einmal der göttliche Buddha könnte ihr Herz bewegen«, murmelte Yun Yun verbittert.

Als sie aber den Eimer mit dem Schmutzwasser ausleerte, dachte Yun Yun an ihren jüngsten Bruder, der mit seinem hartnäckigen Heulen die Nachbarn bewogen hatte, sich für sie einzusetzen. Die Leute hatten Alte Frau Chou dazu gebracht, das Rechte zu tun. Konnte sich dieses Wunder wiederholen? Natürlich nicht mit Drittem Bruder, denn er war in Zwillingshügel, aber vielleicht mit den Bewohnerinnen des Mädchenhauses nebenan?

# ZUNGEN
# WIE SCHWERTER

Yun Yun hatte schon oft ohne guten Grund Prügel erduldet. Doch sie war bereit, noch einmal Schläge hinzunehmen – falls sie dann genug zu essen bekam, um eine Schwangerschaft zu überstehen. Am nächsten Abend stellte sie ihren Spüleimer und Hocker direkt neben die Mauer, die den Hof der Chous vom Mädchenhaus trennte, drückte die Wange gegen die rauen, sonnenwarmen Ziegel und sang mit angstvoller, verzweifelter, hoffnungsvoller Stimme den Bittgesang, den sie erdacht hatte:

Hört, Schwestern, ich bitte euch,
Diese Trauernde an,
Diese Trauernde,
Die so viel Unglück erleidet;
Diese Trauernde,
Fern von Eltern und Brüdern;
Diese Trauernde,
Die nichts tun kann, außer euch ihre Sorge anzuvertrauen.

Das Pochen in ihren Ohren war so laut, dass Yun Yun nicht sagen konnte, ob die Mädchen immer noch plauderten und spielten wie zu Beginn ihres Lieds. Ängstlich fragte sie sich, ob wenigstens eine von ihnen aufmerksam geworden war. Aber sie wagte nicht lauter zu singen, fürchtete sie doch, ihr Vorhaben zunichte zu machen. Da die Schwiegermutter ihr Lied jederzeit mit irgendeinem Befehl unterbrechen konnte, sang Yun Yun hastig weiter.

Hört, Schwestern, ich bitte euch,
Ich bin dem Tode nahe.
Ihr könnt die Schlinge um meinen Hals nicht lösen,
Aber lockern könnt ihr sie mit euren Liedern.
Hört, Schwestern, ich bitte euch,
Der Hunger verzehrt mich.
Schon hat er mein Fleisch verschlungen.
Jetzt nagt er an meinen Knochen.
Hört, Schwestern, ich bitte euch,
Singt von dieser Pein in euren Liedern,
Und wenn ich es euch nicht in diesem Leben vergelte,
Dann will ich es im nächsten Leben tun.

Mei Ju hob den Deckel vom Reistopf, und eine vom Duft der Würstchen gesättigte Dampfwolke stieg auf. »Wah, ich hatte schon vergessen, wie wunderbar *Lap cheung* riecht.«

»Ich nicht.« Schatten setzte die Bank ab, die sie gerade aus der Hütte getragen hatte, griff Mei Ju über die Schulter und stibitzte ein Stück, auf dem die schönsten Fettperlen glänzten.

»Diebin!« Mei Ju lachte und gab Schatten mit dem Reislöffel einen Klaps auf den Arm.

Schatten ließ das Würstchen in ihren Mund fallen. »Wo?«

Noch lauter lachend, füllte Mei Ju zwei Schalen mit Reis und Würstchen, während Schatten die Bank hochhob und zur Rückwand der Hütte schleppte. Mei Ju deckte den Topf ab und folgte ihr zu ihrem Stammplatz links vom Fenster, den sie gewählt hatten, damit sie sich an der Lehmwand anlehnen und durch das Fenster hineinklettern konnten, falls sie etwas vergessen hatten.

Im Purpurlicht der Dämmerung erkannte Mei Ju kaum noch die Umrisse der Bambussträucher, der Bäume am Rande der Lichtung und der Hügel dahinter. Vom Dorf her hörte man Lachen, Klagelieder. In der Nähe ertönte das Zirpen von Grillen und der schrille Ruf der Zikaden. Schatten nahm ihre Schale von Mei Ju entgegen und schnappte sich rasch ein weiteres Wurststück.

»Du bist wie eine Seidenraupe mit Händen«, scherzte Mei Ju.

Mehr müde als hungrig ließ sie sich gegen die Mauer sinken und wünschte wieder einmal, sie könnte sich ihren Reis durch Seidenspinnen verdienen und müsste sich nicht den ganzen Tag über den Stickrahmen beugen. Und als die Wärme der Wand durch ihre Jacke drang und die Verspannungen in ihren Schultern löste, dachte Mei Ju an die Zeit zurück, als sie sich gewünscht hatte, Schatten möge ins Mädchenhaus eintreten und ihre Freundin werden.

Grinsend schlug Schatten mit ihren Stäbchen gegen Mei Jus Schale. »Fang lieber an, sonst esse ich deine auch noch auf.«

Mei Ju grinste zurück, biss in ein Wurststückchen und spürte das Fett dick, warm und köstlich auf ihrer Zunge.

Da Yun Yun nicht wagte, den Befehl ihrer Schwiegermutter zu missachten, hatte sie nie mit den Bewohnerinnen des Mädchenhauses gesprochen. Aber sie hatte die Mädchen beim Kommen und Gehen beobachtet und aufmerksam gelauscht, wenn über sie gesprochen wurde. Deshalb konnte sie inzwischen nicht nur die Namen, Gesichter und Stimmen der Mädchen auseinander halten, sondern wusste auch, dass sie sich ihres Mitgefühls sicher sein konnte. Eine der Älteren, Blitz, hatte ihr sogar einmal im Vorübergehen ein Stück getrocknetes Rindfleisch zugesteckt. Das hatte sie so geschickt angestellt, dass Yun Yun kaum glauben konnte, was sie da in der Hand hielt, bis sie auf dem stinkenden Abtritt der Chous die Finger öffnete, den Schatz erblickte, in den Mund stopfte, den üppig lieblichen Geschmack genoss und jede Spur süßer Salzigkeit von ihrer Haut leckte.

Als eine Antwort auf ihren Hilferuf ausblieb, befürchtete Yun Yun, dass niemand sie gehört hatte. Außerdem überlegte sie angstvoll, dass jede Hilfe zu spät kommen könnte, wenn sie noch schwächer wurde. Also beschloss sie nach sechs langen Abenden des Wartens, ihre Klage zu wiederholen und diesmal lauter zu singen.

An jenem Nachmittag aber erwachten die Raupen aus ihrem tiefen Schlaf. Beinahe voll ausgewachsen, waren sie so lang wie Yun Yuns Daumen und so dick wie ihr kleiner Finger und mühten sich, zum letzten Mal ihre Haut abzuwerfen. Nach der Häutung waren sie am gefräßigsten, und Yun Yun wusste, dass sie sie bis spät in die Nacht füttern musste.

»Morgen«, schwor sie sich. »Morgen werde ich meine Klage wiederholen.«

Sie trug gerade den dritten Korb Blätter herein, als sie sah, dass die Raupen, die nun geschlüpft waren, sich aufrichteten, die Mäuler aufsperrten und mit wiegenden Bewegungen nach Futter verlangten. Rasch suchte Yun Yun die Tabletts nach Raupen ab, die noch in ihrer alten Haut steckten. Diese Tiere, ganz gleich ob sie sich noch wanden oder den Kampf aufgegeben hatten, würden die Nacht nicht überleben. Yun Yun nahm sie heraus und bedeckte die übrigen mit Maulbeerblättern.

Natürlich sollte sie die toten und sterbenden Raupen für die Fische in den Teichen der Chous aufbewahren, und weil es auffallen würde, wenn ungewöhnlich wenige im Eimer lagen, hütete sich Yun Yun, allzu viele zu essen. Vor ein paar Monaten hatte sie begonnen, sich Raupen zu nehmen, aber sie hatte es nur dann über sich gebracht, sie zu essen, wenn sie die Tiere zuvor mit dem Hackmesser tötete und sich einredete, es seien gekochte Schmetterlingspuppen. Jetzt nahm sie die sterbenden Raupen vom Tablett und steckte sie sofort in den Mund, und ihre einzige Sorge war, sich nicht erwischen zu lassen. Sie arbeitete planmäßig, nahm sich ein Tablett nach dem anderen, ein Regal nach dem anderen vor, und als immer mehr Kiefer die Blätter zu Brei zermalmten und die knirschenden Kaugeräusche lauter wurden, glaubte Yun Yun die Mädchen im Haus nebenan singen zu hören. Hoffnungsschauder liefen ihr über den Rücken, als sie ans Fenster eilte und sich direkt darunter stellte.

Schwiegermutter,
Beim Hahnenschrei springt Schwiegertochter aus dem Bett,
Beim zweiten Schrei ist ihr Gesicht gewaschen, ihr Haar gekämmt.

Beim dritten Schrei trägt sie dir Tee auf.
Du aber schätzt sie nicht.

Die Strophe konnte zwar auf jede beliebige Schwiegertochter zutreffen, aber üblicherweise richteten sich die Klagelieder an die Angehörigen der Braut und nicht an ihre Schwiegermutter. Aufgeregt klammerte sich Yun Yun an das roh gezimmerte Regal vor ihr.

Schwiegervater,
Du hast so viele Felder,
Du hast so viele Teiche,
Schwiegertochter arbeitet auf allen,
Und doch schätzt du sie nicht.

Diese Strophe traf schon eher zu, war aber immer noch recht allgemein. In der Hoffnung, dass die Klage deutlicher werde, krampfte Yun Yun die Hände noch fester zusammen, obgleich sich Holzsplitter in ihre Handflächen bohrten.

Ehemann,
Deine Frau kam zu dir lieblich wie eine Pfirsichblüte,
Und doch schätztest du sie nicht.
Du zerrtest sie an den Haaren,
Und fielst über sie her,
Jetzt gleicht die Blüte einer Toten.
Wer hat Erbarmen mit ihr?

Yun Yuns Herz pochte: Diese Zeilen trafen den Nagel auf den Kopf.

Nachbarn,
Macht die Augen auf und seht:
Schwiegertochter tut mehr als jede andere.
Dennoch isst ihr Mann die besten Bissen.
Schwiegermutter und Schwiegervater essen den Rest.

Nachbarn,
Macht die Ohren auf und hört:
Stimmen schelten, Stöcke schlagen.
Nachbarn,
Diese Sterbende könnte eure Tochter sein,
Wollt ihr sie nicht retten?

Die Mädchen sangen also tatsächlich über sie. Aber sie selbst, ihr Mann und ihre Schwiegereltern wurden nicht beim Namen genannt. Würden also die Leute, die draußen den Feierabend genossen, begreifen, dass die Mädchen sie zum Handeln aufforderten?

Diese Frau, die eure Tochter sein könnte,
Erduldet Tage schlimmer als im Kerker,
Nächte schlimmer als im Käfig.
Wir wollen unsere Zungen wie Schwerter schärfen
Und diese Frau wieder ans freie Licht bringen.

»Schwiegertochter, Tee!«

Die schrille Stimme der Alten Frau Chou durchschnitt den Gesang. Als Yun Yun aus dem Raupenhaus trat, hörte sie die Mädchen draußen auf der Straße laut und klar singen. Aber sie sah auch, dass niemand darauf achtete.

Gewiss, Yun Yun hatte von Anfang an gewusst, dass sie diesen Versuch auf gut Glück unternahm. Und sie war noch nicht bereit, die Hoffnung aufzugeben. Aber in ihrer tiefen Mutlosigkeit fand sie kaum noch die Kraft, die schwere grün glasierte Teekanne mit kochendem Wasser zu füllen und sie aus der Küche ins Freie zu tragen.

Als Yun Yun versuchte, ihrem Schwiegervater einzuschenken, ohne etwas zu verschütten, hielt sie den Atem an – die eine Hand wurde von der heißen Kanne versengt, während der Strohgriff die Splitter in der anderen Hand noch tiefer ins Fleisch trieb. Trotz äußerster Anstrengung konnte sie die Teekanne nicht ruhig halten.

Die Kanne schwankte, so dass Alte Frau Chou ein paar heiße Spritzer abbekam. Sie holte aus und schlug Yun Yun klatschend ins Gesicht. Taumelnd presste Yun Yun die Teekanne an die Brust, um sie nur nicht fallen zu lassen – und stürzte rückwärts. Beim Aufprall schlug sie mit dem Hinterkopf gegen die scharfe Kante einer Steinplatte. Der Deckel flog davon, heißer Tee versengte ihr Hände und Hals und durchtränkte brennend ihre dünne Baumwolljacke und ihre Unterwäsche. Mit einem Aufschrei ließ sie die Teekanne los, die davonkullerte, gegen irgendetwas prallte und zerbrach.

Vom Sturz benommen und erschrocken, versuchte Yun Yun aufzustehen. Aber eine dichte schwarze Wolke lastete auf ihr.

»Hühnerhände, Entenfüße!«, kreischte Alte Frau Chou.

»Du bist wirklich nichts wert!«, brüllte ihr Schwiegervater.

Dennoch fand Yun Yun nicht die Kraft, sich zu bewegen. Nicht einmal als die Schwiegereltern ihr gegen die Schenkel, die Schultern, den Kopf traten und befahlen, sie solle aufstehen und die Schweinerei beseitigen.

»Wai, nehmt euch in Acht«, warnte eine Frau.

»Wenn sie tot ist, nützt sie euch auch nichts mehr.«

Durch die wachsende Dunkelheit hindurch hörte Yun Yun die Schritte und das Murren der Leute, die sich um sie herum versammelten und niederkauerten. Die Nachbarn machten entsetzte Gesichter, atmeten stockend, riefen: »Ai yah«, als sähen sie Yun Yun zum ersten Mal.

»Sie sieht schon halb tot aus.«

»Halb verhungert würde ich sagen.«

»Ihr elenden Narren, merkt ihr denn nicht, dass ihr sie umbringt?«

Dann umfing sie völlige Finsternis, und Yun Yun sah und hörte nichts mehr.

# Fünfter Teil

1838–1840

# DAS ZÜNGLEIN AN DER WAAGE

Wie die meisten Männer in Kräftige Raupe hatte Schattens Vater das Land gepachtet, das er bebaute. Wenn Pachtverträge versteigert wurden und er ein Gebot machen wollte, brauste er schon Tage zuvor wegen jeder Kleinigkeit auf, die er sonst übersehen oder mit einem Lachen abgetan hatte. Als Schatten klein war, hatte sie dieser Stimmungsumschwung immer geängstigt, und sie suchte Zuflucht bei Älterem Bruder.

»Baba ist nicht wütend, er macht sich nur Sorgen«, hatte Älterer Bruder erklärt. »Schau, wenn Baba zu wenig bietet, dann geht er leer aus, und ohne Land können wir nichts ernten und haben nichts zu essen. Und wenn er zu hoch bietet, bekommt er zwar das Land, muss aber so viel von der Ernte an den Grundbesitzer abgeben, dass wir trotzdem unsere Reisschalen nicht füllen können.«

Ob Baba nun den Pachtvertrag, um den er sich bemühte, erhielt oder nicht, er kam immer in düsterer Stimmung von der Auktion nach Hause. »Die Grundbesitzer sind die Einzigen, die bei diesem Spiel gut abschneiden. Ich dagegen kann nur versuchen, so wenig wie möglich zu verlieren.«

Um seine Aussichten zu verbessern, jonglierte Baba so geschickt mit seinen Fünfjahresverträgen, dass sie zu unterschiedlichen Zeiten zur Verlängerung fällig wurden. Außerdem pachtete er das Land von Grundbesitzern seiner eigenen Sippe, so dass er die Verwandtschaft in die Waagschale werfen konnte, wenn er nach einer schlechten Ernte oder bei Verlusten durch einen großen Sturm oder eine Überschwemmung um Zahlungsaufschub bat.

So hatten auch Schatten und ihre Freundinnen schon bei ihren ersten Geschäften mit den Hausierern versucht, ihre Aussichten zu verbessern, indem sie mit mehreren verhandelten statt nur mit einem. Aber hier gab es keine verwandtschaftlichen Bande, auf die sie oder Hahn oder Mei Ju sich berufen konnten. Zudem waren die Feindseligkeit der Dorfbewohner und ihre Abhängigkeit von den Hausierern überdeutlich.

Auftragsarbeit brachte am meisten Geld, und weil nur Schattens Stickereien die Qualitätsanforderungen für solche Aufträge erfüllten, erhöhte sie ihre Stückzahl, indem sie Mei Ju und Hahn zeitraubende Aufgaben übertrug – etwa das Aufzeichnen der komplizierten Muster mittels gemahlener Austernschalen, die durch Schablonen gestreut wurden, und das Einsäumen und Annähen von Borten. Auch überließ Schatten Hahn alle Verkaufsverhandlungen, weil diese schlagfertiger war als sie selbst und Mei Ju.

Die Hausierer seufzten und schnalzten mit der Zunge, wenn Hahn ihre Forderungen vorbrachte.

»Ich wünschte, ich könnte dir mehr geben. Aber ich kann den Ladenbesitzern keine einzige Kupfermünze mehr abringen, deshalb muss ich dich enttäuschen.«

»Ich zahle dabei selber fast schon drauf.«

»Ich würde dir das Doppelte geben, wenn ich könnte. Nein, das Dreifache.«

Die Hausierer sprachen im Brustton der Überzeugung, und Schatten sah, wie ihre Augen vor Bewunderung funkelten, wenn sie ihre Stickereien betrachteten. Aber die Grundbesitzer hörten sich nicht weniger aufrichtig an, wenn sie ihrem Vater versicherten: »Ich würde dir gern Aufschub für die Pacht gewähren. Ja, ich würde sie dir erlassen, wenn ich nicht selbst Verpflichtungen zu erfüllen hätte. Wahrhaftig, das würde ich tun.«

Tatsächlich wirkten die Hausierer genauso aalglatt, selbstbewusst und überlegen wie die Grundbesitzer von Kräftige Raupe, und Schatten vermutete, dass sie ebenso geldgierig waren. Und sie sollte ihre Vermutung bestätigt finden.

Zu Beginn ihres zweiten Jahres als unabhängige Jungfern standen Hahn und Mei Ju einmal auf dem kleinen Deck des Boots von Schäbiger Woo und wickelten ihr Bündel mit Stickereien aus, damit er es in Augenschein nehmen konnte. Schatten jedoch, die gesehen hatte, wie Älterer Bruder das Boot ihres Vaters für den Markt belud, war am Ufer geblieben: Sie hoffte, dass er sie bemerken und ihr Lächeln erwidern würde.

Als er sie schließlich erblickte, presste er die Lippen zu einem Strich zusammen, schmal wie die Schneide eines Messers. Tief verletzt drehte sich Schatten um und sprang auf das Boot. Doch als sie merkte, dass sie auf dem Vorderdeck statt auf dem Achterdeck stand, versuchte sie mit einem Bein wieder am Ufer Fuß zu fassen, verlor dabei das Gleichgewicht und plumpste auf den Stoffvorrat des Hausierers unter der Plane, die sich zwischen Vorder- und Achterdeck spannte. Das Boot schaukelte und sie rutschte mitsamt den säuberlich gestapelten Stoffen nach unten. Auch ein Korb mit Papieren fiel um und Papiere flatterten über den Boden.

Schatten war weniger bestürzt über ihr Missgeschick als über die abweisende Miene ihres Bruders und die Verwüstung, die sie angerichtet hatte. Während sie sich in der winzigen Kabine aufrappelte, rief sie beschwichtigende Worte, die Schäbigen Woo davon abhalten sollten hereinzuschauen.

»Wie gut, dass du mit der Nadel geschickter bist als mit den Füßen«, entgegnete Schäbiger Woo.

Erleichtert, dass er anscheinend eher erheitert als verärgert oder besorgt war, steckte sie den Kopf durch die Wachstuchlappen zwischen Kabine und Deck, damit ihre Freundinnen sahen, dass sie wohlauf war.

»Ja, ich bin wirklich ungeschickt.« Schatten lächelte Schäbigem Woo freundlich zu. »Mit deiner Erlaubnis bleibe ich hier und verschnaufe einen Augenblick, bis du dir unsere Stickereien angesehen hast.«

Schatten verschwand wieder, bevor er ihr Ansinnen ablehnen konnte, und begann die verstreuten Zettel einzusammeln. Sie hatte nicht die Absicht, sie zu lesen, sondern wollte nur so rasch wie möglich Ordnung schaffen. Doch hin und wieder fiel ihr Blick auf ein Schriftzeichen, und bald wurde ihr klar, dass es Quittungen waren. Einige davon betrafen ihre Auftragsarbeiten. Und sie sah, dass die Ladenbesitzer Schäbigem Woo für die Stickereien fünf- oder sechsmal so viel bezahlten, wie er behauptete.

In ihrem Zorn wollte sie gerade hinausstürmen und ihn zur Rede stellen, als Mei Ju den Kopf hereinstreckte.

»Ist dir wirklich nichts geschehen?«

Schatten schwenkte die Quittungen, die sie in der Hand hielt, und zischte: »Schäbiger Woo nimmt sich mehr als seinen rechtmäßigen Anteil. Schau!«

Mei Ju huschte herein, nahm Schatten die Zettel ab und legte sie beiseite, ohne sie zu lesen. »Wir können Schäbigen Woo und die anderen Hausierer genauso wenig wie unsere Familien zwingen, redlich mit uns umzugehen.«

»Warum nicht?«, empörte sich Schatten, der es schwer fiel, die Stimme zu dämpfen.

»Das weißt du genauso gut wie ich. Wir können die Hausierer nicht zur Rede stellen, ohne zuzugeben, dass wir lesen können. Und wenn wir beweisen, dass wir betrogen werden, hilft uns das auch nichts. Wir haben keine andere Möglichkeit, an Aufträge zu kommen und unsere Sachen zu verkaufen. Und sie wissen ganz genau, dass wir weder in Kräftige Raupe noch in den Nachbardörfern Arbeit als Seidenspinnerinnen bekommen. Also bleibt uns keine andere Wahl, als ihre Bedingungen anzunehmen, auch wenn sie noch so ungerecht sind.«

Was Hahn den Hausierern abgerungen hatte, deckte zwar die Kosten für ihren Lebensunterhalt. Aber seit ihrem Ehelosigkeitsgelübde hatten sie nie auch nur eine Kupfermünze sparen können, und Schatten fürchtete, ohne Hahns scharfe Zunge würden sie und Mei Ju noch schlechtere Preise für ihre Arbeit erzielen. Auf jeden Fall würden sie weniger Aufträge annehmen können. Wie sollten sie so über die Runden kommen?

Über diese Frage zerbrach sich Schatten den Kopf, bis er schmerzte und sie nicht mehr weitersticken konnte. Auch fand sie keinen Schlaf. Unruhig wanderte sie umher und suchte eine Antwort – bis ihr plötzlich aufging, dass Hahns Abreise das Zünglein an der Waage sein konnte, das die Verhandlungen zu ihren Gunsten beeinflusste.

»Bisher«, erklärte Schatten ihrer Freundin, »haben uns die Hausierer nicht geglaubt, wenn wir drohten, wir würden in die Stadt ziehen und direkt mit den Kaufleuten verhandeln, um bessere Preise zu erzielen. Jetzt, da Hahn in der Stadt ist, glauben sie uns vielleicht eher.«

Ein sehnsüchtiger Blick trat in Mei Jus Augen. »Selbst wenn dir die Hausierer mehr bezahlen, verdienst du nie so viel, wie wenn du mit den Kaufleuten selbst ins Geschäft kommst und wir tatsächlich in die Stadt ziehen. Ich könnte dort in einer Seidenspinnerei arbeiten, und wir könnten Hahn in Zehntausend Gnaden besuchen.«

Schattens Herz krampfte sich schmerzlich zusammen. »Ich habe mein Haar hochgekämmt, damit ich in Kräftige Raupe bleiben kann …«

»Das weiß ich«, fiel ihr Mei Ju ins Wort. »Aber …«

»Ich werde niemals fortgehen. Niemals.« Die Worte sprühten aus Schattens Mund wie glühende Kohle.

»Dann gehe ich auch nicht«, erwiderte Mei Ju ruhig.

Aus den Zahlen auf den Quittungen von Schäbigem Woo berechnete Schatten einen möglichst hohen Preis, der aber für die Hausierer immer noch so viel Gewinn abwarf, dass sie nicht auf den Handel verzichten würden. Bei den Verhandlungen wandte sich Mei Ju nach den ersten Angeboten der Hausierer an Schatten und sagte: »Davon können wir nicht leben. Ziehen wir in die Stadt, wo wir direkt mit den Kaufleuten ins Geschäft kommen.« Und obwohl die Hausierer wie immer einwandten, die Stadt sei kein Ort für Frauen ohne den Schutz der Familie oder eines Klosters, blieb Schatten unnachgiebig, wie sie es bei Hahn beobachtet hatte, und verlangte mehr Geld. Am Ende gaben die Hausierer nach, wenngleich sie jammerten, sie opferten Geld aus eigener Tasche, damit die Jungfern in Kräftige Raupe bleiben könnten. Schatten und Mei Ju konnten nun endlich etwas zurücklegen.

Bei ihrem Neujahrsbesuch zu Hause hatte Schatten einen mehrteiligen Korb mit Geschenken mitgebracht. Weil sie immer noch das Gefühl hatte heimzukommen, hatte sie, ohne zu klopfen, die Tür aufgestoßen und war eingetreten. Sie fand den Gemeinschaftsraum leer und wollte gerade mit lauter Stimme ihre Neujahrsgrüße rufen, als sie ihre Nichte sah, die unter dem Tisch hervorkrabbelte.

Zu dem festlichen Anlass war sie rot gekleidet, und auch die winzigen Finger und Wangen des Kindes waren rot gefleckt, was zweifellos von den roten Briefumschlägen herrührte, die es fest umklammert hielt. Schatten spürte einen Stich im Herzen. Lag es an der dick wattierten kleinen Jacke und Hose, dass Hals, Hand- und Fußgelenke der Kleinen so dünn wirkten? Waren es die roten Flecken, die ihre Haut so blass erscheinen ließen?

Als das Kind Schatten sah, ließ es die roten Umschläge fallen, umklammerte das nächstgelegene Tischbein und zog sich hoch. Freudig über seinen Erfolg jauchzend, torkelte es mit erhobenen Ärmchen auf Schatten zu.

Schatten setzte rasch den Korb ab und bückte sich, um die Kleine aufzuheben. Aber noch bevor sie ihre Nichte an sich drücken konnte, tauchte wie aus dem Nichts Älterer Bruder auf, riss seine Tochter an sich und verließ ohne ein Wort das Zimmer.

Schatten starrte auf ihre leeren Hände und fühlte sich wie der Drache, der vergebens der Mondperle nachjagt, ganz gleich wie geschickt er tanzt und wie hoch er springt. Und wie der Drache konnte sie von dem Versuch nicht ablassen.

Ihr Schwiegervater warf Yun Yun vor, sie sei absichtlich vor den Augen der Nachbarn hingefallen.

»Wage es nicht, uns noch einmal Schmutz ins Gesicht zu werfen«, drohte die Schwiegermutter.

Aber sie schlugen Yun Yun nicht. Und auch Junger Chou ließ sie in Ruhe. Außerdem sorgte Alte Frau Chou dafür, dass es bei den Mahlzeiten nun wieder genug für vier gab.

Im Laufe der Tage und Monate kam Yun Yun allmählich wieder zu Kräften. Auch die Haare gingen ihr nicht mehr aus.

Trotzdem wuchsen die Samen nicht, die ihr Mann in sie legte.

Im Frühling nannte die Schwiegermutter Yun Yun einen kaputten Topf.

Yun Yun selbst fürchtete nun, dass die Misshandlungen durch ihren Mann nicht nur für ihre Kinder, sondern für sie selbst verhängnisvoll gewesen waren. Oder zeigten sich jetzt die schlimmen Folgen der brutalen Schläge ihrer Schwiegereltern und der langen Hungermonate?

Ja, sie fürchtete, dass in ihrem Bauch nie wieder ein Kind heranwachsen würde.

Ob Hahn die Äbtissin von Zehntausend Gnaden bewogen hatte, ihren Eltern zu schreiben, wusste Mei Ju nicht. Doch noch am selben Tag, an dem Großmaul den Brief ablieferte, erfuhr sie durch die Klatschmäuler, was darin stand.

Die Äbtissin pries Hahns Eltern für die gute Unterweisung, die ihre Tochter veranlasst habe, auf die Ehe zu verzichten. Hahns Klugheit und Frömmigkeit hätten sich bereits als Segen für die Halle der Zehntausend Gnaden erwiesen. Der Brief schloss mit der Voraussage, Hahns Gebete würden ihren Bruder nach oben bringen, und Preisgekrönter werde seiner Familie, seiner Sippe, ja dem ganzen Dorf zu Ehre, Macht und Reichtum verhelfen.

Glücklicherweise gewann dank dieser Prophezeiung nicht nur Preisgekrönter, sondern auch seine Schwester das allgemeine Wohlwollen zurück. Einige Leute lobten Hahn sogar, weil sie sich für ein Leben in Keuschheit entschieden hatte, bevor sie sich den Kopf kahl schor und Nonne wurde. Und Mei Ju hatte den Eindruck, dass dieses Lob für Hahns Entscheidung mit der Zeit auch die Hetze gegen Schatten und sie selbst ein wenig dämpfte.

Aber das Gerede hörte nicht auf, und als sie die Hütte vor den Regenfällen im Frühjahr instand setzten, riefen ihnen manchmal Leute zu, sie sollten sich doch lieber die Haare scheren und wie Hahn in Zehntausend Gnaden eintreten.

»Wenn die Menschen doch selber etwas mehr Gnade zeigen würden«, seufzte Mei Ju. »Ich hatte gehofft, dass wir als Seidenspinnerinnen arbeiten können, wenn die Saison beginnt, aber anscheinend ist die Stimmung immer noch gegen uns.«

Schatten schüttelte den Kopf. »Jetzt, da wir durch die Stickereien mehr verdienen, brauchen wir nicht mehr als Seidenspinnerinnen zu arbeiten. Weder in dieser Saison noch in Zukunft.«

»Ich möchte es aber.«

Schatten ließ reumütig den Kopf sinken. »Ich weiß. Es tut mir Leid.«

Zu gern hätte Mei Ju gemurmelt: »Ist schon gut«, um Schattens Niedergeschlagenheit zu lindern. Aber das Herz war ihr so schwer, dass ihre Zunge sich weigerte, die Lüge auszusprechen.

Dennoch nahm Mei Ju es ihrer Freundin nicht übel, dass sie darauf beharrte, in Kräftige Raupe zu bleiben. Sie wünschte nur, Schattens Familie – oder wenigstens ihr Bruder – würden ihrer Qual ein Ende setzen und sich mit ihr versöhnen.

Da Schatten selbst nicht mit ihrer Familie sprechen konnte, versuchte sie wie ein Flussfischer mit seinem Schleppnetz Neuigkeiten über sie zu erhaschen. Wenn sie an den Klatschmäulern vorbeikam, verlangsamte sie ihren Schritt. Manchmal tat sie sogar so, als sei sie müde und müsse sich einen Augenblick ausruhen.

Daher wusste sie, dass Älterer Bruder Baba überredet hatte, drei weitere Felder zu pachten, damit sie mehr Seidenraupen züchten konnten. »Unsere Familie wächst, also muss auch unser Einkommen wachsen«, lautete die Begründung. Und Ältere Schwägerin hatte den Säugling entwöhnt, um im Raupenhaus zu arbeiten und Seide abzuhaspeln.

»Lass mich dein Kind füttern und waschen, ankleiden und trösten und unterweisen, wie du mich gefüttert, angekleidet, getröstet und unterwiesen hast«, wollte Schatten Älteren Bruder bitten. Aber wenn sie daran dachte, wie er ihr an Neujahr seine Tochter aus den Armen gerissen hatte, wusste sie, was er ihr antworten würde.

Die Seidenraupensaison währte noch keine zwei Monate, da musste Ältere Schwägerin, die wieder ein Kind erwartete, die Arbeit im Raupenhaus aufgeben.

»Jetzt muss meine Familie meine Hilfe annehmen«, erklärte Schatten.

Mei Ju biss sich besorgt auf die Lippen.

»Ich werde sie nicht darum bitten, dass ich mich um meine Nichte kümmern darf«, versicherte ihr Schatten. »Noch nicht. Ich werde anbieten, die Kokons abzuhaspeln und im Raupenhaus zu arbeiten.«

Aber als Schatten sah, dass die Tür ihres Elternhauses trotz der frühsommerlichen Hitze geschlossen war, fürchtete sie, ihre Angehörigen hätten sie gesehen und deshalb die Tür zugeschlagen. Nur ihre Hoffnung, nein, ihre tiefe Sehnsucht nach einer Versöhnung hielt sie davon ab umzukehren.

Als sie näher kam, hörte sie ihre Nichte weinen und begriff, dass die Tür wohl nur geschlossen war, um das Kind vor schädlicher Zugluft zu schützen. Dennoch beschloss Schatten, wie an Neujahr ohne anzuklopfen ins Haus zu gehen. So konnte man ihr wenigstens nicht den Zutritt verwehren.

Als sie die Tür öffnete und aus dem hellen Sonnenlicht in den dunklen Gemeinschaftsraum trat, konnte sie zuerst nichts erkennen. Während sie noch blinzelte, glaubte sie den Geruch von Krankheit wahrzunehmen. Und sie hörte Krankheit im Jammern des Kindes und in den verzweifelten Versuchen von Älterer Schwägerin, es zu beruhigen.

»Reicht es denn nicht, dass du Nichte gezeichnet hast, als sie noch im Mutterleib war, und dass du Krankheit über deinen Bruder gebracht hast?«, rief Mama.

Schatten ließ den Blick durch den unordentlichen Raum wandern und sah ihre Mutter, die allein am Tisch vor einer halb leeren Reisschale saß, mit wirrem Haar, schwarz verschmierten Augen, schweißglänzendem Gesicht.

»Älterer Bruder ist krank?«

»Er glüht vor Fieber. Was für schlimmere Übel hast du uns noch mitgebracht?«

»Ich komme, um zu helfen«, stammelte Schatten.

»Helfen, hah!« Mama schleuderte ihre Stäbchen so heftig auf den Tisch, dass sie scheppernd zu Boden fielen. »Bevor du Himmel und Erde auf den Kopf gestellt hast, war das Glück uns treu. Dann kam unser Enkelkind als kränkliches Mädchen zur Welt. Und jetzt ist auch noch dein Bruder krank geworden. Und wenn die Kleine nicht bald aufhört zu brüllen, werden die Raupen auch nicht gedeihen. Raus mit dir, bevor du noch mehr Unheil anrichtest!«

Während Mamas Gezeter begann Schatten schmutzige Schalen und Geschirr zu stapeln, um ihren guten Willen zu zeigen.

»Bist du taub?«, tobte Mama und erhob sich vom Tisch. »Raus! Fort mit dir!«

Zu Hause bei Mei Ju schluchzte Schatten: »Ich wollte nicht gehen. Aber Mama hat gezittert, sie war so aufgeregt, dass ich fürchtete, es würde alles noch viel schlimmer, wenn ich bleibe. Also bin ich gegangen. Was ist mir anderes übrig geblieben?«

Die Verzweiflung schnürte Schatten die Kehle zu, und sie brachte kein Wort mehr heraus. Mei Ju drückte sie an sich und streichelte ihr Haar, ihren Rücken.

Aber Schatten ließ sich nicht trösten. »Ich habe meiner Familie doch nicht absichtlich Schaden zugefügt.«

»Du hast ihnen gar keinen Schaden zugefügt.«

»Mama …«

»Deine Mutter ist erschöpft, und sie hat Angst. Aber dein Bruder wird in ein paar Tagen wieder gesund sein. Und sobald sich deine Mutter ausruhen kann und sieht, dass sich die Familie mit den zusätzlichen Feldern und Raupen nicht übernommen hat, wird sie ihre Worte bereuen. Wahrscheinlich tut es ihr jetzt schon Leid.«

Schatten wollte Mei Ju gern glauben. Voller Sorge um Älteren Bruder und die Last, die seine Krankheit für ihre Eltern bedeutete, bereitete Schatten eine große Kanne roten Datteltee, der die Blutbildung förderte und kräftigend wirkte, und trug sie zu ihrer Familie.

Diesmal war es Baba, der sie an der Tür empfing und sie nicht einließ. Auch die irdene Teekanne, die sie ihm entgegenhielt, wies er zurück.

Weil sie auf anderem Wege über die Krankheit von Älterem Bruder und das Schicksal ihrer Familie nichts in Erfahrung bringen konnte, lauschte Schatten umso begieriger dem Klatsch auf der Straße.

Die meisten Leute dachten offenbar, dass ihr Bruder nur leicht erkrankt war – sei es weil der Himmel wegen Schattens Pflichtvergessenheit zürnte oder aus welchem Grund auch immer. Sie meinten, die größte Sorge der Familie sei, genug Maulbeerblätter zur Fütterung der Seidenraupen zu pflücken, die Tabletts sauber zu halten und noch mehr Tabletts bereitzustellen, damit die heranwachsenden Raupen ausreichend Platz hatten und nicht erstickten.

»Wenn sie einen Arbeiter für das Raupenhaus und die Felder einstellen würden, wäre alles leichter.«

»Aber dann hätten sie keinen Gewinn.«

»Wenn sie ohne Hilfe weiterwirtschaften, kann alles noch schlimmer kommen.«

»Ja. Der alte Mann und die alte Frau könnten sich so überarbeiten, dass sie auch noch krank werden.«

»Ich sage dir eins: Sie müssen sich eben damit abfinden, dass sie das Spiel um höhere Einkünfte verloren haben.«

»Das meine ich auch.«

Mei Ju glaubte, dass die Leute übertrieben. »Ich habe den Heiler selbst sagen hören, dein Bruder leide an einem leichten, regelmäßig wiederkehrenden Fieber. Bestimmt ist er bald wieder auf den Beinen und kann arbeiten.«

»Älterer Bruder hat jetzt seit über einem Monat nicht mehr das Haus, ja vielleicht nicht einmal das Bett verlassen. Zuweilen hat das Fieber seinen Verstand umnebelt, und er hat wie wild geschrien. Wir haben ihn beide gehört. Das ganze Dorf muss ihn gehört haben. Zweifellos ist es eine ernste Krankheit.«

»Und zweifellos bist du, wenn es um deinen Bruder geht, so weich wie Butter«, gab Mei Ju zurück.

»Sei nicht böse«, bat Schatten. »Ich möchte nach Meister Choy schicken.«

Mei Ju starrte Schatten an, als hätte sie den Verstand verloren. »Den Kräuterheilkundigen aus dem Marktflecken, der eigens angereist ist und den Sohn des Bezirksrichters geheilt hat?«

Schatten nickte.

»Und wie willst du ihn bezahlen?«

»Das kann ich nicht«, gab Schatten zu, und ihre Stimme klang so leise, dass sie sie selbst kaum hörte. »Jedenfalls nicht allein. Aber wenn wir all unsere Ersparnisse nehmen, dann hätten wir genug für einen Besuch und eine Verordnung.«

»Dein Vater wollte doch noch nicht einmal den roten Datteltee annehmen, den du für Älteren Bruder gemacht hast«, gab Mei Ju zu bedenken.

»Darüber habe ich auch nachgedacht. Aber weder Baba noch Mama würden Meister Choy abweisen. Nicht wenn er vor der Tür steht. Und wenn ich Meister Choy schreibe, wissen sie gar nicht, dass er kommt, bis er *tatsächlich* vor der Tür steht.«

»Wenn er aber dann zu uns geht, um sich sein Geld zu holen, wird deinen Eltern klar sein, dass du nach ihm geschickt hast. Und danach wissen alle, dass du lesen und schreiben kannst«, warnte Mei Ju. »Dann kommt auf jeden Fall auch heraus, von wem du es gelernt hast, und dein Bruder kriegt Ärger mit deinen Eltern.«

»Aber er wird überleben.«

»Überleben wird er auch so. Und wenn du meinst, dass deine Familie jetzt wütend auf dich ist ...«

»Besser ihr Zorn wächst, als dass Älterer Bruder stirbt.«

Mei Ju holte Pinsel, Tuschestein und Papier und legte alles auf den Tisch. »Dann schreiben wir jetzt den Brief.«

Schatten goss Wasser auf den Tuschestein und rieb Tusche an. »Wenn wir uns beeilen, könnte ein Hausierer unseren Brief noch heute bei Meister Choy abliefern.«

Der Kräuterheilkundige im Dorf behauptete, Schattens Bruder sei nie in Gefahr gewesen. »Auch das Delirium war Teil des normalen Verlaufs, den das Fieber nahm. Es stand immer außer Zweifel, dass er sich vollständig erholen würde.«

Meister Choy hingegen erklärte, er habe Älteren Bruder vor dem sicheren Tod bewahrt. »Einen Tag später hätte auch ich ihm nicht mehr helfen können.«

Die Zungen der Klatschmäuler kamen lange nicht zur Ruhe. Vor allem wurde darüber spekuliert, wer von beiden im Recht war, wie Schatten schreiben gelernt hatte, ob Mei Ju ebenfalls lesen und schreiben konnte, wie hoch die Rechnung von Meister Choy denn nun gewesen war. Für Schatten aber war nur eines wichtig: dass Älterer Bruder nicht mehr krank war. Und sobald er wieder arbeitsfähig war, würde auch das Los ihrer Eltern leichter werden. Und wenn es keinen großen Sturm gab und sich keine Krankheit unter den Seidenraupen ausbreitete, konnte Älterer Bruder sein Spiel um höhere Einkünfte für die Familie immer noch gewinnen.

In der Hoffnung, einen Blick auf Älteren Bruder zu erhaschen, wenn er auf die Felder ging, stellte Schatten ihren Hocker und den Stickrahmen in die Tür. Da ihnen aber, nachdem Meister Choy bezahlt war, keine einzige Kupfermünze mehr geblieben war, musste sie in aller Eile ihre Auftragsarbeiten fertig stellen. Und weil das Sticken ihre ganze Aufmerksamkeit erforderte, ließ Schatten ihren Blick nicht sonderlich oft und auch nicht besonders lange über die Straße schweifen. Wahrscheinlich hätte sie Älteren Bruder sogar übersehen, wenn er nicht an die Tür gekommen wäre.

Neunzehn lange Monate hatte Schatten auf diesen Augenblick gewartet, und sobald sie seinen Schritt auf dem Weg erkannte, sprang sie von ihrem Hocker auf, wollte ihm entgegenlaufen und ihn begrüßen. Aber plötzlich ergriff sie eine seltsame Schüchternheit, und sie blieb auf der Schwelle stehen.

»Was ist?«, fragte Mei Ju, die am Tisch die Umrisse eines Musters übertrug.

»Älterer Bruder.«

Bei Schattens Gruß erröteten die bleichen Wangen von Älterem Bruder, und als sie ihn einlud, sich zu setzen und eine Schale Tee zu trinken, lehnte er verlegen ab. Bestürzt über ihrer beider Unbehagen, suchte Schatten nach Worten, um die Spannung zu lindern.

»Ich werde nie vergessen, was du getan hast«, fuhr er mit belegter Stimme fort. »Und auch unsere Eltern nicht. Mama erwartet dich zum Abendreis, damit sie und Baba und Ältere Schwägerin dir ebenfalls danken können.«

Hatte sie recht gehört? Rasch, bevor er die Einladung zurücknehmen konnte, sagte Schatten zu. »Ich komme früh und helfe.«

»Gut.«

Dann drehte sie sich um und zog Mei Ju neben sich in den Eingang. »Ohne Mei Jus Hilfe hätte ich Meister Choy nicht bezahlen können.«

»Dann schulde ich dir ...«, begann Älterer Bruder.

»Nichts«, vollendete Mei Ju seinen Satz. »Wenn du nicht gewesen wärst, hätten wir nicht an Meister Choy schreiben können.«

Bei dem Wort »wir« sprühten die Augen von Älterem Bruder Funken. Und als er sprach, war sein Ton so eisig, dass Schatten fröstelte.

»Du hast deine Freundinnen unterrichtet.«

»Es tut mir Leid«, hauchte Mei Ju und schmiegte sich ängstlich an Schatten.

Schatten, entsetzt über den jähen Zorn ihres Bruders, der nach Mei Jus Ausrutscher erneut aufflammte, stieß hervor: »Mir nicht.«

Die Nasenflügel von Älterem Bruder bebten. Seine Finger ballten sich zu Fäusten. Doch unvermittelt hob er beide Arme und verschränkte mit knackenden Knöcheln seine Finger zur traditionellen Geste des Dankes für Mei Ju. »Ich werde Baba bitten, dich und deine Familie zu einem Festmahl einzuladen, um meine Genesung zu feiern.«

Schwindelig vor Erleichterung dankte Schatten ihrem Bruder.

»Ihr braucht euch wirklich nicht in solche Unkosten zu stürzen«, versicherte ihm Mei Ju.

»Im Gegenteil«, erwiderte Älterer Bruder. »Meine Eltern, meine Frau und ich haben eine Verpflichtung, und du kannst sicher sein, dass wir sie erfüllen werden.«

Schatten begriff, dass der Versuch ihres Bruders, eine Versöhnung zwischen Mei Ju und ihrer Familie herbeizuführen, im Grunde ein Friedensangebot an sie war. Doch als Schatten zum Abendreis in ihr Elternhaus kam und vor der weit geöffneten Tür stand, war die Erinnerung an ihre früheren Besuche noch zu frisch, als dass sie gewagt hätte, ohne Ankündigung einzutreten.

Schüchtern rief sie in den Gemeinschaftsraum: »Mama! Ältere Schwägerin!«

Ältere Schwägerin, die gerade ihren *meh dai* ablegte und ihre Tochter auf den Boden setzte, blickte nicht einmal auf. Auch Mama, die Ältere Schwägerin half, antwortete nicht.

Hatten sie nicht gehört? Oder wollten sie sie nicht hören? Voller Angst versuchte Schatten es noch einmal.

»Mama. Ältere Schwägerin.«

Diesmal erwiderten beide ihren Gruß. Schatten aber fürchtete, sie irgendwie verärgert zu haben, denn aus unerfindlichen Gründen legte Ältere Schwägerin den *meh dai*, den sie benutzt hatte, zusammen und reichte ihn Mama, die ihn hinter dem Familienaltar verschwinden ließ.

Als Schatten dann eintrat, bemerkte sie, dass der *meh dai*, den sie selbst bestickt hatte, auf dem Tisch lag. Offenbar hatten Ältere Schwägerin und Mama ihn gerade auswechseln wollen.

»Ich komme zu früh«, entschuldigte sich Schatten.

Mama zog zwar bestürzt die Brauen zusammen, beteuerte aber das Gegenteil. Da zerrten kleine Hände an Schattens Hose, und sie erblickte ihre Nichte, die sich mit einer Kraft in die Höhe zog, die man ihren spindeldürren Ärmchen nicht zugetraut hätte.

»Wah!«, rief Ältere Schwägerin. »Gewöhnlich hat sie nichts für Frem …«

Das unvollendete Wort traf Schatten umso härter, weil es der Wahrheit entsprach. Sie war eine Fremde für ihre Nichte. Sie kannte ja nicht einmal den Namen des Kindes, denn sie hatte nie gehört, wie es gerufen wurde.

Die Kleine, die jetzt aufrecht stand, umklammerte Schattens linkes Bein. Als Schatten den weichen kleinen Körper spürte, hätte sie nichts lieber getan, als das Kind auf den Arm zu nehmen. Aber sie musste daran denken, wie ihr Älterer Bruder damals seine Tochter entrissen hatte. Daher wagte sie nicht einmal, das Mädchen anzulächeln, bevor sie ein ermutigendes Zeichen von Älterer Schwägerin oder Mama erhielt.

»Habe ich nicht gesagt, du hast deine Nichte im Mutterleib gezeichnet?«, lachte Mama.

Unsicher, was ihre Mutter damit meinte, aber durch ihr Lachen ermuntert, nahm sie ihre Nichte auf den Arm – und stellte wiederum bestürzt fest, wie mager das Kind war. Zärtlich liebkoste sie das schmale Gesicht, das dünne, seidige Haar. Die Kleine jauchzte vor Vergnügen, und auf ihren Lippen bildeten sich feuchte Bläschen. Unbeholfen packte sie Schattens langen Zopf, aus dem sich Strähnen lösten.

»Bring deiner Tante nicht die Haare durcheinander«, schalt Ältere Schwägerin.

»Das macht nichts«, sagte Schatten. »Ich bin froh, dass ich sie halten darf.«

Ältere Schwägerin nahm den *meh dai* vom Tisch. »Hier, nimm.«

Schatten, die das Kind lieber auf dem Arm trug, schüttelte den Kopf.

»Deine Arme werden lahm«, meinte Mama.

»Das macht nichts«, wiederholte Schatten.

Nur eines störte sie: dass sie ihre Nichte Älterer Schwägerin zurückgeben musste, als der Abend vorüber war.

Schattens Familie war bei ihrem Besuch zwar freundlich gewesen, aber wirklich herzliche Zuneigung hatte ihr nur ihre Nichte gezeigt, und als sie Abschied nahm, sprach niemand eine neuerliche Einladung aus. Auch hatte keiner ihrer Angehörigen geantwortet, als sie bat: »Bitte, besucht Mei Ju und mich, wenn ihr Zeit habt.« Allerdings grüßten sie Mei Ju und Schatten fortan auf der Straße. Und als Älterer Bruder vorbeikam, um zu berichten, dass Mei Jus Familie die Einladung zum Festmahl abgelehnt hatte, schien es ihm aufrichtig Leid zu tun.

Als Schatten mit ihrem Bruder am Eingang der Hütte stand, wässerte Mei Ju gerade hinter dem Haus das Gemüse. Schatten nutzte die Abwesenheit ihrer Freundin und bat ihn, stattdessen Mei Jus früheren Auftraggeber, Herrn Lou, zum Festmahl einzuladen.

»Bist du denn noch bei Verstand? Warum sollte ein großer Grundbesitzer wie Herr Lou kommen, wenn Mei Jus Familie sich weigert?«

Bei den barschen Worten ihres Bruders sank Schatten das Herz, aber sie wollte nicht gleich aufgeben. »Wenn Mei Ju ihren Wunsch, als Seidenspinnerin zu arbeiten, nicht meinetwegen aufgegeben hätte – denn ich wollte in Kräftige Raupe und in deiner Nähe bleiben –, dann wären wir nach Hahns Weggang in die Stadt gezogen. Dann wären wir nicht hier gewesen, als du krank warst. Du hast doch gesagt, du willst es Mei Ju vergelten, dass sie dir das Leben gerettet hat. Als Kind hast du immer mit Herrn Lous Sohn gespielt, also könntest du vielleicht Jungen Lou bewegen, seinen Vater zu überreden.«

»Angenommen, ich könnte es. Glaubst du nicht, die Absicht wäre allzu deutlich, wenn wir Herrn Lou und seine Frau als einzige Gäste laden?«

»Bestimmt hast du noch andere Freunde, die ihre Väter zu dem Festmahl bitten könnten. Und wenn diese Väter ebenfalls Seidenspinnerinnen beschäftigen, könnte Mei Ju vielleicht bald wieder die Arbeit tun, die sie liebt.«

Schatten war nicht sicher gewesen, ob jemand die Einladung ihres Bruders zu dem Festmahl annehmen würde. Aber an den beiden Tischen im Hof ihres Elternhauses fanden sich schließlich Herr Lou und zwei kleinere Grundbesitzer mit ihren Frauen ein, und Mei Ju, die neben Schatten saß, strahlte zuversichtlich. Schatten, die sich sorgte, ob sich die Hoffnungen ihrer Freundin erfüllen würden, war froh, dass sie ihre vergnügte kleine Nichte auf dem Schoß hatte.

Baba am Tisch der Männer und Mama am Tisch der Frauen häuften erlesene Leckerbissen in die Reisschalen der Gäste. Älterer Bruder und Ältere Schwägerin zeigten sich nicht weniger zuvorkommend und warteten mit honigsüßen Worten auf. Die Antworten der Gäste waren gleichfalls gespickt mit Schmeicheleien.

»Schatten ist ihrer Familie treu ergeben.«

»Sie ist wirklich eine gute Tochter.«

»Und auch tüchtig.«

Schatten, die ihren Reis mit köstlicher Lotossuppe mischte und ihre Nichte damit fütterte, freute sich, als die Gesellschaft auch für Mei Ju lobende Worte fand.

»Beide Töchter sind den Eltern treu ergeben.«

»Bescheiden und ehrbar.«

»Und sehr fleißig.«

»Dank guter Unterweisung in der Familie.«

Schatten neckte ihre Nichte, bis sie den Mund öffnete, und schob ihr einen weiteren Happen hinein. Wenn Mei Jus Familie jenseits der Mauer lauschte, war es dann nicht möglich, dass ihre Eltern sich zur

Versöhnung bewegen ließen, auch wenn die grimmige Großmutter Wong in ihrer unnachgiebigen Haltung verharrte?

»Mei Ju, du warst immer eine zuverlässige Arbeiterin«, sagte Mama. »Du musst zu uns kommen und uns beim Abhaspeln der Kokons helfen.«

Mei Ju nickte zustimmend und flüsterte Schatten ins Ohr: »Wie können es sich deine Eltern leisten, mich zu bezahlen?«

Schatten tippte an Mei Jus Kinn und lenkte deren Blick zum Tisch der Männer, wo Baba Herrn Lou Wein einschenkte.

»Willst du nicht auf mein Glück trinken, dass ich mir eine so hervorragende Arbeiterin gesichert habe?«

»Gewiss.« Herr Lou nahm einen herzhaften Schluck. »Aber du musst mir Mei Ju wieder zurückgeben, sobald sie mit euren Kokons fertig ist. Schließlich war ich es, der schon während ihrer Lehrjahre erkannte, dass aus ihr einmal eine geschickte Seidenspinnerin wird.«

»Wenn das so ist, dann sollte sie sofort zu dir kommen«, meinte Baba und schenkte Herrn Lou nach.

Mei Ju, die sich herüberbeugte und das Kind kitzelte, flüsterte: »Deine Großeltern verstehen sich darauf, ihre Gäste auf den rechten Weg zu bringen, wie Hirten, die ihre Enten heimtreiben.«

Die Kleine gluckste. Schatten kicherte leise.

»Vergesst mich nicht«, warf einer der kleineren Grundbesitzer ein. »Ich bin immer auf der Suche nach tüchtigen Seidenspinnerinnen.«

»Wie wär's mit Schatten«, schlug seine Frau vor.

»Ihr seid zu großzügig«, erwiderte Schatten zögernd.

»Schatten ist ebenso bescheiden wie begabt«, prahlte Mei Ju an ihrer Stelle. »Aber ihre Stickereien werden so gut bezahlt, dass sie nicht wieder als Seidenspinnerin arbeiten wird.«

An beiden Tischen erhob sich ein Chor des Lobes für Schatten, und sie sonnte sich in der offenkundigen Freude ihrer stolzen Eltern.

Herr Lou erklärte mit vom Wein geröteten Gesicht: »Meiner Ansicht nach muss man es nicht länger als Verlust ansehen, ein Mädchen aufzuziehen. Nicht wenn man das Glück hat, eine tüchtige Tochter zu haben, deren Schicksal die Ehelosigkeit ist.«

Baba strahlte und schlug Älterem Bruder auf den Rücken. »Hier ist der Beweis für den Wert unserer Tochter.«

Dass ihr Vater sie nicht um ihrer selbst willen schätzte, hatte Schatten schon vor langer Zeit begriffen. Aber als sie hörte, mit welchen Worten er jetzt seinen Stolz auf sie kundtat, musste sie das Kind an die Brust drücken, damit ihr Herz nicht zersprang.

Als Mei Ju nach langer Pause ihre Arbeit als Seidenspinnerin wieder aufnahm, litt sie unter der Hitze des Feuers fast so sehr wie während ihrer Lehrzeit. Schweiß trat ihr aus allen Poren, der Gestank der kochenden Kokons reizte ihre Nase, das Seidengarn, das sie inmitten dichter Dampfschwaden spann, verhedderte sich. Und wenn sie frische Kokons ins Wasser warf und die Verunreinigungen entfernte, verbrühte sie sich die Finger. Dennoch war das Seidenspinnen für sie so aufregend wie eh und je. Und im Laufe des Tages ging ihr die Arbeit schneller von der Hand. Die unangenehmen Seiten der Arbeit traten in den Hintergrund. Der Frieden kehrte zurück.

»Wenn ich nur einen Trick wüsste, wie ich zu Herrn Lou gelangen kann, ohne durchs Dorf zu gehen«, scherzte Mei Ju beim Abendreis. »Die Leute zerreißen sich die Mäuler darüber, was er beim Festmahl geäußert hat. Diese kleine Bemerkung: ›Meiner Ansicht nach muss es nicht länger als Verlust angesehen werden, ein Mädchen aufzuziehen. Nicht wenn man das Glück hat, eine tüchtige Tochter zu haben, deren Schicksal die Ehelosigkeit ist.‹ Hoffentlich verrät keiner der Gäste, dass Herr Lou betrunken war, als er das gesagt hat.«

Lachend häufte Schatten würzigen Tofu auf die beiden Reisschalen. »Ist es nicht immer noch angenehmer, an den ärgsten Klatschmäulern vorbeizugehen, als sich mit den anderen Seidenspinnerinnen zum Essen niederzusetzen – Mädchen und Frauen, die seit anderthalb Jahren endlos über dich, aber kein einziges Wort mit dir geredet haben?«

»Das war wirklich schwierig für mich«, bekannte Mei Ju. »Vor allem, als ich merkte, dass einige der älteren Spinnerinnen zu den schlimmsten Klatschmäulern von Kräftige Raupe gehören.«

Obwohl jeder Spinnerin eine kostenlose Morgenmahlzeit zustand, wäre Mei Ju mit Freuden zum Essen in die Hütte heimgekommen. Aber damit hätte sie den bösen Zungen nur noch mehr Gesprächsstoff geliefert.

»Zum Glück arbeiten Blitz und Donner auch für Herrn Lou. Als seine Köchin den Gong schlug und wir zu Tisch gingen, haben sich die beiden zu mir gesellt und mich vor den Klatschmäulern abgeschirmt. Auch während der Mahlzeiten sitzen sie rechts und links von mir.«

»Blitz und Donner sitzen nicht zusammen?«

Mei Ju verstand Schattens Erstaunen. Kaiserin hatte im Mädchenhaus trotz ihrer Zornesausbrüche und hoher Geldbußen nie durchsetzen können, dass die beiden getrennt saßen.

»Blitz und Donner haben mich rechts und links am Ellbogen gepackt und auf einen Hocker zwischen ihnen dirigiert«, erklärte Mei Ju. »Auch haben sie dafür gesorgt, dass meine Schale stets gefüllt war, und mich ins Gespräch einbezogen, ohne dass ich selbst viel reden musste.«

Schatten setzte ihre Schale ab. »Wie haben sie denn das angestellt?«

»Ich weiß, es klingt unglaublich, aber so war es.«

Schatten, die ein paar verstreute Reiskörner vom Tisch aufsammelte, bemerkte: »Ehrlich gesagt, manchmal hatte ich keine Hoffnung mehr, dass sich meine Familie je mit mir versöhnt.«

»Ich kann dir versichern, dass die meine es nie tun wird. Und obwohl Herr Lou unsere Fähigkeiten gelobt hat, glaubt meine Großmutter bestimmt immer noch, ich sei zu nichts zu gebrauchen – falls sie überhaupt einen Gedanken an mich verschwendet.«

»Du hast gehört, wie Baba meinen Wert berechnet.« Schatten schluckte. »Und wahrscheinlich denkt Älterer Bruder auch so.« Sie ergriff Mei Jus Hände. »Aber du hast zu mir gehalten, auch wenn wir nicht einer Meinung waren – ohne jeden Gedanken an deinen eigenen Vorteil. Obwohl ich glücklich bin, dass der Streit mit meiner Familie beigelegt ist, fühle ich mich doch stärker an dich gebunden. Warum also sollten wir einander nicht Familie sein?«

Zu tief bewegt, um zu sprechen, nickte Mei Ju.

Schatten drückte ihre Hände. »Schwestern also?«

»Schwestern.«

Am meisten bedrückte Mei Ju das Gerede der Leute über Buchgelehrsamkeit.

Dass Schattens Brief an Meister Choy wesentlich dazu beigetragen hatte, ihren Bruder zu retten, räumten alle Klatschmäuler ein. Aber die bösartigsten unter ihnen runzelten in geheuchelter Sorge die Stirn und bezweifelten Schattens Keuschheit, denn »tugendhafte Frauen besitzen keine Gelehrsamkeit«.

Niemand vermutete, dass Schatten von ihrem Bruder lesen und schreiben gelernt hatte. Anscheinend fiel kein Verdacht auf ihn. Stattdessen rätselten die Leute, ob Schatten ihre Kenntnisse mit Mei Ju geteilt oder ob umgekehrt Mei Ju sie unterrichtet habe. Dann wurde Mei Jus Tugend von denselben bösen Zungen angezweifelt, die zuvor über Schatten hergezogen waren.

Als eine der Spinnerinnen bei Herrn Lou, eine Busenfreundin der alten Frau Chou, beim Morgenreis die Sprache auf Gelehrsamkeit brachte, um Mei Ju zu piesacken, warf Blitz ein: »Hast du vergessen, dass die Äbtissin von Zehntausend Gnaden an Hahns Eltern geschrieben hat?«

»Du willst doch nicht etwa andeuten, dass es der Äbtissin an Tugend mangelt?«, fragte Donner.

Die anderen Spinnerinnen schmunzelten, kicherten, lachten lauthals. Die Freundin von Alter Frau Chou wand sich wie eine Ameise auf dem heißen Ofen. Genau in diesem Augenblick brachte Herrn Lous Köchin eine Schale mit reifen Lychees herein – die ersten der Saison –, und die Frau, sichtlich erleichtert über die Ablenkung, lobte die Früchte in den höchsten Tönen: wie groß sie seien, wie schön die Farbe, wie großzügig bemessen. Andere pflichteten ihr bei. Und als alle Hände rings um den Tisch nach den Lychees griffen, überlegte Mei Ju, was grausamer war: das bösartige Getratsche der Klatschmäuler zu erdulden oder mitansehen zu müssen, wie andere ihre Lieblingsfrucht verspeisten.

Sollte sie sich nicht doch einige Lychees schälen und einen lästigen, juckenden Hautausschlag in Kauf nehmen? Um der Versuchung zu widerstehen, faltete sie die Hände auf dem Schoß. Doch schließlich konnte sie sich nicht mehr beherrschen und griff zu.

Aber als sich ihre Finger um die schuppige Schale der Früchte schlossen, ging Mei Ju auf, dass es mit der Seidenspinnerei vorbei war, wenn ihre Hände auch nur ein klein wenig rau wurden. Hin und her gerissen, konnte Mei Ju die Lychees weder loslassen noch vor sich auf den Tisch legen.

Blitz stupste Mei Ju mit dem Ellbogen an. »Hier, ich habe eine für dich geschält.«

Als Mei Ju die Früchte in der Mitte des Tisches losließ, reichte ihr auch Donner eine geschälte Lychee.

»Woher wusstet ihr das?«, stammelte Mei Ju.

Blitz lächelte strahlend. »Das haben wir schon im Mädchenhaus beobachtet.«

Tatsächlich hatten stets ihre Schwester, Schatten oder Hahn die Früchte für sie geschält. Aber dass Blitz und Donner eine solche Kleinigkeit bemerkt hatten und dass sie sich nun daran erinnerten und ihr halfen, fand Mei Ju wirklich erstaunlich. Am Abend sagte sie zu Schatten: »Ich habe den Verdacht, dass Blitz und Donner unsere geheimnisvollen Wohltäterinnen sind.«

Schatten tippte sich zweifelnd ans Kinn. »Sie könnten uns die Henne geschenkt haben. Aber den Ballen schwarze gummierte Seide und all diese Würstchen? Woher hätten sie denn so viel Geld?«

Mei Ju, die seit dem Morgenreis an nichts anderes gedacht hatte, wusste auch darauf eine Antwort. »Blitz und Donner haben seit dem Ende ihrer Lehrzeit vor drei Jahren für Meister Lou Seide gesponnen. Sie können immer die ganze Saison gegen Lohn arbeiten, weil beide Familien Schwiegertöchter haben, die die Kokons ihrer eigenen Raupen abhaspeln. Dennoch waren die Geschenke natürlich überaus großzügig. Und wohlüberlegt noch dazu. Aber gerade deshalb bin ich überzeugt, dass Blitz und Donner unsere Wohltäterinnen sind.«

»Zweifellos waren sie bei Herrn Lou ungemein freundlich zu dir«, stimmte ihr Schatten zu. »Aber warum haben sie nicht offen mit dir gesprochen?«

»Wahrscheinlich hatten sie Angst, dass jemand mithört.«

»Aber warum sollte ihnen das etwas ausmachen, wo sie doch immer wieder zu dir gehalten haben?«

»Du hast Recht. Aber wenn Blitz und Donner uns die Geschenke nicht gebracht haben, wer dann?«

Nach Yun Yuns Verlobung hatte ihre Mutter gesagt: »Wenn deine kleine rote Schwester ausbleibt, weißt du, dass du ein Kind erwartest.« Die beiden Male, als Yun Yun das Glück in sich trug, hatte sie es schon daran gemerkt, dass ein Wohlgefühl bis in die Knochen sie durchströmte. Das Ausbleiben ihrer kleinen roten Schwester hatte nur bestätigt, was sie bereits ahnte. Und kurz bevor die vierte Generation Seidenwürmer der Saison schlüpfte, merkte Yun Yun, dass sie wieder schwanger war.

Sie wusste, dass sie die Arbeit im Raupenhaus sofort hätte aufgeben müssen, um die heranreifenden Eier nicht zu beschmutzen. Aber es war ihr wichtiger, ihren Mann zu meiden, um ihr ungeborenes Kind zu schützen. Also setzte Yun Yun den Plan in die Tat um, den sie während der langen Monate des Wartens ersonnen hatte. Und unter dem Vorwand, Maulbeerblätter zu pflücken, machte sie sich auf den Weg zur Hütte der Jungfern.

In den Monaten seit Schatten Meister Choy gerufen hatte, um ihren Bruder zu retten, hatte Yun Yun bemerkt, dass viele Leute die beiden Freundinnen auf der Straße grüßten. Aber bislang hatte offenbar niemand außer Schattens eigener Familie sie zu sich nach Hause eingeladen. Doch während der Seidenraupensaison hatte ohnehin kaum jemand Zeit für Besuche. Und weil Schatten nicht als Seidenspinnerin arbeitete, hoffte Yun Yun, sie in der Hütte anzutreffen.

Um sich vor neugierigen Blicken zu schützen, verließ Yun Yun die Hauptstraße und näherte sich der Hütte von hinten. Im hohen Gras hingen noch die Tropfen eines Regenschauers, und als der Stoff von Yun Yuns Hose sich voll gesogen hatte und an ihren Beinen klebte, erinnerte sie sich an den Morgen, als sie in den Graben gefallen war, und an den Moschusduft der zerriebenen Geißblattblüten, mit denen Mei Ju sie wiederbelebt hatte.

Weder Mei Ju noch Schatten hatten seither mehr als ein Dutzend Worte mit ihr gewechselt. Aber die Großzügigkeit und Freundlichkeit, die sie ihr erwiesen hatten, wärmten immer noch ihr Herz. Gewiss sprachen die beiden nur deshalb kaum mit ihr, weil sie wussten, dass sie dann Ärger mit ihren Schwiegereltern bekommen würde.

»Yun Yun!«

Aus ihren Träumen aufgeschreckt, stellte Yun Yun fest, dass sie bereits auf der Lichtung hinter der Hütte angelangt war.

Schatten streckte den Kopf aus dem Fenster und winkte fröhlich. »Klettere herein. Das machen Mei Ju und ich auch immer, wenn wir zu faul sind, ums Haus herum zur Tür zu gehen.«

Aufgemuntert durch Schattens Herzlichkeit, blieb Yun Yun stehen, beugte die Knie, und sobald sie spürte, dass die Körbe an beiden Enden ihrer Tragestange den Boden berührten, ließ sie mit einer sachten Bewegung die Stange von den Schultern und über ihren Rücken gleiten, so dass sie auf den Körben zu liegen kam. Von ihrer Last befreit, rannte Yun Yun die letzten paar Schritte bis zum Fenster.

Aus Rücksicht auf ihr ungeborenes Kind schwang sie aber nicht die Beine über den Fenstersims, sondern hockte sich darauf. Dann stützte sie sich mit der einen Hand ab, schützte mit der anderen ihren flachen Bauch und hob zuerst das eine, dann das andere Bein durch das Fenster.

»Du erwartest ein Kind, nicht wahr?«, sagte Schatten, zog Yun Yun zur Bank und ließ sich neben ihr nieder.

Schattens Einfühlungsvermögen löste Yun Yun die Zunge, und sie schüttete ihr in einem einzigen Wortschwall ihr Herz aus: dass das Kind, das sie trug, nicht ihr erstes sei und wenn sie es je in ihren Armen halten wollte, sie zu ihren Eltern nach Zwillingshügel heimkehren musste, um sich vor den Zudringlichkeiten ihres Mannes zu schützen.

»Würdest du das alles meinem Vater schreiben und ihn bitten, mich abzuholen?«

Schattens Antwort kam ohne Zögern. »Gerne!«

Grenzenlos erleichtert, dankte ihr Yun Yun überschwänglich.

»Wenn aber jemand sieht, dass eine von uns den Wasserhausierern einen Brief an deinen Vater mitgibt, dann weiß es bald das ganz Dorf«, fiel ihr Schatten ins Wort und zog besorgt die Brauen zusammen.

Yun Yuns Hände legten sich schützend über ihr ungeborenes Kind. »Ai yah! Das habe ich nicht bedacht! Mein Mann und meine Schwiegereltern werden mich mit Fäusten und Stöcken befragen.«

»Aber niemand wird sich etwas dabei denken, wenn ich an Hahn schreibe«, überlegte Schatten laut. »Und sie könnte dann an deinen Vater schreiben.«

Vornübergebeugt flüsterte Yun Yun ihrem Baby freudig zu: »Hörst du, was deine kluge Tante sagt? Sie ist wirklich tüchtig.«

»Freu dich nicht zu früh«, warnte Schatten. »Möglicherweise wird Hahns Äbtissin ihr nicht erlauben, an deinen Vater zu schreiben. Vielleicht gibt ihr die Äbtissin nicht einmal meinen Brief.«

Yun Yun blickte auf. »Das Kloster heißt Zehntausend Gnaden. Wie könnte die Äbtissin ihr diese Bitte abschlagen?«

»Hoffen wir, dass sie uns hilft. Aber Zehntausend Gnaden liegt in der entgegengesetzten Richtung von Zwillingshügel. Es wird Tage dauern, bis dein Vater erfährt, dass du seinen Beistand brauchst. Wirst du es so lange aushalten?«

»Eine Weile noch bin ich außer Gefahr. Ich rechne damit, dass noch heute eine neue Generation Raupen schlüpft, und meine Schwiegermutter wird verlangen, dass ich die nächsten acht oder neun Nächte im Raupenhaus verbringe.«

Schatten wurde blass. »Dann beschmutzt du die Raupen.«

»Ich muss mein Kind schützen«, erklärte Yun Yun mit fester Stimme.

Ebenso entschlossen schob sie die Zweifel beiseite, die Schatten aufgeworfen hatte. Lächelnd fragte sie: »Willst du die Patin meines Kindes werden?«

Schatten erwiderte das Lächeln. »Mit Vergnügen.«

In ihrem Brief an Hahn drückte Schatten ihre Sorge aus, dass Yun Yuns Vater nicht kommen würde. »Aber ich weiß, wenn jemand ihn überzeugen kann, dann du.«

Schatten schilderte auch ausführlich, dass Mei Ju nun wieder als Seidenspinnerin arbeitete. Und über die Tochter ihres Bruders schrieb sie: »Ich habe endlich herausgefunden, wie meine Nichte heißt. Zufällig habe ich beobachtet, wie Ältere Schwägerin hinter ihr herlief und rief: ›Woon Choi, Wechselndes Glück, komm her!‹

Mir war klar, dass Ältere Schwägerin mit ihrem dicken Bauch die Kleine niemals erwischen würde. Also rannte ich ihr nach und nahm sie auf den Arm, gerade als sie sich einen rostigen Nagel in den Mund stecken wollte.

Als ich sie Älterer Schwägerin zurückgab, sah ich, dass Woon Chois Schuhe abgenutzt waren. Da machte ich ihr ein neues Paar mit großen schwarzen Augen, die das Böse erkennen und es deshalb meiden.«

Mit den Schühchen in der Hand hatte Schatten darauf gewartet, dass jemand auf ihr Klopfen antwortete. Durch die geschlossene Tür hörte sie, wie ein Hackmesser mit kurzen raschen Schlägen auf Holz traf und wie Woon Choi erschöpft schluchzte. Sollte sie es wagen, unaufgefordert einzutreten? Sollte sie wieder gehen oder noch einmal klopfen?

Unbarmherzig brannte die Sonne herab. Dankbar für den Schatten, den das Vordach spendete, klopfte sie zögernd mit den Schuhen gegen das Holz.

»Komm rein«, rief Ältere Schwägerin.

Als Schatten erleichtert die Tür aufstieß, schlug ihr Hitze wie aus einem Ofen entgegen. Sie wich einen Schritt zurück und winkte mit ihrem Geschenk Älterer Schwägerin zu, die sich mit Woon Choi auf dem Rücken über den Tisch beugte.

»Ich habe Schuhe für Woon Choi gemacht.«

Als das Kind Schattens Stimme hörte, zappelte, trat und brüllte es mit frischer Kraft. Schatten ging die Not ihrer Nichte so zu Herzen, dass sie am liebsten zu ihr gelaufen wäre. Aber sie fürchtete, Ältere Schwägerin damit vor den Kopf zu stoßen.

Ohne die Arbeit mir dem Hackmesser zu unterbrechen, ließ Ältere Schwägerin durch rasche Bewegungen der Schultern das Kind auf ihrem Rücken hopsen. »Komm rein und mach schnell die Tür zu.«

Schatten gehorchte und schalt sich insgeheim, weil sie vergessen hatte, dass ihre Nichte gegen Zugluft empfindlich war. Hastig versicherte sie ihrer Schwägerin, dass draußen nicht die leiseste Brise zu spüren war.

»Ich weiß«, fiel ihr Ältere Schwägerin ins Wort. »Wir halten die Tür geschlossen, damit man Woon Chois Geschrei nicht hört. Denn wenn der Lärm bis ins Raupenhaus dringt, verlieren die Raupen den Appetit.«

Schatten bemühte sich, jeden Vorwurf aus ihrer Stimme zu verbannen, als sie fragte: »Warum schreit sie denn?«

Ältere Schwägerin hielt in ihrer Arbeit inne und wischte sich mit dem Ärmel das schweißnasse Gesicht ab. »Sie möchte aus dem *meh dai* heraus. Aber wenn ich sie lasse, stellt sie allerhand an. Du hast es ja kürzlich selber erlebt.«

Mit dem Hackmesser schob Ältere Schwägerin die zerkleinerten Rüben in einen großen irdenen Topf und gab eine Hand voll Salz dazu. Dann bückte sie sich unbeholfen wegen ihrer fortgeschrittenen Schwangerschaft, holte weitere Rüben aus dem Korb neben dem Tisch, legte sie auf den Hackblock und ließ das Hackmesser flink und energisch heruntersausen.

Die unglückliche Woon Choi schrie wie am Spieß und strampelte mit Armen und Beinen.

»Ich passe eine Weile auf sie auf«, platzte Schatten heraus und warf ihren Hut und Woon Chois kleine Schuhe auf einen Stuhl.

»Wah, das wäre wunderbar!«

Als Ältere Schwägerin den *meh dai* aufknüpfte, beruhigte sich Woon Choi ein wenig und sank mit erhitztem und hochrotem Gesicht in Schattens Arme.

Ältere Schwägerin rieb das Kind mit dem *meh dai* trocken. »Da sie jetzt erreicht hat, was sie will, wird sie nicht mehr schreien. Also kannst du mit ihr in den Hof gehen, da ist es kühler.«

»Und was ist mit dir?«

»Ich muss weiterarbeiten.« Ältere Schwägerin zupfte an der schweißnassen Jacke, die ihr am Rücken klebte, und rieb sich das Kreuz. »Es wäre auch zu umständlich, jetzt alles nach draußen zu räumen. Denn wenn du gehst, muss ich Woon Choi wieder in den *meh dai* binden. Und dann fängt sie an zu weinen, und ich muss alles wieder ins Haus schleppen. Sei so gut und lass einfach die Tür offen.«

»Ich könnte doch bleiben, bis du fertig bist«, schlug Schatten vor.

Ältere Schwägerin nahm das Hackmesser zur Hand. »Ich werde nie fertig.«

Schatten kam von nun an täglich, um Ältere Schwägerin zu unterstützen und eine Weile auf Woon Choi aufzupassen.

»Die Kleine schreit: ›Tante!‹ und streckt die Arme nach mir aus, sobald ich zur Tür hereinkomme«, schrieb Schatten an Hahn. »Ältere Schwägerin sagt, Woon Choi ruft noch lange nach mir, wenn ich wieder fort bin. Und in meinem Herzen rufe ich auch nach ihr.«

# TÜCHTIGE FRAUEN

So wie Mei Ju danach lechzte, in das süße perlweiße Fleisch der Lychees zu beißen, so hatte ihr Großvater sich immer auf den Lycheewein gefreut, den Großmutter für ihn bereitete.

Jedes Jahr wählte Großmutter persönlich die besten Früchte der Ernte aus, befreite sie von ihrer rauen Schale und der hauchdünnen Innenhaut und warf das schimmernde Fleisch in ein großes irdenes Gefäß mit gutem Wein, das sie dann für sechs Monate versiegelte. Großvater strich sich das Datum, an dem der Wein fertig sein würde, im Kalender an. Aber noch lange bevor der ersehnte Tag kam, bat er Großmutter, das Gefäß in den Gemeinschaftsraum zu bringen, und Abend für Abend glitten seine knorrigen Finger über die glatte glasierte Oberfläche des Gefäßes und spielten mit dem Siegel, bis er es endlich erbrechen durfte und der köstliche Duft des Weins das ganze Haus erfüllte.

Sein schmales, runzliges Gesicht leuchtete vor Verlangen, und er sog den Geruch ein, während Großmutter ihm die erste Schale füllte. Wenn sie ihm die Schale reichte, berührten sich ihre Finger, und Mei Ju hatte den Eindruck, dass in diesem flüchtigen Augenblick Großmutters grimmige schwarze Augen sich verschleierten, ihre finstere Miene sich aufhellte und ihre stets herabgezogenen Mundwinkel zitterten. Aber Großvater kniff die Augen zusammen, runzelte die Nase und zog die Schale so hastig an sich, dass der Wein fast über den Rand schwappte.

Beim ersten Schlückchen glättete sich sein Gesicht. Und nachdem er ausgiebig getrunken hatte, verzogen sich seine schmalen Lippen zu einem zufriedenen Lächeln. Einmal, nachdem er mehrere

Schalen geleert hatte, begann er sogar mit zittriger Stimme zu singen: »So wie die Lychee ihrer Natur folgt, so folge ich der meinen.«

Blass vor Zorn hatte Großmutter befohlen: »Bringt euren Vater zu Bett!« Und Baba und Dritter Onkel hatten Großvaters dünne Arme über ihre breiten Schultern gelegt und ihn ins Haus seiner Konkubine getragen.

Damals hatte Mei Ju gedacht, Großmutter sei erzürnt gewesen, weil Großvater völlig betrunken war. Aber zwei Jahre nach ihrem Ehelosigkeitsgelübde erkannte Mei Ju, dass Großvater in seinem Lied ein Glücksgefühl zum Ausdruck gebracht hatte, das ihn – und sie selbst – erfüllte. Deshalb war ihre Großmutter so wütend gewesen.

Freilich wünschte Mei Ju sich manchmal, ihr Leben mit Schatten wäre so sorgenfrei, wie sie es sich im Mädchenhaus gemeinsam mit Hahn ausgemalt hatten. Dennoch war Mei Ju glücklich. Daher war sie auch entschlossen, niemanden so zu kränken, wie sie selbst gekränkt worden war. Am letzten Arbeitstag bei Herrn Lou sagte sie zu allen Seidenspinnerinnen, selbst zur Freundin von Alter Frau Chou: »Jetzt, da die Seidenraupensaison vorüber ist, kommt bitte und besucht uns.«

Als Mei Ju und Schatten an diesem Abend das Geschirr vom Abendreis spülten, hörten sie – zum ersten Mal seit sie die Hütte bezogen hatten – ein Klopfen. Ohne sich die Hände abzutrocknen, eilte Mei Ju zur Tür.

Noch bevor sie dort angelangt war, wurde die Tür aufgestoßen, und, vor Aufregung sprühend, stürmte Blitz herein. »Wir kommen zu spät ins Mädchenhaus, aber wir konnten einfach nicht bis morgen warten.«

Wie üblich folgte ihr Donner auf den Fersen. »Wir bekommen bestimmt eine Strafe aufgebrummt, aber das macht nichts. Wir warten schon eine Ewigkeit darauf, mit euch zu reden. Richtig reden, meine ich.«

Blitz nickte. »Weil wir auch unsere Haare hochstecken und unabhängige Jungfern werden wollen.«

Das Bekenntnis der Mädchen kam für Mei Ju überraschend. Doch wenn sie es recht bedachte, erschien es ihr keineswegs verwunderlich. Schatten, die noch am Spüleimer stand, schien dagegen ehrlich erstaunt.

Mei Ju hatte auch noch ein paar Fragen auf dem Herzen. »Habt ihr uns die Henne und die Seide und die Würstchen geschenkt?«

Mit funkelnden Augen antwortete Blitz: »Ihr habt es erraten!«

»Warum habt ihr es mir nicht gesagt? Warum habt ihr uns nicht schon viel früher besucht?«

»Wir wollten euch nicht zur Last fallen«, erklärte Donner. »Aber da du jetzt eine Einladung …«

»Ich wollte *euch* nicht noch mehr zur Last fallen, als ich es bereits tat«, fiel ihr Mei Ju ins Wort.

Schatten trat zu ihnen und sagte: »Ohne eure Hilfe hätten wir es wahrscheinlich nicht geschafft. Wie können wir euch je danken?«

»Das ist gar nicht nötig.« Blitz schlang den rechten Arm um Donners schlanke Taille. »Wir haben uns selbst damit genauso geholfen wie euch.«

Donner lehnte sich an Blitz. »Denn nur wenn ihr als unabhängige Jungfern durchhaltet, können wir uns euch anschließen.«

Mit einem Mal erlosch das Leuchten in den Augen von Blitz, und sie machte ein besorgtes Gesicht. Bei Donner war es ebenso.

»Dürfen wir denn?«

»Uns euch anschließen?«

Im vollen Vertrauen darauf, dass Schatten, die lächelnd neben ihr stand, zustimmen würde, antwortete Mei Ju für beide: »Meine Schwester und ich heißen euch willkommen.«

Da Yun Yun gerade im Raupenhaus arbeitete, hatte sie nicht mitbekommen, was sich zwischen ihrem Vater und ihren Schwiegereltern abspielte, als er ihrem Hilferuf folgend herbeigeeilt war. Aber auf dem Heimweg nach Zwillingshügel hatte er voller Zorn berichtet: »Ich habe erklärt, ich sei gekommen, um sie vor den Geistern deiner toten Söhne zu warnen, die Rache androhten, weil sie durch Hunger und grausame Behandlung zu Tode gekommen sind. Diese feigen Menschenschinder hatten solche Angst, dass sie es nicht einmal wagten, ihre Untaten zu leugnen. Sie wollten nur wissen, wie sie der Strafe entgehen könnten. Also sagte ich ihnen, sie müssten es wieder gutmachen, und der erste Schritt sei, dass sie dich in meine Obhut entlassen, bis das Kind zur Welt kommt, das du erwartest.«

Jetzt begriff Yun Yun, warum ihr Mann sie nicht gescholten hatte, als er sie aus dem Raupenhaus hereinrief, warum er nicht gefragt hatte, woher ihr Vater wusste, dass sie guter Hoffnung war. Zehn Monate später kehrte Yun Yun nach Kräftige Raupe zurück. Die Drohung ihres Vaters war sogar so wirkungsvoll gewesen, dass Alte Frau Chou nun widerwillig einräumte: »Das Kind ist ein kleiner Lichtblick. Anscheinend bis du doch kein kaputter Topf, und auf ein Mädchen kann ein Sohn folgen.«

Für Yun Yun aber war ihre Tochter ein großer Lichtblick. Und obwohl das Kind zu klein war, um das Lied zu verstehen, sang sie leise, wenn sie allein waren:

In einer Hütte, errichtet für Ausgestoßene,
Leben Frauen, die selbst ihr Haar hochkämmten.
Unabhängige Jungfern, stark wie Bergkiefern
Tüchtige Frauen, gütig wie Guanyin.
Sprich mit ihnen und höre,
Dass für Töchter mit Mut und Weitblick
Alte Gesetze hinweggefegt,
Neue Gesetze erlassen werden.

Die helle Nachmittagssonne strömte durch das Fenster der Hütte herein. Schatten nahm Woon Choi – aus dem schwächlichen Säugling war nun ein kräftiges Kind von zweieinhalb Jahren geworden – auf den Arm und zeigte ihr den Drachen, den sie gestickt hatte.

»Schau, er hat einen Kopf wie ein Kamel, ein Hirschgeweih, Kaninchenaugen, Kuhohren, den Hals einer Schlange, einen Bauch wie ein Frosch, die Schuppen eines Karpfens und die Krallen eines Falken. Deshalb besitzt der Drache Zauberkräfte und kann sich aufrichten und in den Himmel springen.«

Während Schatten erzählte, ließ Woon Choi schläfrig den Kopf sinken. Sie rieb sich mit ihren kleinen Fäusten die Augen und deutete auf die glänzende Mondperle, die knapp oberhalb des Drachen lockte. »Kann Zauberdrache die Perle nicht fangen?«

Schatten erinnerte sich an ihre vergeblichen Versuche, die Mondperle zu erhaschen. Und sie erklärte, was sie am Ende begriffen hatte: »Wenn der Drache die Perle fangen würde, dann hätte er keinen Grund mehr zu tanzen.«

Offenbar zufrieden mit der Antwort, schmiegte Woon Choi ihren Kopf an Schattens Schulter und gab der Müdigkeit nach. Schatten, die den lieblichen Geruch des Kindes, seinen heißen, feuchten Atem auf ihrer Haut genoss, legte die Kleine nur ungern ins Bett. Aber nur wenn Woon Choi schlief, konnte sie ungestört arbeiten. Also ließ sie ihre Nichte behutsam auf die kühle Matte gleiten.

Woon Chois Lider flatterten. »Mama.«

Schatten strich ihr über die Augen und liebkoste ihre seidenweichen Wangen.

»Mama ist da«, sagte sie und setzte sich neben sie.

Während sie zusah, wie Woon Choi vertrauensvoll wieder einschlummerte, dachte sie an das Geschenk, das Hahn als Antwort auf ihren Brief geschickt hatte: ein Bild der Göttin Guanyin, gekrönt mit der Mondperle. Daneben stand in Hahns schöner Schrift: »Mögest du den Frieden erfahren, den ich hier in der Halle der Zehntausend Gnaden gefunden habe.« Aber Schatten sehnte sich nicht nach Frieden, sondern nach Woon Choi. Sie war dankbar, dass der Himmel das Flehen ihres Vaters und Bruders erfüllt und ihnen einen Jungen geschickt hatte. Und bald darauf fand auch Woon Chois flehentliche Bitte, bei ihrer Tante bleiben zu dürfen, Gehör.

Die Klatschmäuler erklärten nun, das Kind trage zu Recht den Namen Woon Choi, Wechselndes Glück.

»Zweifellos hat sie das Glück ihrer Familie zum Guten gewendet, indem sie ihnen einen Jungen brachte.«

»Und jetzt hat Schatten ihnen die Sorge um das Mädchen abgenommen.«

»Wenn Schatten ihrer Familie die Kosten für die Erziehung eines Mädchens erspart, hat sie den Verlust ihres Brautpreises mehr als ausgeglichen.«

»Hast du vergessen, dass Schatten auch ihren Bruder gerettet hat?«

»Herr Lou hat Recht. Wer eine unabhängige Jungfer zur Tochter hat, kann von Glück reden.«

Nicht alle waren dieser Meinung. Aber Blitz und Donner erhielten die Zustimmung ihrer Familien zu ihrem Entschluss, und als die beiden ihr Haar hochsteckten und das Gelübde der Ehelosigkeit ablegten, blieben ihnen böse Worte erspart.

Als Yun Yun vorbeikam, um sie zu beglückwünschen, berichtete sie, dass die Bewohner von Zwillingshügel durch die Hausierer von dem Leben der ungebundenen Frauen gehört hatten. Und weil sich das Netz der Flüsse bis zum Meer erstreckte, malte sich Schatten gerne aus, wie nach und nach die Töchter in allen Teilen des Bezirks begreifen würden, dass sie ihr Leben selbst in die Hand nehmen konnten.

# DANK

Bei den Recherchen für dieses Buch haben mir viele Menschen geholfen, denen ich hiermit meinen Dank aussprechen will.

Von größter Bedeutung für dieses Projekt waren meine Mutter Bo Jun und die vielen unverheirateten Frauen, Konkubinen, Witwen und Ehefrauen, die sich regelmäßig in unserem Haus in Hongkong versammelten. Von frühester Kindheit an durfte ich mit am Tisch sitzen und zuhören, wenn die Frauen ihren Kummer und ihre Freuden miteinander teilten. Was ich von ihnen erfahren habe, hat mein Leben und vor allem meine Arbeit geprägt.

Wie Janice E. Stockard in ihrem Buch *Daughters of the Canton Delta: Marriage Patterns and Economic Strategies in South China, 1860 – 1930* betont, hängt die zutreffende Darstellung der Vergangenheit weitgehend davon ab, dass man die richtigen Fragen stellt. Ihr Buch und die Arbeiten von Marjorie Topley und Andrea Sankar – insbesondere ihre Dissertationen *The Organization and Social Function of Women's Chai T'ang in Singapore* und *The Evolution of the Sisterhood in Traditional Chinese Society: From Village Girls' Houses to Chai T'angs in Hong Kong* – bildeten die Grundlage für meine Fragen über den Bezirk Sun Duk im 19. Jahrhundert. Gleichermaßen hilfreich waren verschiedene chinesische Texte aus den Archiven von Him Mark Lai und Judy Yung, die Ellen Lai-shan Yeung hervorragend ins Englische übersetzte.

Tsoi Nu Liang und Hu Jie machten mich mit vier älteren Selbstkämmerinnen in Shiquiao bekannt – Lee Moon, Leung Chat Mui, Tam Ngan Bing und Yiu Lau Fong –, denen ich meine Fragen stellen konnte. Die Frauen sprachen völlig offen über ihre Erfahrungen und die Erlebnisse ihrer Schwestern und Freundinnen. Sie zeigten uns das Haus ihrer Gemeinschaft und schilderten andere solche Häuser, die sie in ihrer Jugend gekannt hatten. Als ich fragte, ob sie noch einmal dieselbe Entscheidung treffen würden, antworteten sie ohne Zögern mit Ja.

Joseph S. P. Ting und Rosa Yau, Kuratoren des Hong Kong Museum of History, und Pauline Phua von den National Archives of Singapore gewährten mir Einblick in Interviews mit unverheirateten Frauen aus ihrer Sammlung. Phoebe Lam transkribierte und übersetzte Tonbandaufzeichnungen in Hongkong. Ellen Lai-shan Yeung übersetzte Aufzeichnungen aus Singapur.

Tsoi Nu Liang und Tsoi Hoi Yat haben Cheung Ching Pings Sammlung von über sechzig Klageliedern, *Hok Goh Gee Tse*, ausfindig gemacht, die von Ellen Lai-shan Yeung übertragen wurden. Weitere Quellen waren: Yang Pi-Wangs »Ancient Bridal Laments« in *China Reconstructs* (Oktober 1963, Band 12, Nr. 4) und C. Fred Blakes »Death and Abuse in Marriage Laments: The Curse of Chinese Brides« in *Asian Folklore Studies*, Nr. 37. Alle diese Sammler betonen, dass die Lieder aus dem Stegreif gedichtet wurden, und ich konnte selbst beobachten, dass dieselben feststehenden Wendungen immer wieder verwendet wurden. Aus diesen wiederkehrenden Wendungen dichtete ich einige der Klagelieder in diesem Roman. Die übrigen Klagelieder habe ich, teilweise mit kleinen Änderungen, so wiedergegeben, wie sie aufgezeichnet wurden. Guanyins Lied stammt aus »Some Popular Religious Literature of the Chinese« von Mrs. E. T. Williams, *Journal of the China Branche of the Royal Asiatic Society 1900–1901*, Band 33. Das *muk yu*, das Lied für die Holzfischtrommel, das Hahn zum Lob von Schattens Stickereien singt, ist eine Bearbeitung von Ellen Lai-shans Yeungs Übersetzung von Ng Sheung-chis »Traditional Embroidery Song« aus der Sendung »Traditional Toishan Muk'yu Singing« des Chinese Culture Center in San Francisco vom 6. April 1996.

Einen Großteil der unzähligen Artikel, Dissertationen und Bücher erhielt ich dank der hartnäckigen Bemühungen der Mitarbeiter in der Fernleihe der San Francisco Public Library. Lourdes Fortunado, Roberta Greifer und Carol Small in meiner Zweigstelle in Noe Valley zeigten sich ebenfalls hilfsbereit. Und während der Monate, in denen ich weder eine Bibliothek aufsuchen noch das bereits Bestellte lesen konnte, leistete mir Miriam Locke unschätzbare Hilfe. Judy Yung spürte immer wieder Publikationen auf, die allen anderen entgingen: Ihr verdanke ich den Hinweis auf *The South China Silk District: Local Historical Transformation and World-System Theory* von Alvin Y. So. Die Lektüre dieses Werkes vermittelte mir wesentliche Erkenntnisse über Sun Duk und führte zu einer Synthese meiner Ideen.

Wunderbare, ausführliche Gespräche mit Katie Gilmartin und Peggy Pascoe ermöglichten mir, die Erfahrungen der Frauen von Sun Duk in einem größeren Zusammenhang zu sehen. Ebenso wie Carole Arrett, Peter Ginsberg, Marlon Hom, Miriam Locke, Sonia Ng, Jan Venolia, Ellen Lai-shan Yeung und Judy Yung lasen sie sorgfältig und kenntnisreich die ersten Manuskriptentwürfe und lieferten mir wertvolle Anregungen für die Gestaltung des Romans.

Zum Zustandekommen von *Mondperle* haben außerdem beigetragen: Catherine Brady, Chu Moon Ho, Deng Ming-Dao, Marco Fong, Robin Grossman, LeVell Holmes, Steven Kahn, Lee C. Lee, Shelley McKenny und Marianne Villaneuva.

Durch den außerordentlichen Einsatz meines Agenten Peter Ginsberg und die Unterstützung meiner Lektorin Tisha Hooks konnte das Projekt schließlich verwirklicht werden.

Wie immer hat mein Mann Don von der ersten Idee bis zum fertigen Buch meine Arbeit begleitet. Ihm schulde ich den größten Dank.

Anmerkung der Übersetzerinnen:

Wir danken Herrn Oskar Saage, München, für die sachkundige und freundliche Beratung bei der Transkription der chinesischen Worte. Da jede Umschrift die Aussprache eines kantonesischen Dialekts des 19. Jahrhunderts nur unvollkommen wiedergeben kann, haben wir die Schreibung des englischen Originals weitgehend beibehalten.